INDOMÁVEL CORAÇÃO

S. Miller e Juliana Mendes

INDOMÁVEL CORAÇÃO

astral
cultural

Este livro foi revisado segundo o Novo Acordo Ortográfico da Língua Portuguesa.

Editora responsável Luciana Bastos Figueiredo
Produção editorial Aline Santos, Diego Dias, Karen Barbarini e Natália Ortega
Preparacão de texto DB Assessoria Literária
Foto de capa Shutterstock Images

Dados Internacionais de Catalogação na Publicação (CIP)
Angélica Ilacqua CRB-8/7057

M592i Miller, S.
Indomável coração : é possível se envolver sem se apaixonar?
/ S. Miller e Juliana Mendes. -- Bauru, SP : Astral Cultural, 2016.
240 p.

ISBN: 978-85-8246-406-9

1. Literatura brasileira 2. Ficção I. Título II. Mendes, Juliana

CDD B869
CD 82(81)

Índice para catálogo sistemático:
1. Literatura brasileira

astral cultural Astral Cultural é a divisão livros da Editora Alto Astral.

BAURU
Rua Gustavo Maciel, 19-26
CEP 17012-110
Telefone: (14) 3235-3878
Fax: (14) 3235-3879

SÃO PAULO
Rua Gomes de Carvalho 1507, conj. 91, bloco B
CEP 04547-005
Telefone/Fax: (11) 3048-2900

E-mail: contato@astralcultural.com.br

"— GRITE HEITOR, QUANDO SEU CORPO ENLOUQUECER."

PRÓLOGO

— **EU NÃO POSSO, NEM** devia, mas amo você!

Tem gente que tem cheiro de colo de Deus, de banho de rio quando a água está quente e o céu azul, de chuva quando molha a rosa no mato. Ao lado dessas pessoas, pode ser qualquer mês do ano, sempre parece Natal...

•••

Nessa estradinha de terra no meio do mato, do nada, só com a luz da lua e das poucas estrelas que brilham no céu, de cima da minha bicicleta e com meu violão nas costas, olho para trás mais uma vez e vejo aquela menina de cabelos longos, correndo em disparada como um cavalo bravo em minha direção. Sinto tanto medo de que ela se machuque... Lírio tem dois pés esquerdos de tão desastrada.

Paro, desço da bicicleta e vou ao seu encontro. Eu a amparo em meus braços, olho no ponto mais profundo dos seus olhos. Tremo inteiro. A desculpa covarde para a minha fuga martela em minha cabeça: "Filha de patrão e filho de empregado não podem ser amigos. Além do mais, ela só tem quatorze anos e eu sou um homem, aos dezoito".

— E o que vamos fazer? — ela pergunta, mas já conhece perfeitamente a resposta.

— Vamos nos despedir aqui.

— Não.

— Por favor, Lírio, não dificulta.

— Tudo bem, Heitor. Mas o primeiro tem que ser você.

— O primeiro a quê?

Então, ela se joga em meus braços e me beija. Eu entendo. Seu primeiro beijo. E é meu para sempre. Até tento repelir, mas é mais forte do que eu. Eu a agarro, a tomo para mim, sinto o sabor de seus lábios, a suavidade de sua pele, o cheiro de seus cabelos, o encaixe de suas curvas em mim, a intensidade do momento. Faço mais amor naquele beijo do que na primeira vez em que fui para a cama com Lurdinha. Tem tanto sentimento, tanta entrega, que percebo minha alma se desprender do meu corpo e voar. São os segundos mais inesquecíveis de uma vida.

Solto Lírio e ordeno que corra para os braços de Antônio. Ele pode cuidar dela, ao passo que eu não tenho nada a oferecer. Eles têm uma vida semelhante. Eu não sou ninguém. O amor me obriga a desistir, para ela ser feliz. Porque quem sente o que eu sinto, abre mão até do próprio amor.

Aqui eu deixo minhas esperanças, meus sonhos, meus desejos, minha alma. Não olho para trás... Despedir-se de um amor é dizer adeus a si mesmo. É quando anoitece contra a vontade do dia. Sou quebrado em muitos pedaços, não vejo chance de recuperação. Sobram apenas cacos e lágrimas.

Nunca mais serei o mesmo. É a única certeza que carrego.

•••

Da estrada da fazenda dos pais de Antônio, vou direto ver Lurdinha, em São João del-Rei. Ela é minha calma, minha razão, meu dia de sol no meio da tormenta, da chuva. E, apesar de sua pouca idade, sabe exatamente o que me dizer para que eu me estabilize novamente.

Dói tanto arrancar algo enraizado, não só no corpo, mas no coração, que eu não sei se sobreviverei. O que resta são retalhos de uma vida repleta de amargura e desilusão. Vejo passar dias, semanas, meses... Vejo passar as estações, mas eu só sinto o vento gelado do inverno dentro de mim. Tudo está adormecido.

Deixo meus pais e minha irmã para trás — eles continuam a viver na fazenda dos pais de Lírio — para trabalhar como peão em uma fazenda no sul de Minas Gerais. Trabalho de sol a sol, de segunda a segunda. Meu único intuito é juntar dinheiro suficiente para retornar com condições de me manter na cidade, para fazer faculdade. O curso escolhido é Zootecnia. Os animais são minha paixão desde sempre. No momento, esse é meu foco. Todo resto é turvo, é dúvida.

Não é fácil. Engulo humilhações, desprezo, cansaço do corpo e do espírito. Mas, tudo tem seu lado positivo. Eu cresço, me torno dia após dia um homem íntegro, porém mais duro, calejado pela vida.

•••

Dois anos se passaram e a única constância na minha vida é Lurdinha, que, apesar de continuar vivendo na cidade, trabalhando e estudando, vez ou outra me visita, com permissão dos seus pais, me oferecendo seu colo, seu amor incondicional, sua amizade pura e sincera e sua alegria de viver.

Pronto para começar minha nova vida, volto à cidade. Começo a faculdade, morando em uma república e trabalhando como auxiliar na pesquisa de um professor.

Mas Lírio nunca deixa minha mente... Menos ainda aquele beijo...

Muitas mulheres passam pela minha cama, mulheres de todos os tipos, mas nenhuma permanece. Eu não as deixo entrar. Eu as adoro por uma noite, um dia, às vezes apenas por uma hora, mas sempre as respeito e entrego o máximo que posso para cada momento, para cada uma. E, como diz o poeta: “Que não seja imortal, posto que é chama. Mas que seja infinito enquanto dure”.

Não acredito mais no amor verdadeiro. É apenas uma bobagem inventada para vender músicas e chocolates. Prefiro mil vezes o sexo, o prazer e a sinceridade. Não iludo nenhuma mulher. Elas vêm para a minha cama com a garantia de uma noite apenas. E eu não ofereço um "quase" ou um "talvez" a nenhuma delas. Ofereço orgasmos múltiplos, respiração ofegante, corpo fora de órbita, pupilas dilatadas, esgotamento e faces coradas. Um pouco de dor e uma pitada de carinho. Cordas, chicotes e um toque de romantismo. Eu as puno, me puno, me recupero, mas não encontro o pedaço que falta.

Desisti do amor e escolhi o desejo. Não sei amar. Também não quero. Se me perguntam onde está meu coração, a resposta é óbvia: Lírio esfaqueou e jogou no inferno.

Mas eu decidi seguir inteiro, ainda que despedaçado. O animal em mim está solto e desesperado.

SÓ UM BEIJO E NADA MAIS
PRA DEIXAR VOCÊ EM PAZ
E ENCONTRAR A MINHA ESTRELA PERDIDA.
SÓ UM SONHO E NADA MAIS
DEPOIS DISSO TANTO FAZ
UMA NOITE PRA ESQUECER DE UMA VIDA
MINHA ESTRELA PERDIDA.

"MINHA ESTRELA PERDIDA" — DANIEL

1

VANESSA

— **POR QUE NÃO VAI FALAR** com ele e acaba logo com isso, Van?

— Tá maluca?

— Meu Deus, mulher, é só um cara!

Olho para Rebecca, que, assustada, começa a rir da minha expressão.

— Que foi? Está nascendo um chifre em mim? Ou um terceiro olho?

Bato nela com o pano de prato que tenho no ombro.

— Não, Beca. Olha para ele. Não é só um cara. Ele é lindo! E forte, másculo, grande e com um corpo... Ai, meu Deus! — respondo, suspirando.

— Menina, há quanto tempo você serve essas mesas e fica suspirando por esse homem, sem que ele saiba?

— Desde que o semestre começou. Amiga, cai na real, ele nunca iria olhar para mim. Sou só a garçonete dessa espelunca de lanchonete de faculdade, com esse uniformezinho ridículo! Imagina se esse deus se interessaria por mim!

— Bem, só há uma maneira de saber. E ele está vindo para cá — Rebecca diz, enquanto caminha na direção do rapaz, que parece estar indo pagar a conta.

Sinto as minhas pernas tremendo e o suor escorrendo, gelado, pelas minhas costas.

— Beca! Beca! Não! Merda!

Tropeçando em meus tênis surrados, tento me aproximar ao máximo para ouvir a conversa dos dois.

— Boa tarde, moço.

Vejo quando ele levanta o rosto para Rebecca. Meu Deeeus, que homem lindo! Um rosto másculo, de maxilar rígido e forte, a partir do qual se desenha um pescoço largo. Seus olhos são dois lagos negros, como duas ametistas, misteriosos e profundos. Ainda assim, parecem esconder— e muito bem — um lampejo de dor.

— Minha amiga, que serve você todas as noites gostaria de, talvez, pegar seu número de telefone. Estaria interessado?

Puta merda! Rebecca poderia ser mais explícita do que isso?

— Sua amiga... Ah, sim, a pequena que me atende todas as noites? Loirinha, de cabelos sempre presos?

Passo a mão no rabo de cavalo, como um ato reflexo.

— Ela mesma! Então, o que me diz?

Me apoio na mesa ao meu lado para não cair. Rebecca é uma filha da mãe! Ela me paga!

Vejo no rosto daquele homem delicioso, o esboço de um sorriso torto.

— Estejam na minha casa essa noite, quando terminar o turno de vocês. Vou anotar meu endereço — ele diz, pegando um guardanapo e tirando uma caneta do bolso.

— Não, moço, você não entendeu — Rebecca diz, prontamente. — Minha amiga é quem quer conhecê-lo.

Ele olha para cima e abre um largo sorriso, mostrando uma fileira de dentes brancos, lindos e perfeitos.

— E eu quero conhecer as duas. Espero vocês lá — E se levanta, despedindo-se com um cumprimento de seu chapéu.

Rebecca se vira para vir ao meu encontro e vejo que está vermelha. Ela não poderia mesmo estar imune ao charme desse homem. Não seria humana, se estivesse.

— Amiga, olha...

— Eu ouvi, Beca. E eu vou. Já que você já me entregou para ele, eu vou. E você vai comigo.

— O quê? — ela grita, olhando ao redor e baixando a voz em seguida. — Tá maluca? Ele vai querer pegar nós duas! Não sou tradicional e já até fiz uma coisa ou outra, mas você é minha amiga e está afim do cara. Não posso aceitar.

— Pois se você não for, eu não vou.

Rebecca suspira, exasperada, passando a mão pelo rosto.

— Você está falando sério, não é?

— Claro que sim! Ou vamos juntas, ou eu não vou. Depois que já estivermos lá, se quiser ir embora, pode até ir, mas vai comigo.

Rebecca põe as mãos na cintura e me observa por alguns segundos, antes de dizer:

— Tudo bem, vou com você. Vamos ver o que esse tal de — e olha para o guardanapo — Heitor tem em mente.

•••

— Boa noite, lindas. Sejam muito bem-vindas.

Escuto a voz de Heitor no fundo da minha mente, já que estou entorpecida, tentando processar a visão desse homem delicioso na minha frente, apenas de calça jeans, caída no quadril, sem camisa e com o mesmo chapéu que me faz suspirar.

— Vamos, entrem — ele diz, sorrindo um sorriso malicioso. Certamente reparou nas duas mulheres patéticas à sua frente, embevecidas com a visão de seu corpo seminu.

Seguimos Heitor para dentro de uma sala antiga, espaçosa e bem decorada, com poucos móveis, mas muito bem arranjados. Um ambiente sóbrio.

— Bebem alguma coisa?

— Se tiver algo gelado e alcoólico, eu gostaria. Bela sala — Rebecca responde, enquanto Heitor se dirige a um bar de madeira rústica, instalado na lateral do cômodo.

— Obrigado. — Ele entrega uma garrafinha de Ice para minha amiga. — Está bom assim?

— Ótimo, obrigada. Meu nome é Rebecca, a propósito — ela diz, enquanto leva a garrafa aos lábios.

— Muito prazer, Rebecca — ele responde e, em seguida, deposita os olhos em mim. E é esse o exato momento em que tenho a certeza de que vou cair dura no chão.

— E você, princesa, bebe o quê? — ele pergunta, me avaliando de cima a baixo. Isso me dá nos nervos e sinto minha calcinha ficar úmida no mesmo segundo.

— E-eu estou bem, obrigada.

Em uma fração de segundos, Heitor está na minha frente, com o rosto perto do meu, segurando meu queixo entre os dedos.

— Está com medo de quê, Vanessa? Eu não mordo, meu bem. Só se você pedir com carinho.

Sinto meu coração batendo na garganta e as pernas virando gelatina. Heitor se antecipa e abraça minha cintura, como se quisesse me impedir de cair. Seu cheiro toma conta dos meus sentidos. Um cheiro de macho, misturado com banho recém-tomado. Delicioso.

— Bem, acho que meu trabalho aqui está feito. Van está entregue. Já vou indo — diz Rebecca, passando por nós.

Em um movimento ágil, como um lince, Heitor pega Rebecca pela cintura com o outro braço, imobilizando nós duas.

— Ahhh, minha linda, seu trabalho está longe de estar feito — ele retruca, dando uma lambida suave, com a ponta da língua, nos lábios de Beca.

Percebo Rebecca amolecendo nos braços de Heitor e isso deveria me deixar constrangida, mas estou estranhamente excitada pela forma como o corpo dela reage a ele.

— Heitor, isso não pode acontecer... — ela diz, em um meio sussurro rouco.

— Isso o quê, minha gostosa? Isso? — Heitor diz, beijando o pescoço de Rebecca, fazendo-a soltar um gemido. — Ou isso? — E vem em mim dessa vez, lambendo e mordendo o lóbulo da minha orelha.

Fecho os olhos, absorvendo a sensação da boca desse homem na minha pele quando, de repente, não sinto mais seu braço ao meu redor.

Abro os olhos e Heitor está se encaminhando para uma enorme poltrona de couro marrom, instalada ao lado de um sofá, que parece fazer conjunto.

— Minhas princesas, nós vamos nos divertir essa noite. Nós três. Já pude notar que Vanessa é mais tímida e quieta, por isso, conto com a sua experiência e ousadia, Rebecca, para me ajudar com a nossa menina.

Nesse momento, como num passe de mágica, sinto a atmosfera da sala completamente diferente. Rebecca empina o corpo e, como se estivesse hipnotizada por uma voz de comando, passa por mim, até se ajoelhar em frente a Heitor. Ele toma seu rosto nas mãos e dá um beijo suave em seus lábios, sussurrando em seguida, porém alto o suficiente para que eu possa ouvir:

— Quero que tire a roupa da nossa menina. De forma suave, sem pressa e com cuidado. Deixe-a confortável, faça tudo com carinho. Vou assistir, com muito prazer.

Meu coração dispara ao notar Rebecca vindo na minha direção para fazer exatamente o que Heitor ordenou que fizesse.

— Beca, não... — imploro, sabendo que não terei forças para resistir.

— Relaxa, Van. Vamos cuidar muito bem de você. — E Rebecca puxa o elástico que prende meu cabelo, deixando-o cair pesadamente sobre os ombros.

— Veja, Heitor, que cabelo lindo ela tem.

Olho para Heitor, que sorri largamente.

— Sim, princesa, lindo. Mostre-me o que mais ela tem de bonito.

Rebecca olha para mim, sorrindo, e passa os dedos pelo meu pescoço, descendo pelo meu colo até chegar aos botões da minha blusa. Minha respiração acelera e ela sorri ainda mais ao ver meu peito subindo e descendo, desordenado.

— Ela tem seios lindos, Heitor.

Arregalo os olhos, enquanto Rebecca morde o lábio inferior, olhando para os meus seios, que agora doem, pesados dentro do sutiã.

— Me mostre, princesa. Deixe-me ver o que você vê.

Rebecca começa a desabotoar minha blusa, passando os dedos com suavidade pela pele, que vai sendo exposta a cada botão aberto, até que o tecido cai pelos ombros.

— Linda pele, Rebecca. Agora os seios. Quero vê-los.

Ela me pega pelos ombros e nos aproxima da poltrona em que Heitor está sentado, me colocando de frente para ele e me rodeando, como uma predadora, até parar atrás de mim. Rebecca abre o fecho do meu sutiã e, ao senti-lo se afrouxar, coloco as mãos sobre os seios, me protegendo.

— Muito bem, princesa. Eu assumo daqui — Heitor diz e se levanta, parecendo, agora, ter o dobro do tamanho.

Ele se aproxima de mim, desabotoando a calça jeans e a deixando cair, me fazendo engasgar ao perceber que está sem cueca. Um pau enorme, rígido e apontando para mim desponta na minha frente. Sinto minha boca salivar e minha boceta se contrair imediatamente. Heitor passa os dedos pelos meus ombros até enganchá-los nas alças do meu sutiã.

— Solte. Quero ver você. Agora.

— Não, Heitor, eu acho que... — E paro de falar quando duas mãos enormes puxam meu sutiã com força, rasgando-o como se não oferecesse a menor resistência.

Ouço uma gargalhada de Rebecca, interrompida imediatamente pelo olhar duro de Heitor.

— Você — ele diz, apontando para ela —, venha aqui e faça o que tem que fazer.

Então, Rebecca aparece no meu campo de visão, completamente nua. Heitor ficou me hipnotizando por quanto tempo, afinal? Quando dou por mim, Beca se ajoelha entre mim e Heitor, enfiando seu pau inteiro na boca.

— Ahhh, isso mesmo, me chupa. Engole ele todo, minha gostosa. Assim que eu gosto.

E se aproxima de mim, passando os lábios pelo meu rosto. Sinto sua respiração quente e fico toda arrepiada. Heitor joga meus cabelos para trás dos meus ombros com delicadeza e desce os lábios pelo meu pescoço, passando de leve a pontinha da língua. Ele enfia os dedos pela minha nuca, agarra firme meu cabelo e puxa minha cabeça para trás, com força.

— Ahhh! — Não contenho um gemido assustado.

— Gostosa! Você é uma delícia e eu quero usar e sentir cada centímetro desse seu corpinho. Para isso, você terá de confiar em mim e eu terei de confiar em você. Eu posso ser bruto quando estou com tanto tesão, e você vai ter de me dizer se precisar que eu pare — ele diz, sussurrando no meu ouvido. — Entendeu?

— S-sim.

Heitor olha dentro dos meus olhos, com seus lagos negros misteriosos.

— Entendeu?

— Sim. Entendi.

— Ótimo.

Ele puxa Rebecca e a ergue pelo cabelo.

— E você, boquinha malvada, eu ainda irei usar muito essa noite. — ele diz, puxando-a num beijo quente e sem pudor, enquanto a empurra para outro cômodo com seu corpo e me puxa com uma das mãos.

Chegamos ao que acredito ser o quarto de Heitor. Uma cama enorme, de cabeceira de madeira, está exatamente no meio do quarto e é para lá que ele nos encaminha.

— Van, quero você deitada nessa cama, agora. Beca, tire o que sobrou de roupas da Van. Vou buscar algumas coisinhas e já venho — ele diz, sem me dar a chance de retrucar, dando meia-volta e saindo pelo quarto.

— Beca, o que é isso? O que nós estamos fazendo? Pelo amor de Deus, eu nunca poderia imaginar uma coisa dessas! Onde isso tudo vai terminar?

Rebecca me encara e sorri, maliciosamente. Ela tem um fogo no olhar que, posso jurar, nunca vi antes.

— Estamos jogando, minha linda. E isso vai terminar numa explosão de prazer. Se permita viver isso porque, pela fama que ouvi de Heitor, vai ser apenas essa noite. Vamos, deite-se e me deixe despi-la. Vou adorar ver seu corpo nu. Confesso que é uma visão que me agrada imaginar.

Estremeço, mas não encontro contra-argumentos possíveis. Se for para ser apenas uma noite, então que seja. Deito no meio da cama e Beca vem ao meu lado, desabotoando minha calça, sem deixar seu sorriso malicioso. Minha respiração acelera novamente e eu me sinto entorpecida.

— Heitor tem razão, você tem uma pele linda demais — ele diz, enquanto acaba de tirar minha calça e calcinha juntas, me dando um beijo suave logo abaixo do umbigo. — Que vontade de experimentar você! — ela diz, passando a língua nos lábios.

— Ainda não, sua safada. Seu momento vai chegar — Heitor diz, com a voz grave, quando entra no quarto carregando um jogo de cordas e mais alguma coisa que não consigo ver direito.

Dou um pulo, tentando me levantar e Rebecca dá uma gargalhada quase infantil, ao se sentar sobre minhas pernas.

— Caaalma, princesa, eu não vou fazer nada que você não queira — Heitor diz, sentando-se ao meu lado na cama e passando o dedo indicador com suavidade no meu rosto. — Confie em mim.

Faço que sim com a cabeça, porque não me resta nada além de confiar nesse homem. Eu o quero. E se é assim que vou tê-lo, que seja.

— Estenda os pulsos para mim. Vou amarrar seus braços na cabeceira e seus pés, nos pés da cama, apenas para que possa se entregar com plenitude ao prazer que vou proporcionar a você. Se em algum momento se sentir desconfortável e quiser que eu a solte, soltarei. Entendido?

Faço que sim com a cabeça novamente e estendo os pulsos. Heitor parece ter uma prática incrível com os nós, pois num piscar de olhos amarra meus braços na cama e já está nos meus pés. Posso imaginar de onde vem toda essa destreza com as cordas.

— Olha isso... — ele diz, me observando. — Você está maravilhosa, princesa. Não imagina o tesão que me dá vê-la assim, toda entregue para mim. Gostosa demais!

Tento sorrir, mas não imagino como.

— Ela é toda sua, minha delícia. — E Rebecca, que está apenas observando, sorri como se tivesse acabado de ganhar um presente na noite de Natal.

— Heitor, não! — digo, tentando fechar as pernas, que estão totalmente abertas devido à extensão das cordas.

— Shhh, princesa. Serei eu, no corpo dela. Minhas mãos, minha língua, meu corpo. Quero que ela lhe dê prazer e que você me sinta em cada toque, em cada respiração, em cada olhar. Me dê o prazer de observá-la se contorcer de tesão.

Ao dizer isso, sinto o peso do corpo de Rebecca sobre a cama. Meu coração bate descompassado, quando sinto um dedo entrar em mim sem aviso, e solto um gemido inesperado. Ela tira o dedo e mostra para Heitor, lambendo em seguida.

— Viu, minha delícia? Você está pronta. Você quer isso, tanto quanto eu. Pode sentir, não pode?

Não consigo responder, apenas solto mais um gemido quando sinto o corpo de Beca sobre o meu, sua boca em um dos meus seios, lambendo em volta do bico, já entumescido.

— Chupa gostoso, Beca. Chupa forte, como eu faria.

Então, Rebecca abocanha meu seio com força, chupando, lambendo e mordendo alternadamente, enquanto com uma das mãos aperta o outro, massageando com força.

— Ahhh, Heitor...

— Isso! Geme meu nome, gostosa. Sou eu, minha delícia.

Rebecca continua chupando meus seios com vontade, alternando entre um e outro, quando Heitor some do meu campo de visão por alguns segundos. De repente, ouço um estalar sonoro e Rebecca aperta meu seio entre os dentes, provocando uma dor surpreendentemente deliciosa.

— Gosta disso, safada? Eu sei que gosta, sua bundinha se contraiu ao sentir o chicote. Quer mais?

Rebecca tira a boca do meu seio e me observa, com os olhos vidrados.

— Por favor...

— O quê? Mais alto. Não ouvi bem — Heitor diz.

— POR FAVOR! — Rebecca grita e ouço um novo estalar de chicote.

— Os seios dela. Quero você nos seios dela. Senão, não apanha.

Rebecca volta aos meus seios, chupando com voracidade redobrada. A cada novo estalar de chicote, ela aperta a boca em volta dos meus mamilos e morro de tesão. A cada chicotada, ela geme na minha pele e eu quase gozo, só de sentir sua respiração úmida em mim.

— Heitor, por favor... — ela geme, de forma quase ininteligível.

— Quer gozar, minha delícia? Vou fazer você gozar logo, logo, mas, antes, quero que enfie a cara nessa bocetinha escorrendo.

Rebecca levanta, passando novamente a língua nos lábios. Heitor chega ao lado dela, aperta sua cintura e a beija com vontade, me deixando ainda mais molhada e excitada.

— Vamos lá, minha linda, mostre para mim o que você sabe fazer.

Ela sorri e se posiciona entre as minhas pernas.

— Olhe para mim, Vanessa. Olhe nos meus olhos. Sou eu te chupando agora e você vai gostar.

Olho nos olhos de Heitor e dou um grito quando sinto a língua de Rebecca rodeando meu clitóris.

— Puta merda!

Heitor solta uma risada safada e diz:

— Está bom, princesa? Então, quero que sinta isso, porque vou te fazer gozar assim. E quanto a você — ele diz, puxando Rebecca pelos cabelos —, empine esse rabinho para mim, gostosa.

Ela volta a me chupar freneticamente, de bunda empinada, e eu me contorço de prazer. Não consigo mais sentir receio, culpa ou o que quer que seja. Só posso me perguntar por que não fiz isso antes! Que boca deliciosa! Que língua! Como ela pode saber chupar uma mulher assim, tão bem? Ela já deve ter feito isso antes, Rebecca deve ser uma chupadora de bocetas oficial.

De repente, sinto um solavanco e a respiração quente de Beca na minha virilha, acompanhada de um grito. Olho, para compreender o que acontece e vejo Heitor comendo Rebecca por trás, com força, parecendo um animal.

— Anda, gostosa, chupa essa delícia. Quero vocês gozando juntas.

Rebecca obedece prontamente, mas, ao invés de simplesmente me chupar, começa a me foder com a língua, repetidamente, sem parar e eu começo a sentir espasmos percorrendo meu corpo.

— Ahhh, Heitor...

— Você-e-eu-gostosa. Minha-língua-em-você. Sinta — ele diz, entre cada estocada.

Sinto que o corpo de Rebecca começa a estremecer quando ela agarra minhas coxas com força e enfia dois dedos de uma vez em mim, chupando meu clitóris com vontade. Solto um gemido desesperado, puxo as cordas sem motivo algum, já que não consigo me mexer e gozo, sendo abafada pelo grito ensurdecedor de Rebecca, gozando junto comigo.

— Duas deliciosas, que homem de sorte eu sou! — Heitor diz, diminuindo o ritmo das estocadas, deixando que o corpo de Rebecca dê os últimos espasmos. Ele sai de dentro dela, levantando da cama e retirando a camisinha, vazia.

Rebecca levanta de supetão, sem nem ao menos parecer ter acabado de gozar. Está renovada.

— Vou tomar um banho. Eu encontro o banheiro, pode deixar. — E sai do quarto num piscar de olhos.

Quando menos percebo, Heitor está em cima de mim, colocando uma nova camisinha.

— Você não gozou? — pergunto, confusa.

— Não, princesa. Eu seguro, quando quero. E eu vou gozar hoje somente dentro de você. Com a delicadeza e a suavidade que você merece.

Eu me sinto toda encharcada novamente apenas com essa declaração de Heitor. Ele beija minha testa com suavidade, meu nariz, minhas bochechas, até chegar à minha boca, enfiando a língua numa dança suave e sensual. Um beijo que me toma inteira e me deixa completamente entregue. Em seguida, ele beija meu maxilar, minha mandíbula e desce pelo meu pescoço, meu colo, meus seios, doloridos pelo tratamento dado por Rebecca, minha barriga, minhas coxas, minhas pernas, meus pés e sobe, fazendo o caminho inverso, beijando cada pedacinho de mim, usando cada centímetro do meu corpo, como disse que faria.

Quando volta para minha boca, sugo seu ar ao senti-lo enorme, entrando em mim.

— Calma, princesa. É grande, mas você se acostuma. Sente como você me deixa louco. Vou te dar o melhor de mim agora, porque é o que você merece, gostosa.

E começa a me foder com suavidade. Quase como se estivéssemos fazendo amor. É lindo, suave, romântico, sensual e prazeroso. Sinto cada centímetro do seu pau latejando dentro de mim, indo e vindo, em uma dança perfeita de paixão. E ele não desiste de me beijar, enquanto desamarra minhas mãos com uma habilidade incrível, segurando-as na cama depois, com as dele.

De repente, Heitor olha dentro dos meus olhos e seus lagos negros mostram novamente aquele lampejo de dor, com um fogo escaldante em seguida. E ele intensifica os movimentos de entrar e sair de dentro de mim, sem parar, sem a suavidade inicial, num sexo cru, quente, selvagem e delicioso.

— Isso é foder gostoso, minha delícia.

— Heitor!

— Eu sei, gostosa! Eu sei! Eu também vou!

E gozamos, Heitor soltando um urro animalesco, nada parecido com algo que eu já tenha ouvido até hoje, enquanto eu me desmancho em uma explosão de prazer e dor, quando ele dá as últimas estocadas, me tocando mais profundamente do que homem nenhum jamais o fez.

Controlando nossa respiração, Heitor desaba em cima de mim e posso sentir o seu sorriso na minha pele.

— Você é tão linda, princesa. É perfeita. Não precisa nunca mais ter vergonha de se mostrar. Gostosa.

E ele sai de cima de mim, se deita ao meu lado, encostando o peito nas minhas costas e me abraçando inteira, ambos suados e ainda ofegantes. Ele me dá um beijo carinhoso na cabeça, cheira meu cabelo e diz:

— Você deve estar cansada, amor. Durma e descanse, já são altas horas da madrugada. Amanhã preparo um café da manhã para você, antes de ir. A noite de hoje foi especial. Nunca mais irei esquecer.

Sorrio, sonolenta, imaginando a quantas Heitor deve dizer isso e torcendo para que eu esteja errada, pois ele realmente me fez sentir especial, mesmo que por uma noite.

Sinto um corpo afundando na cama e imagino que seja Rebecca, que voltou desse banho suspeito. Deve ter abraçado Heitor, pois ele pega sua mão e entrelaça com as nossas.

— Durmam, minhas lindas meninas.

E, quando estou quase adormecendo, uma suspeita desperta na minha mente. Heitor e Rebecca tiveram uma conexão perfeita. Ele não precisou falar praticamente nada, ela apenas sabia o que tinha de fazer. Ele não precisou perguntar seus limites. Ela esteve segura de si todo o tempo.

E, pensando bem, eu nunca me apresentei. Heitor sabia o meu nome desde o início.

Rebecca e Heitor... Será?

2

HEITOR

FIM DE TARDE PEDE UM PÃO DE QUEIJO quentinho recheado com lombo e requeijão, e aquele cafezinho feito na hora. Saio do trabalho cheio de fome. É nisso que dá fazer musculação logo de manhã em vez de atacar o café com fartura. Por causa do trabalho, tem dias que sequer consigo almoçar. Mas, eu nunca tive medo de trabalho. Na verdade, tenho muito orgulho de poder me sustentar.

Último ano de faculdade é uma loucura, mas, é como meu velho diz, tenho que erguer as mãos para o céu e agradecer o trabalho que a faculdade me ofereceu. Sou auxiliar do professor de genética e melhoramento animal, em um dos laboratórios de pesquisa da universidade. Ganho relativamente bem, custeio minha vida simples e ainda consegui me mudar para o sobradinho na pracinha da igreja São Francisco, que estava de olho para alugar desde que morava na república estudantil, dormindo em um colchão no chão e comendo só macarrão instantâneo, ovo frito e pão dormido.

A vida muda.

Estou cansadão, é verdade, mas feliz de atingir minha meta. Esse ano, se Deus quiser, me formo em Zootecnia, pela Universidade Federal de São João del-Rei. Foram anos duros por muitos motivos, mas não posso reclamar. Até que a vida foi gentil em muitos aspectos.

Checo o relógio de pulso, o que me lembra de dois fatos. O primeiro, é que estou atrasado e vou ter que comer algo na lanchonete da faculdade mesmo, ou perderei a primeira aula. A segunda, é Lírio. Caralho! Por que não consigo simplesmente pegar esse relógio e jogar no lixo? O que ainda estou esperando? Quando ela me deu esse presente, tinha um significado importante. Agora, só serve para me torturar e me lembrar do porquê de estar correndo atrás dos meus planos. Está certo! Deixa essa merda aqui no pulso, me lembra com firmeza do homem que sou. E, se ela preferiu Antônio, que assim seja. Mulher não me falta.

São 18h45min quando entro na lanchonete. Venho aqui sempre, mas hoje a fome está maior e tenho somente quinze minutos até o horário da aula. O ambiente é grande e iluminado, com mesas de madeira para quatro pessoas espalhadas em um grande salão e, ao fundo, um enorme balcão, com as atendentes gostosas. Logo atrás, é possível ver a movimentação na cozinha.

O cheiro bom da comida me pega em cheio. Ergo a mão para chamar uma das garotas e escolho uma mesa. Em segundos, uma menina vem me atender. Não é a mesma moça de todas as noites.

— Oi, peão! Ou seria cowboy? O que vai querer hoje? Posso fazer uma sugestão da casa? — ela pergunta, com palavras de duplo sentido.

— Oi, moça. Eu não sou peão faz tempo... — Sorrio com gentileza, para não deixar a menina sem graça. — Esse é apenas um apelido que recebi aqui na faculdade, porque cresci em fazenda e vim da zona rural, da roça mesmo. E, só para esclarecer, na minha concepção, peão é aquele que lida com o gado e os demais animais em uma fazenda, coisa que fiz desde pequeno e não tenho vergonha de assumir. Já cowboy eu nunca fui, porque é aquele boiadeiro ou vaqueiro que compete em rodeios.

— E como eu posso servir o peão hoje? — Ela sorri, se insinuando ainda mais. Eu já estou acostumado com o assédio e até acho engraçado.

— Um pão de queijo e um café bem quente. — Limito-me a fazer o pedido, para não dar esperanças a uma menina que não parece ter mais que dezessete anos. Com mais um ano na sua carteira de identidade, estará pronta para mim, ma, nesse momento, não. Ela até me lembra minha irmãzinha, Alice. Deus me livre de trepar com uma moça que me lembra minha irmã.

Fico pensando na vida e vendo o sol baixar no horizonte, com seu avermelhado. Sol me lembra Lurdinha, aquela loirinha doida, desbocada, safadinha, cheia de alegria e de vida, que aquece meus dias. Mais tarde ligarei para aquela gostosa espevitada. Ela, sim, é uma mulher que preenche minha cama, meu vazio e dá conta de mim.

Termino meu lanche e me levanto para ir até o caixa pagar minha conta. Observo Rebecca conversando com a loira, pequena e gostosa, do lado de dentro do balcão de atendimento. Elas cochicham, olham para mim discretamente e sorriem. Rebecca eu conheço de "outros carnavais", já com a loira tímida nunca sequer conversei durante todo esse tempo que frequento a lanchonete. E olha que ela me serve quase todas as noites! Será que ela acha que eu mordo? Eu até mordo, mas quando a mulher quer ser mordida.

Sorrio com a ideia, simplesmente porque eu adoraria morder essa mulher todinha.

Enquanto pago a conta no caixa, sou interpelado por Rebecca.

— Boa tarde, moço. — Ergo a cabeça, para responder seu cumprimento e observo a loirinha ao fundo, no meu campo de visão, olhando para mim feito coelho acuado na gaiola da caçada.

— Minha amiga, que serve você todas as noites gostaria de, talvez, pegar seu número de telefone. Estaria interessado?

— Sua amiga... Ah, sim, a pequena que me atende todas as noites? Loirinha, de cabelos sempre presos?

— Ela mesma! Então, o que me diz?

— Estejam na minha casa essa noite, quando terminar o turno de vocês. Vou anotar meu endereço. — E anoto em um guardanapo de papel.

Sinceramente, estou sem entender o teatrinho de Rebecca sobre não me conhecer e sobre o convite não ser para ela também. Mas, como mulher é um bicho de lua em muitas fases, deixo quieto e me limito a deixar claro que é para as duas estarem no meu matadouro no fim da noite.

Saio da lanchonete e sigo com minha rotina normalmente. Assisto a três tempos de aula, troco amenidades com meus colegas e converso sobre o futuro com alguns professores. Em certo momento, me lembro do convite para logo mais e resolvo trocar uma ideia com Bruno, meu colega de curso e melhor amigo, nesses últimos anos.

— Bruno? — Ele está concentrado na leitura do capítulo explicado na aula e se limita a me responder com um sonoro: "— Hm?".

— Bruno? — chamo sua atenção novamente, tentando manter o tom discreto na minha voz.

— Que foi, cara? — Ele perde a paciência.

— Vamos ali fora, quero trocar uma ideia com você.

Sei que ele está com a corda no pescoço com as notas desde o ano passado, por isso resolveu se concentrar nos estudos, mas é a única pessoa com quem posso falar. Então, vai ter que se danar e ir lá fora conversar comigo de qualquer jeito.

Saímos discretamente e paramos no corredor.

— O que foi, cara?

— Tenho um encontro depois da aula.

— Seu porra! Você me tirou da sala para me falar o óbvio? Qual a diferença das outras noites? Que merda, cara!

— Cala a boca, filho da puta! — respondo, gargalhando — Escuta, o que está me deixando inquieto é... Lembra da Rebecca?

— Que Rebecca?

— Cara, a Rebecca, sobrinha do padre Quirino.

— A garota que você comeu na sacristia da igreja? — solta essa e cai na risada. — Cara, eu só queria saber como você faz para lembrar dessas mulheres todas com quem trepa! Deve ser por isso que você é um nerd filho da puta, que só tira nota boa. Tem cérebro de elefante, uai!

— Larga de ser babaca, cara! Passou na minha frente, rolou química e deu mole, eu laço e traço mesmo! Mas nem por isso preciso tratar as mulheres como um objeto qualquer. Eu as faço felizes e elas retribuem, com algo que eu gosto muito.

— Claro, Heitor! Todo mundo tem uma coleção de alguma coisa. Você coleciona bocetas. — E ri novamente.

— Não sei por que ainda perco tempo com você — reclamo.

— Não, agora é sério, fala aí: o que tem a noviça rebelde? Quero dizer, a sobrinha do padre?

— Cara, ela veio com um papo de que a amiga queria me conhecer. Quando dei o ingresso do matadouro para as duas, ela queria pular fora e fingiu que não me conhecia e que nada tinha rolado entre a gente.

— Não disse? As mulheres são loucas!

— Estranho demais...

— Tira a dúvida, sô! Manda uma mensagem para o celular dela, que eu sei que você deve ter porque é um homem precavido e telefone de mulher nunca é demais. Pergunta o motivo do teatro e vê se ela responde algo.

— Será? — Fico na dúvida.

— Manda logo, cara! Mas não ficarei aqui para ver a resposta, você me conta depois. Vou voltar para a sala, estou com a corda no pescoço por causa da dependência de matérias e preciso me formar.

Envio a mensagem em seguida:

Beca, fala agora o motivo pelo qual você estava estranha comigo mais cedo.

A resposta vem à galope:

Quero trepar com você e Vanessa, mas ela é meio tímida. Precisei forçar a situação, pra rolar. Sabia que você não negaria fogo, até porque a Van é gostosa pra cacete e você vive excitado! E ela já está babando em você faz tempo.

Apenas respondo:

Entendi. Manterei o teatro. Será divertido. Até mais tarde!

Entro rindo na sala de aula, porque a situação é muito engraçada... E boa demais!

•••

No fim da noite, faço questão de chegar rápido em casa para organizar a bagunça, porque sei que mulher gosta de um local arrumado, limpo, discreto e confortável. Tomo um banho e opto por colocar somente um jeans surrado, meu chapéu companheiro de sempre e nada mais.

Sou um predador, bruto, rústico, invocado, sistemático, mas tenho minha parcela de romântico e amoroso. Sei como tratar as mulheres. E elas gostam de mim. Eu não tenho preferência, só precisa rolar aquela química gostosa! Até mesmo porque as mulheres são diferentes. E elas podem ser de todas as formas e tamanhos, altas, baixas, gordinhas ou magras, na flor da juventude ou na beleza da maturidade, loiras ou morenas, brancas, negras, pardas, orientais... Ô, trembão demais da conta que é mulher, sô!

Elas acham que nós, homens, conferimos seu peso, procuramos estrias e celulites, observamos cabelos desgrenhados e falta de maquiagem. Como estão enganadas! Homem que é homem gosta de mulher, não liga se ela já passou por um relacionamento complicado, se não tem tempo para se cuidar todos os dias porque a prioridade são os filhos, se sabe cozinhar ou se prefere fast-food, se está cansada do trabalho fora ou dentro de casa — e, às vezes, os dois — , se transa no primeiro encontro ou só se entrega depois da paixão. Não há nada de errado em fugir do padrão, assim como não há nada de errado em segui-lo. Toda mulher deveria simplesmente se amar e ser devidamente amada. A beleza é tão somente uma contemplação subjetiva e relativa, que não deveria ser enquadrada em arquétipos que excluem ou discriminam. Pode ser clichê, mas é legítimo e é como eu penso: bonito é ser você.

Deus até hoje não criou nada mais magnífico que a mulher. Entendo as dores de cabeça, as reclamações — por vezes sem motivos — e as TPMs. Essas coisas vêm no pacote e, se comparadas aos benefícios, são irrelevantes.

Faz tempo que não estou disponível para compromissos mais sérios, mas faço questão de garantir que cada mulher que passe pela minha cama se sinta única e especial. Eu sou sincero e acho que isso conta muito. Não falo mentiras e nem faço promessas que não poderei cumprir. Meu romantismo vai até certo ponto e chego a encarar com prazer um sexo tranquilo... Mas o meu forte mesmo é o sexo hard, com direito a cordas e chicotes. O arrepio até corta minha espinha, só de pensar! Não é por menos que as mulheres que estiveram comigo me chamam de cavalo.

Sei admirar uma mulher que se sente livre e segura, pronta para defender suas preferências e atender seus desejos, fetiches e encontrar seu prazer. Amo as despudoradas, sem frescura, que se dão por inteiro. Mas, também sei cuidar da mulher frágil ou fragilizada pela vida e circunstâncias. Elas simplesmente precisam de mim para conhecer o lado bom do mercado de testosterona.

No momento em que Rebecca e Vanessa entram na minha sala, eu sei que preciso dar o melhor de mim para duas mulheres tão diferentes. Seria imperdoável que uma delas saísse menos que satisfeita. Meu termômetro quanto a isso é o sorriso no fim de tudo, ou no dia seguinte, além da certeza de que uma amizade, mesmo que delgada, permaneça entre nós. Eu sou muito justo, pego, sim, um pouco das minhas mulheres para mim, mas faço questão de entregar a elas um pouco de mim também.

Rebecca faz um charminho com seu teatro, mas eu sei que, com ela, eu posso pegar pesado. Ela já experimentou a minha cama. Vanessa parece doce, mas vejo uma chama presa dentro desse corpo e eu a trarei à tona, trarei esse fogo para fora com cautela e precisão.

Darei à Rebecca o que ela quer: a experiência de consumir uma mulher deliciosamente fabulosa e quieta. Deixo que ela brinque um pouco com a amiga, para matar a sede que me demonstrou naquela mensagem, pelo celular. Mas, quando ela solta o cabelo de Vanessa e aquela cabeleira loira, brilhante e bem-cuidada cai, densa e sexy em seus ombros, fico tão duro que não sei quanto tempo mais eu aguentarei apenas observar. O bom é que Rebecca já conhece minha voz de comando e obedece prontamente cada ordem que vem da minha fome.

Ao longo dos anos, aprendi a ler os sinais femininos na hora do sexo, quando já estou com elas na minha cama. O "não" normalmente quer dizer "sim", o "para" é o famoso "continua!", o "talvez" significa "quero muito!", o "de jeito nenhum" é basicamente "o que você está esperando?" e o "sim" é o "sim" das corajosas e atrevidas. Por isso, sou cuidadoso todo o tempo ao observar as reações, para que eu saiba quando reduzir a investida, quando devo parar ao atingir o limite e quando posso quebrar a barreira da dor e da lucidez, buscando enlouquecidamente o prazer. Por isso, para as inexperientes, costumo usar um código de segurança e peço que o usem, para me fazerem parar, porque qualquer tipo de sexo tem de ser seguro, prazeroso e consensual.

Rebecca é a típica "vadia na cama". Isso não quer dizer que ela seja menos perfeita para o casamento, esta é apenas sua preferência para o sexo. O que é muito normal. Dor e prazer liberam endorfinas, um neurotransmissor parecido com a morfina, que é gerada pelo corpo. Se aprendermos a misturar a dor com o prazer sexual enquanto fazemos um sexo bruto, somos capazes de experimentar uma sensação ainda melhor, instantaneamente. Portanto, para Rebecca reservei o meu lado mais animal, meus movimentos mais agressivos e fortes, as chicotadas ardidas... E ela goza a ponto de se encharcar. Fui seu macho alfa e gostei muito!

Para Vanessa, guardei meu coração. A envolvo de tal forma, que ela é incapaz de parar. Mesmo constrangida no início, pelas investidas da amiga, ela simplesmente não consegue parar. Certamente, a experiência do sexo oral que recebe de Rebecca é uma das melhores coisas que já sentiu na vida. Sua expressão de prazer durante o gozo demonstra isso, claramente. E, após uma retirada estratégica de Rebecca, fodo Vanessa com estocadas fortes e profundas, sem perder o contato visual, me controlando ao máximo, quase de forma tântrica, para gozarmos juntos. É o que Vanessa precisa nesse momento para saber que eu estou com ela e que isso é especial.

Quando a vejo se perdendo em meu olhar, sou transportado quase que instantaneamente para os olhos de Lírio. É tão inevitável... Eu só queria que a minha Lírio se perdesse assim, em mim... Por um instante, tento imaginar seu cheiro, o toque da sua pele, a suavidade de seus cabelos, o timbre de seu sussurro, o sabor do seu gozo, o aperto do seu sexo. Mas, rapidamente, obrigo-me a retornar ao presente. Para Vanessa. Me concentro na mulher linda em minha cama... Entregue... Feliz. E, então, gozo junto com ela.

•••

Dormimos os três, entrelaçados e satisfeitos, em uma aura de sedução, luxúria e prazer. Saio da cama, cuidadosamente, para o banho e vejo que minhas meninas se aconchegam uma na outra. Uma imagem linda demais de se admirar, perfeita demais! Quase uma pintura, uma obra de arte da sensualidade, que eu tive o privilégio de experimentar para me fartar.

Após o banho, seco meu corpo no quarto, enquanto vejo os corpos das minhas deusas se iluminarem, com os primeiros raios de sol. Coloco apenas uma calça de pijama e vou preparar o café. Minha mãe é uma expert na cozinha e fez questão de me ensinar muitas receitas. Eu me viro melhor que muita mulher.

Enquanto bato os ovos para fazer um bolo de fubá, coloco a água do café para ferver. Lembro-me de preparar um refrescante suco de laranja, pois elas merecem um pouco de energia para começar o dia, já que eu suguei suas forças na noite anterior. Nada melhor do que ovos mexidos pela manhã e algumas torradas, para aproveitar o pão "dormido".

Enquanto o bolo está no forno, pego o jornal para ler. Caderno de economia? Notícias do mundo? Reportagens do estado ou da cidade? Não, nada disso. Eu preciso me torturar, constantemente. Para isso, vou direto para o caderno de notícias sociais. Vez ou outra vejo algo sobre a família de Lírio, Antônio e as fotos dos dois, sempre juntos, na capital ou em outra cidade qualquer.

Sou retirado do meu devaneio pelo celular. Atendo no terceiro toque.

— Lurdinha, meu amorrr!

— Ai, peão, não fala assim, que eu gozo pelo telefone mesmo! — Sua risada é vida para o meu coração e luz para o meu dia. Lurdinha é a alegria em pessoa.

— Diga, minha linda, do que você está precisando?

— De um café da manhã com meu gostoso preferido, uma trepadinha rápida e bem forte com seus vinte e um centímetros e uma carona para o trabalho, em uma certa caminhonete caindo aos pedaços. Rola, peão?

— Ô, amorrr... Estou acompanhado. Mas a carona rola, pode ser?

— Quem é a sortuda da vez?

— As sortudas.

— Duas? — Percebo seu tom irônico e divertido.

— Claro, estou ficando mais exigente. — Sorrio.

— Quem são elas? Eu conheço?

— Não sei, mas acredito que sim. Uma é repeteco e a outra é novidade.

— Ah, peão! Assim você me mata de curiosidade.

— Amorrr, conto tudo para você quando for deixá-la no trabalho. Pode ser?

— Conta mesmo, peão! Porque, de mim, você não tem escapatória. — ela diz, gargalhando.

— Sim, Lurdinha. Você é uma grata constância na minha vida. — O que é a mais pura verdade. Éramos Lírio, Antônio, Lurdinha e eu, desde pequenos. Agora, somos só nós dois.

— Te amo, seu puto! Até daqui há pouco.

— Até, amorrr! E um beijo bem gostoso... naquele lugarrr!

Desligo o celular e vou verificar o ponto do bolo. Arrumo a mesa, encontro uma florzinha no meu pequeno jardim e coloco em um jarro, no centro. As damas que enfeitam minha cama merecem um carinho.

Vou até o quarto e elas ainda dormem profundamente. Infelizmente, não poderei esperar mais, pois o relógio não para e eu não posso me atrasar para o trabalho. Mas, quero acordar as duas com alguma delicadeza e tenho uma ideia.

Busco meu inseparável violão e dedilho as notas, enquanto canto uma canção de bom dia, que tem muito a ver com a boa noite que tivemos.

TÔ NAMORANDO TODO MUNDO
99% ANJO, PERFEITO
MAS AQUELE 1% É VAGABUNDO
AQUELE 1% É VAGABUNDO
SAFADO E ELAS GOSTAM

"AQUELE 1%" — MARCOS E BELUTTI (PARTICIPAÇÃO DE WESLEY SAFADÃO)

— Bom dia, peão! — diz Rebecca, se espreguiçando.

— Bom dia, Heitor! — diz Vanessa, com sua voz doce, de menina.

— Bom dia, princesas! Tem café na mesa. Aprontem-se ou se atrasarão! — sorrio, encostando o violão em um canto e saindo, para dar espaço para as moças se arrumarem.

Minutos depois, as duas chegam à cozinha. Lindas, coradas e radiantes. Essa é a minha maior recompensa: mulheres satisfeitas porque acordaram na minha cama. É bom demais!

— Dormiram bem? — pergunto, segurando um sorriso discreto no canto dos lábios.

— E ainda pergunta? — Rebecca responde, prontamente.

— É por isso que dizem que cowboy é muito melhor que playboy. — Vanessa faz uma piadinha. Como ela mudou da noite para o dia! Está soltinha, feito arroz de primeira!

— É o que dizem... Cowboy que é cowboy acorda cedo e trabalha muito, playboy dorme o dia inteiro. Cowboy fode muito e sabe ganhar dinheiro, começa com três bezerros e logo é fazendeiro. Playboy finge que transa, morre pobre de tanto gastar na balada, e é chifrudo que nem um boi pantaneiro. — Gargalhamos juntos do meu verso típico de rodeio.

— Eita, lasqueira, peão! E, então, voltaremos a nos encontrar? — Rebecca questiona.

— Você já sabe como funciona, Beca... — respondo.

— A-rá! Sabia! Fiquei com a pulga atrás da orelha ontem, mas agora minha suspeita se confirmou: vocês já se conheciam! — Vanessa nos acusa, com dedo em riste.

O silêncio impera e é quebrado pela risada desenfreada da própria Vanessa.

— O que foi? — pergunto.

— Tá tudo bem, gente! — ela responde. — A noite foi boa demais para essa tensão toda, nessa mesa linda de café da manhã. A propósito, agradeço a gentileza, peão.

— Ai, que alívio, amiga! Pensei que esse seria o momento em que você me mataria. — Rebecca diz, aliviada.

Tomamos café, conversando sobre amenidades, terminando com a certeza de que a casualidade da ocasião ficou esclarecida para as duas. Daqui sairá uma amizade divertida, certamente. Sem exigências, sem laços, sem ressentimentos...

A regra é clara: nada de cobranças, compromissos ou dores de cabeça. Sem frustrações. Sem a necessidade de personagens. Apenas prazer, onde ninguém pega no pé de ninguém, ninguém é de ninguém, mas tudo é permitido, apenas pela satisfação. Prazer por prazer.

E quanto a novos encontros... Sem neura, é só deixar rolar.

Dizem que sexo com amor é ótimo. Ainda não sei. Ou talvez faça uma ideia, pelo amor que sinto por Lurdinha. Só posso dizer que sexo casual é delicioso. Enquanto ainda não tenho o amor, vou treinando. E sempre há entrega. Minha e delas. Delas, por se deixarem conduzir, e minha, por me permitir. Tudo depende da intensidade que a coisa tem, da importância que damos e do quanto o coração se envolve.

3

ALINE

— **BOM DIA, SR. JOSÉ LUIZ**, Dona Ana Flor.

— Bom dia, Aline! Dormiu bem, filha?

— Como uma pedra, Dona Ana Flor. A calmaria da fazenda é uma maravilha!

— Seu pai ligou logo cedo, perguntando por você. Não deixei as empregadas a acordarem, para que pudesse descansar mais, mas ligue para ele após tomar café.

— Obrigada, Sr. José Luiz. Meu pai é um pouco exagerado. Afinal, não sou bem uma menina mais, tenho dezoito anos.

— Os filhos nunca crescem para nós, querida — Dona Ana Flor retruca, gentilmente.

— Sente muita falta da Lírio?

— Sentimos muito, mas ela preferiu não vir passar o carnaval aqui. Está em um curto *tour* pela Europa, com o namorado dela, aproveitando o período antes do retorno das aulas. Na universidade aqui da cidade, as aulas já estão a todo vapor, mas lá, inicia apenas depois do carnaval.

— Noivo, Flor, acostume-se com isso, Antônio é praticamente noivo da Lírio — corrige o Sr. José Luiz. Sua voz passa autoridade e satisfação.

— Sim, meu amor, quase noivos. Então, Aline, como eu dizia, eles estão precisamente na Rússia por esses dias. — E percebo que Dona Ana Flor não parece tão satisfeita com esse tal noivado.

— Estão em Cazã, na República do Tartaristão. É bem próximo à Moscou. Ontem a Lírio nos enviou uma foto que fez em frente à Mesquita Kul Chariff. Lugar esplêndido.

— Posso imaginar, Sr. José Luiz — Viro-me para Dona Ana Flor e continuo: — Ela faz faculdade de Biologia, certo?

— Sim, em Belo Horizonte. Ela vive lá desde os quatorze anos.

— Confesso que estou cansada do agito da cidade grande, por isso decidi passar o carnaval no interior de Minas Gerais, para conhecer o tão famoso carnaval de rua e repúblicas estudantis. — Sorrio com os pensamentos impuros que passam na minha cabeça.

— Não gosta de viver no Rio de Janeiro? Sempre escuto maravilhas sobre o carnaval carioca — o Sr. José Luiz questiona.

— Gosto de viver no Rio, mas cansei de fazer a mesma coisa no carnaval. Camarote VIP na Marquês de Sapucaí é uma coisa muito *démodé* para a minha geração.

— Você começa a faculdade agora, Aline? Seus pais devem estar muito felizes e orgulhosos!

— Sim, Dona Ana Flor. Estou matriculada no curso de Economia da Universidade Federal do Rio de Janeiro. — E não consigo controlar a voz de tédio e tristeza.

— Mas, você parece desanimada, filha...

— Bom, essa foi a escolha do meu pai. Por mim, teria escolhido faculdade de Design de Moda.

— Por isso os pais tomam as rédeas. Se deixar, vocês assassinam o futuro — proclama a autoridade aristocrática do Sr. José Luiz, que parece ter se esquecido de que Moda é a formação de sua esposa.

— E o que deseja fazer hoje, Aline? — Dona Ana Flor muda o assunto, para amenizar o clima chato que se formou.

— Quero passar o dia em São João del-Rei.

— O que seu pai pensa disso?

— Bom, Sr. José Luiz, eu tenho dezoito anos, posso decidir o que fazer sem que meu pai tome as rédeas, até mesmo sobre com quem devo me casar, já que esse parece um costume dos homens de sua geração.

Ele joga o guardanapo em cima da mesa e sai. Dona Ana Flor, um doce de pessoa, tenta amenizar, mais uma vez, a situação.

O Sr. José Luiz e a Dona Ana Flor são amigos dos meus pais de longa data e eles têm uma filha, um pouco mais velha que eu, a Lírio. São criadores de cavalos Mangalarga Marchador, donos de um dos maiores haras do país.

Já eu, vivo no Rio de Janeiro, onde meu pai é sócio-diretor de uma das cervejarias mais conceituadas no mundo. Minha mãe é modelo aposentada, foi obrigada a largar as passarelas e capas de revistas no auge da carreira para se casar com meu pai ou, do contrário, meus avós paternos não aceitariam uma mulher que, além de negra, se expunha tanto.

Infelizmente, a família do meu pai é muito racista e o que me deixa radiante é que eles têm que engolir o preconceito, dia após dia, já que sou negra em sua mais ampla definição. E assumo isso, com o maior orgulho.

As pessoas julgam demais por causa de cor, ou melhor, raça. Sofro bullying até hoje por causa disso. Porque me assumo. Não aliso meu cabelo, que tem um estilo black power com cachos e ainda fiz luzes, no tom mel, nas pontas de alguns fios, só para ficar mais destacado e luminoso. Não tenho nada contra quem alisa as madeixas, até acho bonito, só que eu fico melhor assim, ao natural. Eu não me escondo. Pelo contrário, me jogo no mundo, com a maior coragem. Quem não gosta, que se retire. Eu sou a ousadia em pessoa!

No colégio, já me chamaram de urubu, macaca, pão de fumo, piche, Saci, carbono, feijão, sarará crioula... Nem mesmo o dinheiro dos meus pais calou essa turma do mal. Mas não permito que nada disso me afete, porque eu me sinto mesmo é uma negra linda e poderosa, um bombom dos mais gostosos, 100% cacau. Preconceitos, intolerância racial e social são pura estupidez. Ao final, somos e seremos apenas pó. Essa "doença" chamada racismo tem que acabar.

Dona Ana Flor diz que o Sr. José Luiz vai me levar até a cidade, então subo para o quarto, para me arrumar.

Vinte minutos depois, estou pronta, parada em frente ao espelho, conferindo todo o material.

O conjunto short de cintura alta — colorida e estampada —, mais sutiã à mostra — preto — está mostrando o meu propósito: causar! Gargalho sozinha. E nada de calcinha! Eu quero é facilitar o processo!

Calço uma sapatilha Chanel preta, pensando no quanto vou pular no meio da multidão e no tanto que aquelas ruas são íngremes e com calçamento irregular. Preciso estar confortável.

Por cima de tudo jogo um colete jeans aberto e sem mangas, uma maravilhosa aplicação de penas coloridas de pavão no ombro, customizado por mim. Meu lado fashion grita tão alto! Uma tristeza não poder fazer faculdade de moda.

Confiro minhas unhas esmaltadas na cor roxa e, para finalizar, aumento o volume dos meus cachos, aplico um delineador bem forte nos olhos, uma máscara alongadora de cílios, blush nas maçãs do rosto e um batom roxinho incrível nos meus carnudos lábios.

Estou radiante! Uma diva! Meus olhos, tão negros quanto minha pele, brilham de satisfação. Posso até ser alta, mas sou uma falsa magra, minhas curvas denunciam toda a batata frita com queijo e bacon que eu amo comer. Sou gostosa pra caralho! Tá pra nascer bunda maior, mais durinha e empinada que a minha. E minhas coxas? Coxões! E meus seios, redondos e generosos? E minha cintura fininha? Delícia!

Beijo o ombro e sorrio internamente para as inimigas! Rá rá rá!

Minha intenção em passar o carnaval no interior de Minas, além de saborear goiabada cascão com queijo — o famoso Romeu e Julieta — e devorar todos os pães de queijo que eu conseguir, é poder encontrar meu orgasmo, na putaria, sem a menor vergonha. Até quis ficar em um hotel, para ter mais liberdade, mas meu pai é tradicional demais para permitir. Então, tive que aceitar ficar na fazenda dos pais da Lírio, para evitar discussões e desgastes.

O pior nem é isso... A maior vergonha mesmo é ter vida sexual ativa há três anos e nunca ter experimentado um orgasmo. Então, eu vou dar geral pra galera, até que algum mineirinho fodão leve meu corpo para esse tal paraíso que eu ainda desconheço. Em todos os cantos desse Brasil por onde passei, me disseram que os rapazes de Minas Gerais são os melhores e sabem trepar como nenhum outro. Então, eu vou tirar a prova!

•••

Desembarco do carro do Sr. José Luiz e, imediatamente, vejo seu olhar ser direcionado para o foco das atenções de todo o público masculino daquela praça...

Em cima de uma caminhonete, com uma música explodindo no som do automóvel, está uma loirinha vestida com um maiô cheio de recortes, mais mostrando do que tampando, um shortinho jeans detonado por cima, botas sem salto e de cano curto, e um chapéu de boiadeiro, fazendo a alegria dos donos da testosterona. Bate até aquela invejinha... E me pego sorrindo do meu comentário mental.

Volto meu olhar para o Sr. José Luiz, e observo que ele ainda está com os olhos vidrados na moça. Percebo mais do que o puro e natural desejo masculino naquele olhar... Vejo uma nuvem de ciúme e isso cheira muito mal. Ai, ai! Não quero nem pensar... Coitada da Dona Ana Flor. Será que esse velho tem um caso com a "Lolita" exibicionista?

— Quem é ela, Sr. José Luiz? — Obrigo o velhote a sair do transe e voltar seu olhar para mim. A situação é constrangedora.

— Fique longe daquela periguete, Aline. Aquela moça não é companhia para você ou para qualquer pessoa de bem.

Bingo! Esse velho tem algo com a piradinha-gostosa-dançante!

— Caramba, como o senhor fala assim da coitada da menina? — Meu tom de voz mostra toda a minha indignação com o desprezo que ele demonstra por ela.

— Não se espante. Aqui na cidade todo mundo sabe que tipo de mulher é a Lurdinha. Enfim, fique longe dela e não se meta em problemas. Seu pai confiou sua segurança a mim.

— Fica de boa, tio! Não vou aprontar nadinha! — Sorrio e saio ligeiro, para sumir no meio da multidão.

Quando a música termina, os marmanjos assoviam, aplaudem, gritam inúmeros adjetivos e pedem um pouco mais da tal Lurdinha.

Meu lado "pimenta" leva a melhor e, quando percebo, estou colada à caminhonete, chamando a atenção dela.

— Ei, garota! Oi! Psiu!

Lurdinha se abaixa para me ouvir, rebolando, para o delírio dos machos presentes.

— O que foi?

— Vamos fazer um embate dançante? Tchutchuca x Piradinha?

— Você é carioca?

— Sou. — E ela cai na risada. O que tem de engraçado em ser carioca? Mó solzão, mó marzão, minha cidade maravilhosa! O que tem de errado?

— Então, você quer competir aqui comigo para ver quem dança melhor? Tem certeza de que aguenta a pressão? — E gargalha novamente.

— Já é!

— Você é funkeira?

— Caraca, claro que sou!

— Então, sobe aqui, uai!

— Valeu!

Subo na caminhonete, enquanto Lurdinha pede a atenção das pessoas.

— É o seguinte, a "Garota Globeleza de Ipanema" e eu vamos fazer um showzinho aqui. Vocês querem? — Todo mundo grita, enlouquecido. — Foi fraco, quero ouvir gritos mais animados!

Depois desse incentivo, o pessoal da plateia vai ao delírio. Penso que a pracinha vai abaixo.

Lurdinha se aproxima da janela da cabine da caminhonete e pede um funk bem animado. Naquele momento, sei que tiro de letra o desafio!

Assim que a música começa, eu me solto totalmente, mas também me surpreendo ao ver que a loirinha entende do babado e conhece os passos da coreografia. Entendo imediatamente o meu erro ao subestimar a garota. Então, para chamar de vez a atenção do público, dou meu melhor, invisto em todos os passos mais conhecidos e sensuais do funk, e isso inclui o "quadradinho de quatro".

Em pouco tempo, não ouço mais os gritos enlouquecidos de "Lurdinha! Lurdinha!" e começo a ouvir outro coro se formando em prol de nós duas: "Só as cachorras! Só as cachorras! ". Meu sangue ferve e mostro todo o meu gingado carioca. Não posso dizer que eu roubo a cena, mas Lurdinha tem que reconhecer que sou, no mínimo, uma adversária à altura.

Enquanto remexo a bunda para enlouquecer a galera, avisto o olhar mais quente que já vi na vida. Ele é alto, moreno, forte, muito forte, tem uma boca espetacular e um olhar mau... Um moreno quente como o inferno. Veste calça jeans surrada, caída no quadril, está sem camiseta — deixando todos aqueles músculos à mostra — e usa um chapéu de cowboy.

— Aooow, cowboy! Seguuura, peão! — grito, antes de conseguir filtrar o que meu cérebro envia para a minha boca. Estou fora de mim por aquele homem. Totalmente descontrolada.

Ele ouve. E, da forma mais sensual do mundo, leva à boca a garrafa de cerveja que está segurando. Retira o chapéu da cabeça, faz uma reverência para mim e umedece os lábios de uma forma que ferve meu corpo e faz minha boceta piscar. Puta que pariu! Quase desmaio de tanto tesão. Eu me animo ainda mais e agradeço aos céus pelo melhor carnaval de rua do mundo!

Fecho os olhos, jogo os braços para cima e dou o meu melhor. Não sei por quanto tempo viajo na vibração das ondas da música, mas quando abro os olhos, não vejo mais o peão. Que decepção.

Terminamos o showzinho e descemos da caminhonete.

— Você dança, hein! — Lurdinha me elogia.

— Você também, garota, um arraso. Me conta uma coisa, o que tem para fazer por agora?

— É a primeira vez que curte carnaval aqui?

— Sim.

— Então, os bloquinhos dos bairros e das repúblicas universitárias começam a descer para o centro da cidade daqui a pouco e as ruas ficam lotadas de gente de todo tipo, inclusive fantasiadas. É bem legal de se enfiar no meio e curtir.

— Ah, maneiro!

— E, mais tarde, tem desfiles e show no palco montado na praça. No mais, são os barzinhos espalhados pela cidade. Se animar, tem algumas cachoeiras lindas para conhecer ou as feiras incríveis de produtos artesanais, desde alimentícios até decoração e bibelôs.

— Falô!

Decido seguir a farra com Lurdinha, ela é realmente muito divertida e descolada. Além de ser o tipo de pessoa desencanada, que provavelmente não julga ninguém. É dessa gente que eu preciso para me ajudar a esquecer da vida de "bonequinha de luxo e plástico", perfeita e certinha, que sou obrigada a suportar. Reviro os olhos só de pensar que, depois do carnaval, tenho que encarar a realidade novamente.

A expressão exata é "mar de gente"... Pessoas subindo e descendo, entrando e saindo por becos e ruelas, morros e largos, praças e repúblicas. A vida parece parar em uma dimensão fora da órbita da Terra enquanto essas pessoas se divertem, como se não houvesse amanhã. É como se a vida fosse um eterno carnaval!

Não tem o glamour das escolas de samba do carnaval carioca, mas tem o charme excêntrico dos blocos carnavalescos espontâneos. As ruas fervem, menos com o calor da temperatura e mais com o calor dos corpos, dos hormônios, dos desejos enfreáveis.

As pessoas são lindas e se concentram nas ruas, nas praças do centro histórico, onde as paredes dos casarões e sobrados, apertando os becos e cercando largos, dão ainda mais movimento e agito ao mar de gente, fazendo o canto, o batuque, as marchinhas tocadas pelas bandas de sopro e o som elétrico ecoarem ladeiras acima e abaixo. Aqui, o conforto e a liberdade são aliados. Pura alegria!

Perco a conta de quantos beijos de língua eu recebo e dou, subindo e descendo ladeiras. Lurdinha se diverte. Ninguém sabe o nome de ninguém. Ninguém pergunta sobre idade, família ou conta bancária. Não interessa a cidade de onde vem ou a marca que sua roupa tem. É tudo leve e visceral. Muita curtição sem compromisso, gente em busca de emoção, de vida, de fugir da rotina. E, por muitas horas, eu sou feliz como nunca fui.

É nesse momento que entendo que a vida tem o sabor que a gente dá. O tempero quem escolhe sou eu. E eu não quero uma vida sem sal. Eu quero dias aquecidos, no meio da pimenta.

•••

A noite começa a surgir, junto com uma lua imensa e prateada. As pessoas não saem das ruas, nem os carros, com músicas em alto volume, ou o palco na praça, onde tem revezamento de bandas o dia inteiro. Lurdinha me deixa sozinha para ir à sua casa, tomar banho.

Decido conhecer um pouco mais a cidade.

Atravesso a Ponte do Rosário, um lugar charmoso, que faz com que São João del-Rei me lembre Veneza e seus canais. Passo por um museu e subo uma rua estreita. As pessoas estão nas calçadas e janelas de suas casas, curtindo a movimentação do carnaval. Passo em frente a casinhas, coladas umas às outras, com telhado colonial e portas coloridas. A quantidade de igrejas me faz sorrir, porque é engraçado pensar que parece haver mais igrejas do que pessoas.

Estou em uma rua um pouco mais isolada, com iluminação tênue. É a rua onde Lurdinha me indicou um restaurante, um tal de Bistrô. Sinto fome e quero jantar antes de voltar para a folia. Passo em frente a outra igreja, paro na escadaria e faço o sinal da cruz, em respeito. Dou mais alguns passos e escuto gracinhas direcionadas a mim.

— Neguinha! Neguinha! Você me deve uma bebida. — Olho para trás e vejo três rapazes vindo em minha direção, cambaleando e trocando as pernas. Parecem muito alcoolizados.

Aperto o passo e eles continuam:

— Neguinha! Neguinha! Você me deve uma bebida.

Irritada, me viro para trás e pergunto:

— Por quê?

— Porque quando eu te vi, derrubei a minha.

Reviro os olhos para a cantada mais idiota que já recebi na vida.

— E, então?

— Então, o quê? — Não vejo graça no fato de que os três me cercam por todos os lados e me sinto acuada.

— Você pode me emprestar um beijo? Prometo que devolvo depois.

Dei muitos beijos ao longo do dia, mas de jeito nenhum estou com vontade de fazer isso com os três babacas que me seguem. Eles me parecem muito invasivos e inconvenientes.

— Com licença, preciso ir. — Tento me desvencilhar, mas eles não deixam. Não tenho para onde correr ou para quem gritar por ajuda.

— Chupava toda! Gostosa! Pensando bem, é melhor colocar ela para chupar... — E junto com a cantada, recebo um desaforado aperto na bunda. Olho para trás e tento devolver a gracinha com um certeiro tapa na cara, mas antes que eu me aproxime, o cara da lateral segura meu punho e fala, irritado:

— Não faça isso, neguinha! Uma pretinha como você deveria agradecer por homens como nós quererem te comer.

Situação cada vez mais perigosa. Meu alerta está ligado.

Sinto que eles se aproximam, a ponto de sua respiração atingir meu rosto. Fico com medo e me arrependo de ter entrado naquela rua afastada.

— Afastem-se, caso queiram permanecer com o nariz intacto. — Uma voz rouca, forte e sensual pra cacete ecoa em meu tímpano.

Viro o olhar e vejo o moço de hoje mais cedo. É ele! É ele! Meus hormônios comemoram. É o peão delícia!

— Não sou um homem paciente. Afastem-se dela, repito, pela última vez. Além de estarem assediando a garota, que visivelmente não está interessada, estão cometendo o crime de racismo. Pelo que vejo vocês não são da cidade, então, devo esclarecer que as leis aqui se fazem cumprir. Se não pelas mãos da justiça, pelos meus punhos mesmo.

Os três babacas riem, olham um para o outro e partem para cima do peão. Eles são do tipo arruaceiros e querem briga. O álcool não os deixa ver que é luta perdida. Olha só o tamanho desse homem!

Em um movimento rápido e sem vacilo, o peão dá um golpe de direita em um e um murro de baixo para cima no queixo do outro. Os dois caem e, literalmente, beijam o chão. Vendo isso, o terceiro sai correndo, com o rabo entre as pernas. Os dois, que tomariam uma surra se resolvessem revidar, levantam e correm, praguejando.

Assisto, incrédula, a toda a cena. Caramba! O cara defendeu minha honra daqueles três escrotos! Estou perplexa e completamente admirada pela força do rapaz. Ele é esquentado, do tipo pavio curto, que não leva desaforo para casa! Não contou dois para entrar na briga. Meu herói! Um touro!

— Obrigada. — Enfim, meu cérebro lembra-se de como deve funcionar e o agradece.

— É carnaval e a cidade está lotada de pessoas estranhas. Uma moça bonita como você não pode ficar sozinha por aí. Encontre uma amiga para passear acompanhada à noite.

— Sim, vou procurar minha amiga. Te vi hoje cedo, mas depois você sumiu.

— Descanso durante o dia para encontrar as emoções da noite.

— Também procuro por emoções, peão... — Meu alterego "atrevida-desinibida" resolve aparecer.

— Que tipo de emoções?— ele pergunta, com um novo brilho no olhar. Eu me arrisco a dizer que é um fogo e observo um sorriso sutil atingir o canto do seu lábio carnudo.

— Quero experimentar o que é ter um orgasmo, já que os homens que cruzaram meu caminho até hoje não deram conta do recado. — Pronto, estou com o modo "sincera pra cacete" ativado.

— Quantos anos você tem?

— Dezoito. Quer ver minha identidade?

— Não, vou oferecer um voto de confiança. Mais uma pergunta: você não é virgem, certo?

— Não. Mas se fosse, seria um problema?

— Não, exceto pelo fato de que eu não transaria com uma virgem na rua. A primeira vez de uma mulher merece flores e velas.

— E por que você acha que eu vou transar com você aqui?

— Porque, além de sentir o cheiro da sua excitação e imaginar que, por baixo desse shortinho você está encharcada, suas pupilas estão dilatadas, sua respiração, ofegante e, o mais importante, se você não quisesse, já teria vazado daqui faz tempo.

O cara desconhecido, que nem ao menos quis saber meu nome, agarra um dos meus punhos e sai me arrastando para um beco estreito, em uma escadaria ao lado da igreja. Subimos quase tudo e nos enfiamos em outro beco, mais isolado e mais escuro.

Eu sei que isso é loucura, que não conheço o homem, e que ele pode ser até mesmo um assassino em série, pronto para me estuprar e matar, mas confesso que correr todos esses riscos e, principalmente, a possibilidade de ser pega fazendo isso em um local público me deixam ainda mais excitada. Sou doida? A resposta é muito óbvia: "Sim!", minha consciência grita, à beira de se perder entre as mãos enormes e o volume generoso da calça do peão sem nome. Mas, no fundo, esse cara me passa confiança. Não sei o motivo, mas é assim que sinto.

Não observo o lugar, sinto apenas o muro de pedras onde o peão me encosta e começa a me beijar, com muita língua e pegada. O cara sabe o que faz.

— Você tem certeza de que quer isso?

— Por favor, não pare agora! — imploro.

— Porra, garota! Seu senso de autopreservação não existe. Pensei que, em algum momento, você fosse desistir, mas você apenas vê o perigo e o abraça de olhos fechados.

— Você é perigoso, peão?

— Não, mas e se no meu lugar estivesse alguém que fosse?

— Não posso pensar no momento, meu cérebro está entupido de adrenalina. Me fode, delícia, com toda essa brutalidade que você demonstra ter. Se solta! Me mostra o que é prazer!

— Porra, safada!

Antes que eu me dê conta, ele arranca minha *hot pant* e a joga em algum canto. Estou nua, ele me observa e lambe os lábios. Eu o excito. Observo-o, enquanto ele abre o zíper da calça, somente o suficiente para libertar a enorme ereção, que num primeiro momento me assusta, mas, depois, me deixa ainda mais enlouquecida.

O peão busca um preservativo no bolso da calça...

— Não coloca, quero sentir você — reclamo.

— De jeito nenhum! Não transo sem proteção. E você também não deveria. Além de todas as doenças que vemos por aí, não acho que você queira uma gravidez aos dezoito anos, ainda mais como resultado de uma trepada de carnaval. Mais juízo nessa cabecinha desmiolada, garota!

— Tudo bem, faça como quiser. Mas... apenas me ajude a gozar, tenho dificuldade.

— Você sabe que amor de carnaval não sobe a serra, não é, garota? — ele deixa claro que sou apenas uma fodida e nada mais.

— Eu sei disso. É apenas uma trepada. Faça com que seja inesquecível, por favor!

— Garanto que vai ser a "rapidinha" da sua vida!

Não falo mais nada. Ele me coloca de costas para o seu corpo e me encosta no muro de pedra. Fecho os olhos e deixo que as sensações me carreguem. Sou penetrada de uma só vez, sem preliminares, sem frescura. Sou preenchida por completo e alargada no limite. Sinto uma pontada de dor e algo, quente e pulsante, encostar quase no meu útero.

O peão aguarda alguns segundos, para que eu me acostume ao seu tamanho, à dor que meu corpo está sendo obrigado a suportar, e começa um incessante e pulsante movimento de entra e sai. Cada vez mais fundo e mais forte. Descubro o verdadeiro significado da expressão "muita pressão". Sinto o movimento rítmico e intenso de seu quadril e me excito de uma forma que jamais experimentei antes.

Uma de suas mãos segura firme minha cintura e com a outra ele faz pressão em meu pescoço, forte o suficiente para turvar minha visão e reduzir a minha respiração, me obrigando a comprimir cada vez mais sua ereção, aumentando o prazer.

Seus lábios passeiam pelo meu pescoço em lambidas, chupadas e mordidas deliciosas. Gemo o mais puro e primitivo prazer. Algo que nunca experimentei.

O peão aumenta a violência de suas firmes estocadas, e não sei há quantos minutos estou sendo tão bem fodida, perco a noção de tempo e espaço. Ouço sua respiração se acelerar, e a pressão de suas mãos em minha pele aumenta, consideravelmente. Isso me enlouquece e eu me entrego, quando uma força incontrolável começa a tomar meu corpo. Rebolo e vou de encontro às estocadas, fazendo a intensidade da dor e do prazer se ampliarem.

— Relaxa e curta seu primeiro orgasmo, garota!

Como ele sabe que vou gozar?

— Por favor, me diga o nome do macho que me fode como nenhum outro fez até hoje!

O peão aproxima os lábios da minha orelha, provocando arrepios em toda a minha coluna. Puxa meus cabelos e diz, em um sussurro:

— Grite "Heitor" quando seu corpo enlouquecer.

Heitor... Um nome forte e bonito, para um cara forte e bonito.

Entrego-me por completo. Percebo as estocadas aumentando e sinto a mão, que antes segurava minha cintura, descer para o meio das minhas pernas. Ele estimula meu clitóris intensamente, enquanto comprime meu pescoço com a outra mão. Então, não posso mais segurar... Contrações involuntárias e rítmicas invadem minha boceta, ao mesmo tempo em que sinto também meu útero contrair. Meus mamilos endurecem tanto, que posso sentir a dor do incômodo de tê-los presos na roupa que não tirei. Um líquido escorre pelas minhas pernas, algo que sai de mim, não de Heitor.

Orgasmo! Enfim, ele veio! Choro sem controle, apenas choro de alegria. Silenciosamente.

Então, Heitor me abraça por alguns segundos. Somente durante alguns segundos...

— Me controlei um bocado aqui por você, garota! Vou terminar, agora é a minha vez.

Ele me vira de frente para ele, ergue minhas pernas do chão e se encaixa novamente. Sinto-me exausta. Ele retoma o movimento de vai e vem, dessa vez, de baixo para cima. Minha bunda raspa nada gentilmente nas pedras do muro, mas posso suportar isso em agradecimento.

Heitor fecha os olhos, joga a cabeça para trás e pressiona mais uma vez sua mão em meu pescoço. Em questão de segundos, sinto seu corpo explodir e estremecer, enquanto ele urra feito um lobo, um animal viril, gostoso e amedrontador:

— Você é uma delícia, bombom!

Em seguida, sai gentilmente de dentro de mim e me escora no muro para que eu não caia.

O peão retira a camisinha, dá um nó e enfia no bolso de trás da calça. Ele me ajuda a me vestir e me recompor. Palavras não são necessárias, mas é ele quem rompe o silêncio:

— Você é muito sensível. Vou dar um conselho: se toque mais, conheça seu corpo, assim você poderá direcionar seu parceiro para o lugar e a forma que lhe dá mais prazer. Mas é bom entender que não é preciso transar pensando só nos orgasmos. É muito bom aproveitar o restante do processo também. Sinta, pense, imagine e deixe fluir naturalmente. Você ainda é muito nova, tem muito a aprender.

Heitor não pergunta meu nome, mas isso não me incomoda. É carnaval, beijei muitos, sem sequer observar os olhos deles. Descemos a ruela de mãos dadas e, por um instante, tenho quase a certeza de ver um suspiro de infelicidade sair desse homem. Qual será o motivo?

Ele me deixa na praça central, longe dos perigos ocultos em becos escuros. Despede-se me desejando felicidade, e com um beijo em minha testa, e parte, sem olhar para trás. Sortuda a próxima garota que tiver o privilégio de passar por suas habilidosas mãos.

Fico ainda com a sensação de arrebatamento que o orgasmo me causou. E com a magia do carnaval e sua capacidade de eliminar frustrações e trazer à tona muitas alegrias. É quando a mente vibra conforme a música, sempre na expectativa de viver momentos sensacionais.

E enquanto volto a ouvir a música animada do carnaval, eu comemoro internamente o fato de estar pronta para voltar para casa e enfrentar o mundo... Menos menina, mais mulher.

4

HEITOR

O CARNAVAL DE RUA DE SÃO JOÃO DEL-REI é sempre muito bom. Adoro as marchinhas e blocos antigos e, talvez, seja a única ocasião em que eu realmente goste de multidões. Ou tolere. Ainda assim, a noite de ontem na República das Meninas foi muito intensa. Preciso me recuperar, se quiser aproveitar esta noite.

Sigo para casa, para tirar um cochilo, mas uma gritaria enlouquecida na pracinha me chama a atenção. Me aproximo e ouço o nome de Lurdinha. Sorrio. Lógico que minha loirinha estaria por trás dessa multidão de homens babões.

Ouço um barulho de buzina e uma música começa a tocar. Olho para a caminhonete de onde sai o som e a vejo de imediato, jogando sua cabeleira loira de um lado para o outro, enquanto executa sensuais passos de dança. Mas, pela primeira vez, Lurdinha está diante de mim e perdi minha atenção para outra mulher: uma mulata deliciosa, cheia de curvas, com um cabelo afro maravilhoso está ao lado dela e, como se fosse possível, rebolando de maneira ainda mais sensual. Detenho meus olhos naquele belo espécime de mulher que disputa, de igual para igual com Lurdinha, a atenção de todos os olhares do lugar. Nossa, que porra de menina gostosa!

E, por mais cheia de gente que esteja a praça, em um dado momento ela me enxerga.

— Aooow, cowboy! Seguuura, peão! — ela grita, na minha direção. Acho graça da desenvoltura da morena e dou um sorriso, enquanto tomo um gole da minha cerveja, sem tirar os olhos dela, que parece esperar uma reação da minha parte. Retiro o chapéu, fazendo uma reverência e percebo seu corpo reagir, imediatamente. "*É, delícia, estou bem aqui, admirando sua performance, sexy pra caralho*", penso. Ela parece ouvir meus pensamentos, pois se vira e começa a rebolar a bunda generosa na minha direção. Meu pau acorda na mesma hora e começa a latejar dentro da cueca, reagindo àquela mulata fenomenal se mostrando para mim.

Sou acordado do torpor sexual pelos gritos da multidão de machos no cio ali presentes:

— Só as cachorras! Só as cachorras!

Decido retomar meu rumo para casa. Apesar de estar diante de uma cena deliciosa de se ver, não sou homem de ficar degustando entre tantos. Sou um homem que se doa por completo quando está com uma mulher. E ela, quando está comigo, é minha. Inteiramente minha. Isso de compartilhar olhares e outras coisas mais só me serve se for com quem eu escolher e quando eu permitir.

•••

A noite está maravilhosa, com uma lua imensa e prateada e, antes de escolher meu destino, decido ir ao Bistrô, para tomar uma cachaça e comer alguma coisa. As ruas estão cheias de gente, contagiando a cidade com a alegria do carnaval. O que será que a noite de hoje me reserva? Se for a mesma coisa de ontem, posso dizer que amanhã acordarei bem satisfeito.

Assim que entro no Bistrô, sou recebido por um grito familiar:

— *Coléééé*, irmão! Seja bem-vindo ao Bistrô!

Bruno está nitidamente bêbado. Rio da cena patética dele tentando me abraçar e passando direto.

— Porra, Bruno, vai com calma, cara. O carnaval não acaba hoje, sabia?

Bruno se apoia no meu ombro e leva o dedo à boca, como se pedisse silêncio.

— Shh, Heitor, não fala isso alto, vai que alguém ouve e decide acabar com a festa?

Dou uma gargalhada e Bruno me olha com os olhos vidrados, sem entender.

— Cara, tem uma mulher ali que não para de olhar para você. Já ganhou a noite.

Olho na direção que ele me indicou e vejo uma bela loira sentada no balcão. Mas, diferente do que Bruno disse, ela não está olhando para mim. Está olhando para todos os lados, como se estivesse preocupada em ser vista por alguém. Eu a observo de cima a baixo, e suas roupas são um pouco reveladoras demais, ainda que seja carnaval. Será que ela é o que estou pensando?

Três homens, nitidamente alcoolizados se aproximam da loira, que pega um pacote da mão do garçom e, imediatamente, se levanta e sai. Eles vão atrás da moça e eu não me detenho. Largo Bruno para ir atrás deles.

Logo que sai do Bistrô, a mulher, sem deixar de olhar para os lados, entra em um carro que, aparentemente, estava esperando por ela. Os três rapazes vaiam e riem, chamando-a de vários nomes depreciativos. Em seguida, descem pela rua. Decido ir atrás, de olho. Esses caras ainda vão aprontar alguma merda. Os deixo tomar uma boa distância, para que não percebam que estão sendo vigiados, e sigo atrás deles, calmamente.

Poucos metros depois, avisto o grupo abordar uma menina. Digo menina porque, de onde estou, a moça parece ser muito jovem, se tiver dezoito anos é muito.

— Neguinha! Neguinha! Você me deve uma bebida.

Aperto o passo e eles continuam:

— Neguinha! Neguinha! Você me deve uma bebida.

A menina retruca, mas não ouço o que ela diz. Ouço apenas os rapazes falando, enquanto cercam a garota.

— Chupava toda! Gostosa! Pensando bem, é melhor colocar ela para chupar...

Logo me arrependo da distância que dei a eles. Deveria ter ficado mais perto para reagir.

— Não faça isso, neguinha! Uma pretinha como você deveria agradecer por homens como nós quererem te comer.

O sangue me sobe e, com raiva, corro os poucos metros que faltam.

— Afastem-se, caso queiram permanecer com o nariz intacto — digo assim que os alcanço, controlando meus nervos para não partir para cima desses infelizes. — Não sou um homem paciente. Afastem-se dela, repito, pela última vez. Além de estarem assediando a garota, que visivelmente não está interessada, estão cometendo o crime de racismo. Pelo que vejo, vocês não são da cidade, então, devo esclarecer que as leis aqui se fazem cumprir. Se não pelas mãos da justiça, pelos meus punhos mesmo.

Eles olham para mim e riem, debochados. Era o que eu precisava para disparar a raiva que estou segurando. Enxergo tudo vermelho na minha frente e parto para cima dos três com tudo. Entre socos e chutes, só consigo parar quando percebo um deles indo embora correndo, seguido dos outros dois que já estavam no chão.

Paro, ofegante, procurando acalmar meus nervos, que pulsam ardentes de raiva. Odeio todo e qualquer tipo de discriminação. Já sofri muito preconceito por ser filho de gente humilde e honesta. Só eu sei o que passei nessa vida, a luta dos meus pais, de sol a sol, para criarem a mim e à minha irmã, como pessoas íntegras e de bem. Só eu sei quantas vezes vi meu pai sentado na mesa de madeira da cozinha, entre contas e mais contas, sendo consolado pela minha mãe, que dizia repetidamente que tudo ia ficar bem.

As pessoas acreditam que podem julgar umas às outras, apontando o dedo e se colocando em um patamar superior quando acham que algo as diferencia e as fazem melhores... Simplesmente não entendem que melhor é ter caráter. Melhor é não fazer para o outro o que não quer para si. Melhor é tratar cada um com o respeito que merece. Isso, sim, nos distingue. Isso nos faz pessoas melhores. É o que diferencia um ser humano de um animal: a capacidade de pensar antes de agir. De se colocar no lugar do outro.

E a discriminação racial é uma das que mais me irrita. Não entra na minha cabeça o que faz alguém classificar uma pessoa como melhor ou pior, principalmente pela cor da pele. Sei que isso é um processo histórico-cultural, por causa da nossa história imunda de abuso de poder, mas não é justificável. Anos e anos se passaram e o ser humano, aparentemente, está em evolução. Ou será que evoluímos apenas naquilo que nos convém?

É um absurdo negros e mulheres ainda serem tratados como inferiores na nossa sociedade. E não adianta dizer que isso é conversa e que não existe. Basta vermos números estatísticos que informam sobre empregos e salários. Os melhores cargos, nas maiores empresas e com maiores salários ainda são, predominantemente, de homens brancos. O que é um absurdo, especialmente num país onde a população feminina é maioria e onde a miscigenação é uma das maiores características.

— Obrigada. — A voz da menina me acorda do meu momento de indignação.

Eu me viro e a vejo, de fato. Puta merda! É a gostosa que dançava com Lurdinha hoje mais cedo, na praça. Não acredito! É muito mais nova do que parecia, enquanto rebolava sensualmente naquela caminhonete. O que essa garota, com certeza de fora da cidade, está fazendo andando sozinha por aqui, afinal?

— É carnaval e a cidade está lotada de pessoas estranhas. Uma moça bonita como você não pode ficar sozinha por aí. Encontre uma amiga para passear acompanhada à noite.

— Sim, vou procurar minha amiga. Te vi hoje cedo, mas depois você sumiu.

— Descanso durante o dia para encontrar as emoções da noite.

— Também procuro por emoções, peão...

E meu pau reage na hora. A forma como a menina se transforma de mocinha assustada na mulher fatal à minha frente me faz compreender o motivo de não ter percebido que era tão nova. Ela sabe jogar muito bem com os atributos que tem.

— Que tipo de emoções? — pergunto, sabendo do que se trata, mas querendo ver até onde a gostosa está disposta a ir.

— Quero experimentar o que é ter um orgasmo, já que os homens que cruzaram meu caminho até hoje não deram conta do recado.

Jamais esperaria por uma resposta tão franca e direta e preciso me conter para não demonstrar o susto e a graça que achei da fala dela. Então, esse monumento diante de mim está me pedindo um orgasmo? Pura e simplesmente? Nunca a levaram a um nível de prazer que a fizesse estremecer? Pois isso, agora virou um delicioso desafio para Heitor Domingos.

Após me certificar de que ela é maior de idade e não é virgem — já que as virgens eu trato com outra espécie de cuidado —, levo a morena para o meu beco preferido da cidade. Sim, já conheço esse canto obscuro, ao lado da igreja, como a palma da minha mão. Na época da Crisma, fiz a alegria de muitas meninas nesse cantinho. E também de algumas mamães desacreditadas... Bruno que não me ouça.

Estou um pouco incomodado com a facilidade com que a menina me segue, sem relutar, sem oferecer a menor resistência. Seria o efeito que tenho sobre ela ou ela faria isso com qualquer um que lhe despertasse desejo? Será que a vontade de gozar subiu à cabeça e a deixou desmiolada? Eu poderia ser perigoso e ela parece não estar nem aí.

Eu a empurro contra o muro e beijo sua boca carnuda e convidativa. Seu hálito é doce e quente, e me enlouquece. Passo as mãos pelo seu corpo delicioso, sentindo cada curva, cada dobra, cada volume. Que mulher gostosa! Que tesão! Antes que me perca nessa delícia, me controlo de maneira tortuosa para conseguir perguntar:

— Você tem certeza de que quer isso?

— Por favor, não pare agora!

— Porra, garota! Seu senso de autopreservação não existe. Pensei que em algum momento você fosse desistir, mas você apenas vê o perigo e o abraça, de olhos fechados.

— Você é perigoso, peão?

— Não, mas e se no meu lugar estivesse alguém que fosse?

— Não posso pensar no momento, meu cérebro está entupido de adrenalina. Me fode, delícia, com toda essa brutalidade que você demonstra ter. Se solta! Me mostra o que é prazer!

— Porra, safada!

E arranco seu short, para descobrir que a safada está sem calcinha. Puta que pariu! Lambo os lábios, observando a presa deliciosa que está na minha frente, pronta para ser devorada. Meu pau quase estoura minha cueca e abro o zíper, puxando-o de dentro da calça e liberando essa ereção dolorida. Adoro ver seus olhos se arregalarem de espanto ao olhar para o que a aguarda.

A maluca ainda tenta me convencer a transar sem camisinha. Como se isso fosse uma possibilidade com o monte de doenças que existe por aí. Ela realmente é desmiolada e precisa de um pouco mais de juízo nessa cabecinha. Mas, por ora, vou dar outra coisa de que ela precisa. Essa mulher hoje vai aprender o que é gozar gostoso, o que é foder com um homem de verdade.

— Você sabe que amor de carnaval não sobe a serra, não é, garota?

— Eu sei disso. É apenas uma trepada. Faça com que seja inesquecível, por favor!

Ótimo. Não quero ninguém apegada a mim. Dizem por aí que "amor de pica é o que fica", e, como sei que hoje ela vai experimentar o primeiro orgasmo da sua vida, não quero que se apegue por causa disso. Mesmo que minha morena demonstre imaturidade para determinadas coisas, mas pareça uma mulher bem resolvida para muitas outras. A forma como ela se comporta, confortável com seu corpo, a maneira como me abordou, deixando claro o que quer... Não se trata de uma mera desmiolada. Ela é muito nova e parece perdida em alguns momentos, mas a vida será uma excelente escola para uma pessoa com o potencial para aprender que ela tem.

E, se é orgasmo que ela quer, se teve que sair do Rio de Janeiro — considerando que, com esse sotaque, não pode ser de outro lugar — para conseguir gozar em Minas Gerais, pois que seja. Ela vai conhecer o poder de uma boa trepada mineira.

E enfio na minha morena de uma vez, sem preliminares e frescuras. Está na cara que não estou lidando com uma mulher cheia de não me toques. Espero apenas alguns segundos, para que ela se acostume com meu tamanho e começo a estocar com força, fundo, sem parar. Sua boceta é tão quente, que sinto meu pau queimando, me deixando ainda mais fodido de tesão. Quero sentir esse calor mais forte e, para que ela me aperte mais com sua bocetinha pelando, levo minha mão ao seu pescoço e o pressiono, apenas o suficiente para fazê-la se entregar por completo.

É lindo e delicioso assistir à forma como ela se rende ao meu corpo, às minhas mãos, à minha boca, às minhas estocadas cada vez mais pesadas. Sei que estou me comportando como um animal, mas a reação dela só me encoraja a ser mais duro. A maneira como ela rebola no meu pau mostra como essa garota está curtindo e aproveitando o sexo bruto que estou oferecendo a ela.

De repente, sinto sua boceta me apertar quase ao ponto da dor, latejando, quente, e seu corpo começa a estremecer. Ela está chegando lá e isso me enche de tesão e orgulho!

— Relaxa e curta seu primeiro orgasmo, garota!

— Por favor, me diga o nome do macho que me fode como nenhum outro fez até hoje!

Tudo bem, ela merece saber o nome do primeiro homem de verdade que surgiu na vida dela.

— Grite "Heitor" quando seu corpo enlouquecer.

Ela geme e eu aumento o ritmo, até que encontro seu clitóris melado e começo a me divertir com ele, apertando e esfregando com os dedos. Sinto quando ela se encharca pelas pernas e fico ensandecido. E ela goza, freneticamente, tremendo e esguichando no meu pau. Porra, não é possível! Essa é uma das coisas mais deliciosas e raras de encontrar, uma mulher que goza dessa maneira. E me sinto o cara mais sortudo do mundo. A morena mais gostosa desse carnaval acaba de esguichar no meu pau!

— Me controlei um bocado aqui por você, garota! Vou terminar, agora é a minha vez.

E a viro de frente, encaixando suas pernas em torno do meu quadril. Começo a fodê-la novamente, sem dó. Sei que o muro de pedra deve estar deixando essa bunda deliciosa toda ralada, mas não consigo me controlar. Ninguém mandou ser tão gostosa. Ninguém mandou inundar meu pau. Eu me sinto um puro-sangue, comendo a melhor égua do pasto, e aproveito cada sensação. Até que explodo, gozando enfurecido, dentro dela.

•••

— Sério que você vai passar a noite em casa? — Lurdinha retruca, puxando minha mão e tentando me levar para a rua.

— Lurdinha, já disse, tive minha cota de carnaval por hoje.

— Essa mulher deve ter sido muito fodona mesmo para tirar Heitor Domingos de circulação. Ou, então, você está ficando velho e cansado.

Sorrio. Sei que ela quer me provocar para que eu reaja e saia com ela. Não quero sair. Aquela carioca me enfeitiçou, por uma noite. O que ela me deu foi muito mais do que eu imaginava encontrar hoje e, talvez, no carnaval inteiro. Ela confiou em mim, com sua cabecinha de vento, porque queria um orgasmo. Dei a ela, mas sei que foi muito menos do que ela me entregou. Ela me ofereceu muito além do seu corpo. Ganhei de presente sua ingenuidade, sua molecagem, sua sinceridade e sua primeira vez. Primeira vez em que ela estremeceu, primeira vez em que ela pôde se derreter por alguém e nas mãos de alguém. Eu ganhei a oportunidade de me tornar uma lembrança vitalícia na vida da minha morena. E ela, com certeza, na minha.

Eu me arrependo de não ter perguntado seu nome. Evitei perguntar, para provar o distanciamento que eu queria. Gostaria de saber o nome da mulher que me fará dormir antes da meia-noite em pleno carnaval.

No fundo, sei por que estou tão mexido. Só me lembro de ter visto aquele brilho ingênuo no olhar de uma pessoa. Alguém, cuja lembrança teima em me assombrar constantemente. Em cada mulher, algo de Lírio. Será esse meu destino? Não conseguir ficar com uma mulher sem que a lembrança desse maldito amor ressurja de alguma maneira?

— Pelo visto, você não vai mesmo.

— Não, minha loira, mas, se quiser, te dou uma carona, para você não caminhar até a praça sozinha.

— Não precisa, vou primeiro me encontrar com a minha nova amiga a duas ruas daqui.

Meus sentidos despertam.

— Está falando da menina que estava com você hoje mais cedo na praça, quando você estava deixando os homens da cidade enlouquecidos?

— Rá! Então você me viu! — ela diz, rindo e me dando um tapa no ombro. — Ela mesma. Ela é do Rio e está aqui para curtir o carnaval mineiro. Já que você está se comportando igual a um velho, vou nessa. De velho, já estou cheia.

Eu me levanto para levar Lurdinha até a porta. Ela me dá um selinho e eu seguro sua mão, antes que ela saia.

— Tomem cuidado, você e essa tal de... — interrompo a frase na esperança de arrancar o nome da minha morena.

— Aline, o nome dela é Aline — ela completa, puxando a mão e revirando os olhos. — Não seja tão chato, Heitor! Tchau.

— Boa noite, sua maluca — grito, enquanto Lurdinha desce as escadas correndo, sumindo no meio da multidão.

E boa noite, Aline, meu bombom.

5

VÂNIA

CRIO CORAGEM POR ALGUNS MINUTOS, parada em frente ao Bistrô. Para dizer a verdade, tudo o que eu gostaria agora era de um banho quente e cama. Não sei por que permiti que Kátia me convencesse a vir aqui hoje. Na hora, até pareceu uma boa ideia, uma vez que não fui mais a lugar nenhum depois da separação e, realmente, estou engasgada com tantas coisas que seria bom conversar com uma amiga. Mas, depois do dia desgastante que tive e com o acúmulo de trabalho, considerando que precisei sair para assinar os papéis do divórcio, as vantagens dessa saidinha ficaram em um passado muito distante.

Entro no bistrô e procuro por Kátia, que obviamente está atrasada. Pego uma mesa mais escondida, já que me sinto com uma aparência péssima em comparação às pessoas ao meu redor. Meu uniforme de trabalho verde água não me parece nada apropriado para o ambiente. Peço um Martini, enquanto verifico meu celular. Encontro uma mensagem de Kátia no WhatsApp:

Amiga, estou atrasada. Fiquei presa em uma reunião.
Assim que estiver no caminho, aviso. Não me bata. Bjs.

Dou um suspiro pesado e cansado. Quanto tempo será que Kátia me fará esperar? Pensei que em uma, duas horas eu já estaria a caminho de casa. A assinatura dos papéis do divórcio realmente sugou minhas energias. Estar frente a frente com aquele com quem passei oito anos da minha vida e hoje mal reconheço não foi fácil. Veio à memória nossos últimos meses juntos e como é impressionante a forma com que os maus momentos conseguem realmente apagar tudo o que existiu de bom. Eu olhava para ele e só conseguia me lembrar de suas palavras duras, da estupidez com que me tratava e do dia em que o peguei na nossa cama com outra mulher. Nossa cama, onde nos amamos tantas vezes! Nossa casa, o lar do nosso filho. Como ele pôde?

Eu me olho de cima a baixo e penso que devo ter dado motivos para que chegássemos a esse ponto. Não sou mais a mesma mulher de oito anos atrás. Meu corpo mudou depois do nosso filho e isso é visível. Meu quadril nunca mais voltou a ser o mesmo, meus seios não são mais firmes como antes, pois fiz questão de amamentar Pedro até os dezoito meses. A barriguinha hoje cai um pouco por cima da calça. Algumas marcas de expressão aparecem no meu rosto, talvez mais do que deveriam para uma mulher de 34 anos. Não sou mais bonita. Não sou mais uma mulher. Eu me tornei uma mãe em tempo integral. Uma mãe que faz tudo pelo filho, que luta diariamente para que ele tenha uma vida minimamente confortável. Ao deixar de ser mulher, meu marido encontrou quem quisesse ser. Uma menina, com toda sua juventude pela frente. Ela me lembra muito a mesma menina que ele conheceu oito anos atrás e que não existe mais.

Pelo menos, de toda essa confusão, uma coisa está bem clara na minha mente: de hoje em diante, viverei realmente em exclusividade para o meu filho. Uma mulher como eu não poderia mesmo ser desejada por alguém que valesse à pena. Portanto, não compensa nem mesmo pensar em me envolver com um homem novamente. Nunca mais encontrarei alguém que me desperte. Tenho certeza disso.

Sinto meu celular vibrar sobre a mesa, tirando a minha atenção dos meus pensamentos.

Amigaaaa, me perdoa, mas a coisa aqui vai longe.
Deu um erro grotesco no balanço da loja e não vão liberar
a gente antes de descobrirem o que aconteceu.
Você já está no Bistrô?
Estou. Cheguei há uns vinte minutos.
Putz! Me perdoa, amiga!
Você nunca mais vai querer sair comigo!
Kátia, relaxa. Eu estou mesmo cansada
e nem ia ficar muito. Vou embora.
Tudo bem, mas vamos marcar de novo?
Depois vemos um dia. Vai trabalhar.
Bjs, amiga, me desculpa de novo!
Não foi nada. Bjs.

Tomo o restante do meu Martini em um só gole e aceno para o garçom, pedindo a conta. De repente, ouço um som que me chama a atenção. Não só pela voz bonita, mas pela tristeza aparente na forma como o rapaz que está tocando viola executa a canção:

SEM VOCÊ, SEM VOCÊ
NEM O TEMPO ME FAZ COMPANHIA
NÃO ME ARRANCA ESSA AGONIA DE VIVER
SEM VOCÊ, SEM VOCÊ
O SILÊNCIO DESSAS HORAS FRIAS SÃO PALAVRAS QUE NÃO SEI DIZER
AINDA AMO VOCÊ

"SEM VOCÊ" — VICTOR & LEO

Procuro o dono daquela voz, considerando que da mesinha em que estou não dá para enxergar muito bem, até que consigo vislumbrar, meio de lado, o homem que me chamou a atenção por sua tristeza. É um rapaz, não parece ter mais do que 25 anos. De onde estou, parece bem bonito. Fico imaginando o que ou quem pode ter partido o coração desse homem, ainda tão jovem.

O garçom se aproxima da minha mesa e pego minha bolsa para pagar, quando ele diz:

— Seu drink está pago, senhora. Foi cortesia do Heitor.

Olho para ele, confusa.

— Heitor? E quem é Heitor?

De repente, se aproximando da minha mesa, está o rapaz que tocava a triste moda de viola.

— Boa noite, preciosa.

De longe ele parecia bonito, mas vejo que me enganei, agora que posso vê-lo de perto. Ele é lindo demais!

— Boa noite, Heitor.

— Então, já sabe meu nome.

— O garçom me informou que um tal de Heitor pagou minha bebida. Você se aproximou em seguida e imaginei que não poderia ser outra pessoa.

— Uma mulher que pensa rápido... Gosto disso. Posso me sentar?

— Na verdade, Heitor, como você pode notar, eu estava de saída.

Ele ignora minha fala, vira a cadeira e se senta, com uma perna de cada lado, apoiando os braços no encosto.

— Falou bem, preciosa, estava. Henrique, traga mais um desses para ela — ele diz, apontando meu copo vazio — e uma cachaça para mim.

— Heitor, agradeço, mas estou mesmo cansada e vou embora.

— Quem deu o bolo em você hoje?

O quê? Ele pensa que vim me encontrar com alguém e fui dispensada? Claro, devo parecer tão indesejável quanto me sinto. Que homem não me dispensaria?

— Uma amiga. Marcamos de nos encontrar aqui, mas ela ficou presa no trabalho.

— Que pena por ela. E que ótimo para mim.

O garçom chega, trazendo nossas bebidas. Por que eu não fui embora mesmo?

— Então, toda essa tristeza é porque sua amiga não veio?

Arregalo os olhos, assustada pela percepção de Heitor.

— Você mal podia me ver de onde estava, Heitor.

— Engano seu. Eu enxerguei você desde que estava lá fora, decidindo se entrava ou não. Nada impede a gente de ver o que quer.

O quê? Heitor esteve esse tempo todo me observando? Por quê? Na certa, pensou que eu era muito corajosa de entrar aqui nesse estado. Procuro virar o jogo e tirar a atenção de mim:

— Você é quem me pareceu bem triste ali, dedilhando sua viola.

Ele dá um sorriso e toma sua dose de cachaça em um gole.

— Mulher perceptiva... Gosto disso. Qual o nome dessa joia?

Me sinto ruborizar por um instante, antes de responder:

— Vânia.

— Bem, Vânia, muito prazer. E, sim, eu também já perdi o amor da minha vida.

Tomo um susto com a revelação de Heitor, logo de cara. Ele nem me conhece! E, como assim, também? Está estampado na minha testa que isso aconteceu, por acaso?

— Mas, você é muito jovem para isso, não? Deve ter no máximo 25 anos.

— Vinte e cinco exatamente. Mulher sagaz... Gosto disso.

E me pego sorrindo pelos seus elogios.

— Você é galanteador assim, sempre?

— Só com as que me aguçam de alguma maneira.

Sinto meu rosto queimar. Ele está me cantando? Nem sei dizer, faz anos que isso não acontece.

— Com licença, Heitor, vou ao banheiro — digo e me levanto, tendo de dar a volta por trás da cadeira dele. Quando acabo de passar por ele, o ouço dizer:

— Mulher gostosa... Gosto muito disso.

Paro por um instante no lugar, sentindo um calor delicioso percorrer o meu corpo. Retomo o prumo e vou ao banheiro jogar uma água no rosto. Que homem é esse e por que eu, com tantas mulheres bonitas ao nosso redor? É pegadinha? Eu me olho no espelho e meu cabelo, meio preso com elástico, está com fios soltos caindo pelo rosto. Solto e refaço o coque no alto da cabeça, ajeitando os fios fora do lugar.

Quando volto para a mesa, Heitor está me observando. Seu olhar sobre mim é perturbador, mas me causa sensações que há muito tempo não sentia. Heitor me excita? Será?

— Então, vai me contar sobre seu amor perdido? — ele pergunta.

Conversamos por um bom tempo, de forma fluida e agradável, apesar dos assuntos densos. Conto do meu casamento fracassado, da forma como meu ex-marido me deixou quase sem nada, da dificuldade para criar meu filho... Heitor me conta sobre uma moça chamada Lírio que, ainda muito jovem, partiu seu coração e o tornou um desacreditado no amor.

— Somos dois fodidos, então — concluo, sorrindo de maneira irônica.

Ele pega minha mão por cima da mesa e a acaricia de uma forma tão sensual, que me sinto estremecer.

— Ainda não, mas você vai ser muito bem fodida essa noite.

Arregalo os olhos e tento tirar minha mão, mas Heitor não deixa.

— Vou levá-la em casa.

— Não, Heitor, de jeito nenhum.

— Seu filho está lá?

— Não, deixei na casa da minha mãe, mas...

— Sem mas. Vou levá-la em casa — ele diz, se levantando e me estendendo a mão.

Uma carona pode ser até legal. Não tenho grana para desperdiçar com taxi. E o filho da puta ficou com o nosso carro. Tudo bem. Uma carona apenas.

— Certo. E a conta?

— Está paga. Vem.

•••

— Então esse é o castelo da rainha — Heitor diz, assim que estaciona sua caminhonete em frente à minha casa.

— É... E do pequeno príncipe — completo, sorrindo com ternura.

Ele sai da caminhonete e dá a volta, me alcançando antes que eu abra a porta de casa.

— Majestade... — diz, estendo a mão para que eu desça.

Sorrio desse homem, tão jovem e tão maduro, tão lindo e tão triste, tão verdadeiro e tão misterioso. Heitor é uma dualidade.

— Vamos, vou levar você até a porta.

Uma pontada de decepção toma conta de mim. Claro que jamais deixaria Heitor entrar, mas o fato de ele não cogitar a possibilidade me deixa triste. No fim das contas, ele só estava sendo gentil.

Quando chegamos, pego minha bolsa à procura das chaves e, quando vou abrir a maçaneta, de forma inesperada e muito rápida, me sinto ser empurrada contra a porta. Um corpo masculino enorme me prensa, com uma boca quente e deliciosa muito próxima à minha.

— Sabe que eu vou entrar, não sabe?

E quando abro a boca para responder, ele me beija com paixão. Passo os braços em volta do seu pescoço e ele me aperta ainda mais. Posso sentir seu pau duro na minha barriga. Meu Deus! Isso está mesmo acontecendo? Esse homem, tão lindo, tão gostoso, tão jovem está assim por minha causa?

Heitor me pega pelas coxas, enroscando minhas pernas ao redor da sua cintura, como se eu não pesasse nada. Ele me segura com uma mão e, com a outra, abre a porta, entrando comigo pela sala, me agarrando e beijando todo o tempo. Ele me joga no sofá, se deitando por cima de mim e para, me olhando de maneira profunda.

— Você é tão linda...

Meus olhos se enchem de lágrimas. Como um homem como ele pode me achar bonita?

— Não sou, Heitor. Já fui bonita. Hoje, estou acabada. Tenho consciência disso. Meu marido me destruiu.

Ele passa a mão pelos meus cabelos, que já se soltaram do elástico e eu fecho os olhos, empurrando o rosto de leve na sua mão, correspondendo ao carinho que me dá.

— Você é uma rainha. É linda, gostosa pra caralho, inteligente, esperta, guerreira e uma mãe maravilhosa, pelo que pude perceber. Você é uma mulher completa. Se ele não sabia o que tinha nas mãos, não merecia você. Você ainda vai curar esse coração e encontrar alguém que a valorize como merece. Por hora, vou te mostrar como você é deliciosa e o que pode provocar em um homem.

Ele pega minha mão e coloca sobre seu pau, por cima da calça. Está duro, muito duro. Começo a acariciá-lo e ele solta um gemido rouco, enquanto desce as mãos pela lateral do meu corpo, até encontrar minhas mãos. Ele as pega e ergue meus braços acima da cabeça, segurando meus punhos com firmeza, e começa a se esfregar em mim, apertando seu pau na minha boceta, que já está toda molhada. Heitor mantém um movimento delicioso, apertando e esfregando, apertando e esfregando, enquanto lambe e beija meu pescoço. Não consigo conter meus gemidos. Que delícia! Há quanto tempo não dou uns amassos no sofá! Desde quando namorava meu marido, eu acho. E, mesmo assim, foram poucas vezes.

De repente, a campainha toca e eu dou um pulo. Heitor ri da minha consternação e solta meus punhos, que esfrego por reflexo.

— Está esperando alguém? — ele pergunta, saindo de cima de mim.

— Não! — respondo, levantando e ajeitando minha roupa e cabelos, antes de atender a porta. Passo a mão no rosto e o sinto queimando. — Como estou?

— Maravilhosa.

Sorrio, dando um tapinha em seu ombro e vou atender a porta. Pedro vem correndo e me abraça pelas pernas.

— Papai! O que está fazendo aqui? O que houve?

— Não sei, minha filha. Pedrinho não quis ficar lá em casa. Disse que sentia falta do boneco do Super-Homem. Não parava de chorar, então achei melhor trazê-lo.

— Claro, papai. — Eu me ajoelho na frente do meu filho: — Filho, está sentindo alguma coisa?

— Não, mamãe. Só não queria ficar longe de você.

Sorrio, ao ver aqueles olhinhos amendoados e inocentes olhando para mim com ternura.

— Tudo bem, amorzinho, mamãe está aqui. Vamos dormir — digo, pegando-o no colo e me levantando. — Papai, obrigada por trazê-lo. Desculpe incomodá-lo.

— Sem problemas, minha filha. A propósito, o que a sua bolsa estava fazendo caída aqui fora? Você não está bêbada, está? — ele pergunta, me estendendo a bolsa.

Sinto meu rosto pegar fogo. Puta merda! Deixei tudo aqui fora, no afã de entrar com Heitor.

— Claro que não! Entrei apertada para fazer xixi e saí largando tudo pelo caminho. Estava no banheiro, quando ouvi a campainha.

— Ah, bom. Tome mais cuidado, minha filha, não vá perder seus documentos. Boa noite. — Ele me dá um beijo na testa.

— Boa noite, papai.

Quando entro, vejo Heitor no sofá, atento à cena. Estou constrangida e sem saber o que dizer. Dou de ombros e sigo para levar Pedro para o quarto, quando escuto sua vozinha infantil:

— Mamãe, tem um cowboy no sofá.

Ouço a risada de Heitor, que se levanta e diz:

— Quase isso, mocinho. Meu nome é Heitor e sou um peão, primo do Woody. Gosta de Toy Story?

Pedro levanta a cabecinha do meu ombro e sorri.

— Eu amo Toy Story!

— E qual o seu nome mesmo?

— Pedro.

— Muito prazer em conhecê-lo, Pedro!

Ele deita a cabecinha de volta no meu ombro e eu digo:

— Vou colocar esse mocinho para dormir.

— Mamãe... — ouço a voz abafada do meu filho.

— Oi, meu bem.

— O tio Heitor pode me colocar para dormir?

Olho, constrangida, para Heitor, que não para de sorrir.

— Ah, não quer mais a mamãe, é?

Ele levanta a cabecinha e pega meu rosto com suas mãozinhas pequenas, sussurrando como se estivesse me contando um segredo.

— É que eu quero ouvir uma história de cowboy.

Heitor dá uma gargalhada e eu não consigo evitar sorrir também.

— Se sua mamãe deixar, eu não me importo — ele diz.

— Deixa, mamãe, por favor.

Olho nos olhinhos suplicantes do meu filho e quase derreto de tanto amor por ele.

— Hmmm, não sei. O senhor escovou os dentes lá na casa do vovô e da vovó?

Ele arregala seus olhinhos pequenos e seguro o riso. Coloco Pedro no chão e digo:

— Vai escovar os dentinhos e eu vou resolver isso com o tio Heitor.

— Tá bom! — ele responde, todo empolgado, e sai correndo para o banheiro de casa.

Heitor vem na minha direção e segura minhas mãos, acariciando as costas com os polegares.

— Você não tem que fazer isso.

— Eu quero, minha rainha. Adorei o pequeno príncipe. Deixa eu contar uma história para ele, que mal vai fazer?

Não sei se deveria deixar Heitor perto do meu filho. Nem o conheço. E se representar uma ameaça? Sei tão pouco sobre ele!

— Minha linda — ele diz, beijando minhas mãos —, eu jamais faria nenhum mal ao seu filho. Adoro crianças e sei que por isso elas se identificam comigo. Eu vivo no Bistrô que você foi hoje, todos lá me conhecem. Se você tiver receios, eu entenderei, mas eu juro que não sou má pessoa.

É como se ele lesse meus pensamentos... E o pior é que acredito nele. Foi tão sincero ao me contar suas vulnerabilidades, tem sido tão carinhoso e compreensivo... Não consigo desconfiar dele. Heitor fala com a alma, com o coração. E minha intuição sempre foi muito boa e nunca me decepcionou. Além do que, obviamente, ficarei de olho.

— Tudo bem. Tem certeza de que quer fazer isso?

De repente, escuto uma vozinha vinda lá de dentro.

— Mamãaaae, já escovei os dentes e já deitei na caminha.

Damos risada.

— Então é isso, cowboy, está na hora do show.

•••

Depois de tomar um banho e vestir uma camisola, destranco a porta do quarto de Pedro, que dorme um sono tranquilo, abraçado com seu boneco do Super-Homem. Fiquei por muito tempo escondida, observando a interação dos dois, até que meu filho dormisse e Heitor saísse do quarto em direção à cozinha.

Procuro Heitor pela casa, mas não o encontro. Será que foi embora? No último cômodo que decido olhar, tenho uma visão que me deixa estática: Heitor está sentado na minha cama, já totalmente nu, coberto apenas com o lençol.

— Encontrei os aposentos reais — ele diz, sorrindo. — Você está maravilhosa.

Coloco o cabelo para trás da orelha, constrangida, e vou até ele.

— Pedro deu muito trabalho?

— Seu filho é um garoto e tanto. Reflexo da mãe maravilhosa que tem — diz, sentando na cama e me puxando para ficar de frente para ele, de pé. — Obrigado pela confiança de me deixar passar alguns minutos com ele.

— Sabe — digo, acariciando os cabelos de Heitor, que está com a testa encostada na minha barriga —, fiquei vigiando vocês todo o tempo.

Sinto sua respiração quente, quando ele dá uma risada.

— Isso só faz de você uma mãe ainda melhor. Mas, agora — ele diz, ficando de pé na minha frente e segurando a barra da minha camisola —, você é minha rainha. E eu vou adorá-la como merece.

Sinto meu corpo todo se aquecer com as palavras de Heitor. Ele ergue minha camisola, retirando-a pela cabeça.

— Meu Deus... Como você é linda, mulher. Que gostosa que você é. Eu sou um homem de muita, muita sorte.

Ele me abraça e eu derreto em seus braços, em seu colo. Heitor me puxa para a cama, me deitando suavemente sobre ela.

— Consegue perceber como eu quero você? O quanto você me deixa maluco de tesão? E isso apenas por ser você, minha rainha.

Meus olhos se enchem de lágrimas, que não consigo segurar. Há quanto tempo não sou adorada por um homem dessa maneira! É quase como se estivesse vivendo um sonho. Heitor aproxima seu rosto do meu, lambe uma lágrima e beija um dos meus olhos para, em seguida, repetir o ritual do outro lado.

— Essas lágrimas são de cura, minha linda, porque essa noite você vai cair na real da mulher maravilhosa que você é. E nunca mais vai derramar uma lágrima por alguém que não valha a pena.

Dito isso, Heitor me beija e sinto seu corpo todo rígido sobre o meu. Abro minhas pernas para encaixá-lo melhor em mim. Quero tudo desse homem. Tudo. Ele desce, acariciando meu corpo com as mãos e com a língua. Se detém por um tempo nos meus seios, chupando e lambendo com carinho, quase em adoração. Fico louca de desejo e quero pedir mais, mas também tenho medo de perder essa sensação. Ele continua descendo, numa trilha de beijos e língua até chegar aos meus pés.

— Minha rainha... — sussurra, enquanto beija e acaricia meus pés. Nunca, nunca mesmo fui adorada por um homem dessa maneira. Meus olhos continuam marejados, pela emoção de me sentir tão amada. Sim, mesmo que por uma noite, mesmo que apenas por um instante, me sinto incrivelmente amada e sei que é exatamente isso que Heitor quer me proporcionar.

De repente, ele para e me puxa pelas mãos, me fazendo sentar.

— Minha rainha, levante um minuto, por favor.

Fico confusa, mas obedeço e levanto, ficando de pé ao lado da cama. Heitor se deita e procura minha mão, mais uma vez.

— Quero provar você, mas quero que você me permita. Se entregue para mim. Coloca essa bocetinha na minha boca e me deixa te chupar.

O quê? Mas de jeito nenhum! Nunca fiz isso dessa maneira! Morro de vergonha! E estou muito pesada, como poderia sentar na cara de Heitor? Vou sufocar o coitado.

— Heitor, não dá, eu...

— Minha rainha, você não vai deixar um súdito insatisfeito. O que tem a perder? Venha, me dê um close dessa boceta deliciosa. Eu mereço.

Minhas pernas estremecem, pois eu sei que darei. Não vou ser capaz de negar nada a ele. Esse homem me elevou a um nível que eu jamais me imaginei capaz de chegar. Me ajoelho na cama e, com cuidado, passo uma das pernas por cima do rosto de Heitor.

— Espera! — ele diz.

— O que foi? — pergunto, assustada, com medo de já tê-lo machucado.

— Só queria olhar melhor. Que boceta linda você tem, minha rainha. Que delícia! Gostosa!

E me puxa pelo quadril, se afundando no meio das minhas pernas e enfiando a língua dentro de mim. Dou um grito abafado, com medo de acordar meu filho, me segurando ao máximo, enquanto Heitor me chupa sem a menor cerimônia, passeando por toda a minha boceta com a língua, ora colocando a força exata no clitóris, ora lambendo com a língua toda, de cima a baixo, ora enfiando a língua dentro de mim. Ele nunca fica muito tempo numa coisa só, não deixando eu me acostumar com a sensação, alternando suavidade e voracidade o tempo todo.

— Heitor, deixa eu sair! Vou gozar!

Ele segura minhas coxas com força.

— Goza, minha gostosa, goza na minha boca! Vou beber tudo de você. Minha delícia.

E suas palavras são suficientes para me levar ao ápice. Gozo na boca de Heitor e ele me lambe e me chupa sem parar, tomando realmente tudo de mim, até que o último espasmo aconteça e eu me sinta amolecendo. Levanto para sair de cima dele e ele me segura.

— Não, minha gostosa. Você vai agora descer pelo meu corpo assim, sentada, esfregando essa boceta melada em mim, até chegar ao meu pau. E vai sentar e cavalgar gostoso. Quero você por cima, que é onde você sempre deve estar. Acima de todos, minha rainha.

Já estremecendo novamente, seguro nas mãos de Heitor para me firmar e vou descendo por ele, sentada, me esfregando e ele geme deliciosamente, especialmente quando seu pau bate na minha bunda, indicando fim da linha.

Quando me ergo, percebo que Heitor está de camisinha.

— Quando colocou a camisinha?

— Antes de você entrar no quarto.

— Mas, para isso você precisava estar de pau duro já, não?

— Eu estava te esperando, minha rainha. Não precisava de mais nada para me deixar duro. Vem, senta em mim e rebola gostoso no meu pau.

Me ergo e me posiciono na cabeça do pau de Heitor. Perco o jogo das pernas, de tanta excitação e acabo afundando de uma vez, arrancando um gemido em uníssono, de nós dois.

— Porra! Gostosa pra caralho! — ele diz, e eu começo a cavalgar em cima dele com suavidade, ainda sentindo a pontada de dor pela estocada forte desse pau enorme no meu útero.

Quando me acostumo, aumento o ritmo das cavalgadas, mas Heitor se ergue, me encaixando ainda mais, ficando frente a frente comigo. Ele sentado, eu sentada nele, ele segurando meu quadril com uma das mãos e se apoiando na cama com a outra, eu com os braços em volta dele, para me segurar. Olho nos olhos escaldantes de Heitor, que estão nitidamente me devorando.

— Minha vez — ele diz, e começa a estocar fundo em mim, rápido e com força. Mordo seu ombro, para abafar um grito e ele geme. — Me dá a sua boca. Agora.

Ele me puxa pelo cabelo e me beija, enquanto mete em mim mais forte e mais pesado.

— Heitor! Ahhh, meu Deus — digo.

Ele sorri, nossa respiração descompassada, unida. E eu gozo gritando, mas meu grito é capturado pela boca de Heitor, que continua estocando em mim, como se fosse um animal enfurecido, alucinado, uma máquina de trepar. Heitor tem uma energia e uma voracidade incríveis e, quando está dessa forma, não dá para imaginar o quanto também pode ser suave e carinhoso na cama.

Sinto o corpo dele estremecer.

— Meu tributo à minha rainha. Sente isso, gostosa!

E goza dentro de mim, mas, dessa vez, sou eu quem capturo seu urro animalesco, capaz de acordar uma cidade inteira.

Heitor me abraça forte e eu o abraço de volta. Ficamos alguns segundos assim, entrelaçados e ofegantes.

Gostaria muito de convidá-lo para passar a noite, mas não posso. Meu filho não pode ter a cabecinha bagunçada assim, logo após o divórcio dos pais. Não seria justo com ele. Como dizer isso a Heitor, sem chateá-lo? Será que ele pensa que irá passar a noite? Não quero que se sinta ofendido. Não ele, que tem me tratado como uma rainha, verdadeiramente.

Saio de cima dele, que se levanta e retira a camisinha com cuidado, dando um nó na ponta.

— Deite, minha rainha. Vou colocá-la para dormir.

— Heitor, eu...

— Não precisa dizer nada, apenas me deixe fazê-la adormecer.

Heitor me cobre com o lençol e se senta na beirada da cama, ao meu lado. Ele acaricia meu rosto com carinho e sei que está me dizendo que sou maravilhosa. Sorrio para ele e fecho os olhos, segurando sua outra mão. A mão desse homem maravilhoso, que me colocou em um pedestal, que me adorou e me fez sentir mulher novamente. Uma mulher que pode ser desejada, ser amada. Uma mulher cheia de vida pela frente! Heitor não me trouxe apenas esperanças, me trouxe certezas.

Aperto sua mão e ele sabe que estou agradecendo por tudo. Não precisamos mais de palavras. Meus olhos pesam e não me preocupo mais com nada. Sei que, quando acordar, ele não estará mais aqui.

6

HEITOR

ESTOU DO LADO DE FORA DA ESCOLINHA onde Lurdinha dá aulas para crianças. Estou aguardando para deixá-la em sua casa. Ela mora muito longe do centro da cidade, na periferia, em uma casinha simples e aconchegante. Cansei de chamar essa loirinha danada para morar comigo, mas ela quer a independência que perseguiu a vida toda. Além do mais, ela tem os casinhos dela e eu os meus. Não daria certo. A parte boa seria dormir com ela mais vezes do que acontece normalmente.

Lurdinha é minha BA (boceta amiga) faz tempo... Entre nós não é desrespeitoso dizer isso, mesmo porque ela me chama de PA (pau amigo). Temos muita liberdade, confiança e amizade. Crescemos juntos, uma vez que ela sempre estava na fazenda dos pais da Lírio e que frequentávamos a mesma escola. Quando Antônio e Lírio foram viver na capital, Lurdinha e eu nos aproximamos ainda mais. Ela é um espírito livre, está sempre aprontando das suas e enlouquece o povo da cidade, que coloca nomes ingratos nela, mas é uma moça que tem um coração que não cabe no peito. Seu único defeito, que para muitos pode ser considerado qualidade, é não respeitar as tais regras sociais.

Ela não assume nem sob tortura, nem mesmo para mim, mas tenho certeza de que é apaixonada por Antônio desde a infância, assim como eu sou pela Lírio. Enquanto a vida não resolve sorrir para nós, se é que um dia fará isso, cuidamos um do outro, nos ajudamos, nos amamos. Do nosso jeito.

Lurdinha foi a primeira mulher em minha cama. Ela era novinha e eu, muito inexperiente. Também fui o primeiro homem na cama dela. Então, posso dizer que aprendemos juntos praticamente tudo nessa vida, até mesmo a engolir nossos sentimentos.

Não penso em me casar. Não mesmo. Mas, se em algum momento dessa vida louca eu decidir fazer isso e escolher uma mulher para ser a mãe dos meus filhos, para receber todo o meu afeto, lealdade e cuidados, certamente será Lurdinha. Ela sabe que eu amo a Lírio. Sim, ainda amo. Mas Lírio vai se casar com Antônio e eu terei de seguir com a minha vida. Lurdinha não é minha segunda opção. Ela é a minha opção.

Percebo sobre mim os olhares das mães que aguardam seus filhos. Isso é meio inconveniente, porque sei que todas são casadas. A cidade é pequena, todo mundo conhece todo mundo. Meus princípios aprendidos com meus pais me impedem de atrapalhar um matrimônio. "Casamento é sagrado", diz minha santa mãezinha. Posso até ser safado, mas não sou ordinário.

— Ah, peão gostoso! Já estava com saudade! — Lurdinha diz aos berros, pulando em meu pescoço. Adoro a alegria dessa minha loirinha!

— Estava com saudade também, linda! Vim dar uma carona, deixá-la em casa com segurança, antes que o lobo mau pegue você na estrada — digo, rindo.

— Lobo mau eu não diria, mas quem sabe um "puro-sangue"! — E pisca para mim.

— Quem é a presa da vez? — pergunto, enquanto abro a porta da caminhonete para ela e a prendo com o cinto de segurança. Ela detesta usar, mas eu exijo, não só por uma questão legal, mas por segurança. Lurdinha é preciosa demais para mim.

— Não vou falar ainda — diz, fazendo charme.

— Ah, fala sério, pequena! O que acontece na sua vida que você não compartilha comigo? Sei até quando você está menstruada, cacete! E tá aí uma coisa que eu não precisaria saber.

— Precisa saber, sim. E se um dia que você quiser me comer eu estiver menstruada?

— O que tem demais nisso? Não vou te chupar gostoso, mas vou mandar ver do mesmo jeito. Lavou fica novo, minha linda! — E rimos juntos

— Não desvia do assunto! Quem é o cara? — Chamo sua atenção.

— É mais velho.

— Quem é o cara, Maria de Lourdes?

— Deixa eu contar para você depois. Só dessa vez, peão! — E percebo algo muito diferente em seu tom de voz. Aqui tem algo mais do que sexo. Meu maior medo é que alguém faça minha menina sofrer. Um homem mais velho não é boa coisa, quando se trata de Lurdinha e sua ingenuidade à flor da pele. Eu só quero protegê-la. Muito mesmo.

— Vai sair hoje ou ficará lá em casa?

— Vou ao Bistrô. É noite de pôquer e também vou tocar uma viola lá, assim garanto uma graninha extra para o jogo.

— E eu vou encontrar com o gostoso da vez mesmo!

— Lurdinha, Lurdinha, fica esperta! Homens mais velhos conquistam com mais facilidade pela experiência, mas normalmente só querem as mais jovens como você para brincar.

— E acha que eu quero algo sério, Heitor?

— Sei que sua cabeça ainda não. Mas o que o seu coração está pensando de tudo isso?

— Eu controlo meu coração.

— Taí a maior mentira da humanidade. Ninguém controla o coração. Se fosse assim, eu não estaria há anos pulando de cama em cama, tentando curar minha dor de cotovelo.

— Eu sei, meu amor. Desculpa por fazer você se lembrar disso.

— Não se preocupa, amorrr! Apenas me prometa que ficará esperta com esse cara.

— Prometo — ela responde rápido e eufórica demais.

Nesse momento, eu sei que ela está perdidinha e que, mais cedo ou mais tarde, eu cuidarei dessa ferida.

Deixo Lurdinha em segurança e volto para a minha casa. Tomo um banho rápido, faço a barba e passo um perfume, já que nunca se sabe como a noite vai terminar. Infinitas possibilidades... É maravilhoso estar no fim do curso e não ter aulas todos os dias, mais sorte ainda é não ter aula no dia do pôquer no Bistrô. Escolho minha típica camisa xadrez, jeans apertado, cinto com fivela country, botas rústicas e meu inseparável chapéu. Sem esquecer de colocar preservativos no bolso. "Um homem sempre deve estar preparado e precavido", é o que diz meu querido pai. E, claro, pego minha velha viola de guerra.

O Bistrô está lotado, como sempre, mas ainda há algumas mesas vazias, que estão reservadas. Um ambiente familiar, animado e que eu simplesmente adoro. Subo no pequeno palco improvisado e ouço alguns aplausos e assovios antecipados. Confiro a caixa de som para o violão elétrico e o microfone para mim. Tiro do bolso um papel dobrado, onde escrevi minha playlist da noite. Normalmente, toco e canto canções animadas, divertidas, modas de viola das antigas, mas, especialmente nessa noite, meu cérebro e meu coração tramaram contra mim e, sem perceber, separei músicas sentimentais, que dizem muito de mim, do meu passado, do meu coração magoado. A conversa com Lurdinha abriu uma ferida.

As músicas são boas e a galera curte, então, deixo rolar. Mas, uma após outra, eu vejo e sinto Lírio em minha pele. Certamente, estou cantando com mais emoção do que o normal...

Costumo manter meu olhar por todo o ambiente, quero perceber quando as músicas estão agradando ou não. Justo hoje, parece que só existem apaixonados na casa. Percebo muitos olhares satisfeitos. Então, vejo algo que me chama a atenção: uma mulher bonita, mas muito triste e tensa. Parece indecisa sobre entrar ou não no Bistrô. Sinto vontade de ir até lá fora, pegá-la no colo e fazer carinho.

Ela entra e se senta em uma das mesinhas ainda vazias, em um canto, longe das pessoas. Deve ser tímida, não quer chamar a atenção. Ou está triste demais e não quer interagir com ninguém.

Durante todo o tempo, observo seu olhar triste, perdido. Vez ou outra, gira a cabeça para os lados, parecendo procurar alguém. Também confere o celular... Que tipo de imbecil deixaria uma mulher linda como ela esperando? Eu daria uma lição no idiota se pudesse, fosse ele quem fosse. Não se faz isso com uma mulher, enchê-la de expectativas e pular fora, na última hora. O babaca veria o que é ser homem de verdade.

Eu a analiso, entre uma canção e outra. Ela parece ser bem mais velha do que eu, ou talvez a vida a tenha castigado demais. Tanto faz, isso nunca foi um problema para mim. Seu corpo é de uma mulher madura, talvez já seja mãe. O único impedimento ali seria um casamento. Não existe um tipo de corpo que seja meu preferido. Eu gosto de mulher que me chama a atenção. Para isso, muitas vezes, um olhar é mais do que suficiente.

Estou no fim da última canção e vejo aquela mulher pedir a conta ao garçom. Não a deixarei escapar. Vou ao caixa e pago sua conta. Certamente eu chamarei sua atenção dessa forma. Passo rápido pelo banheiro para secar o suor no meu rosto, resultado de duas horas cantando e tocando. Coloco uma bala de menta na boca para garantir um hálito refrescante e vou em direção à mesa da rainha da noite.

— Boa noite, preciosa.

Ela me olha assustada, como se eu fosse um fantasma.

— Boa noite, Heitor.

— Então, já sabe meu nome.

— O garçom me informou que um tal de Heitor pagou minha bebida. Você se aproximou em seguida e imaginei que não poderia ser outra pessoa.

— Uma mulher que pensa rápido... Gosto disso. Posso me sentar?

— Na verdade, Heitor, como você pode notar, eu estava de saída.

Ignoro a resposta dela, viro a cadeira e me sento, com uma perna de cada lado, apoiando meus braços no encosto.

— Falou bem, preciosa, estava. Henrique, traga mais um desses para ela — aponto para seu copo vazio — e uma cachaça para mim.

Seu nome é Vânia e levou um bolo de uma amiga que ficou presa no trabalho. A tristeza que vejo tem motivo, pois faz apenas algumas horas que assinou seus papéis definitivos de divórcio. Vânia me conta sobre esse ex-marido estúpido e descompromissado, inclusive com a criação do próprio filho.

Enquanto Bruno & Marrone cantam "Alma gêmea" no som do ambiente, uma música que me lembra Lírio em cada sílaba, sinto a história da mulher à minha frente tocar minha alma. Ela me confidencia suas desilusões, e acabo revelando também as minhas dores.

— Por que você não lutou pela sua Lírio, garotão?

— Ela era menor de idade, o pai ainda mandava na vida dela. Eu era indesejado, pobre, aparentemente fracassado e sem futuro. Apenas um peão, filho do capataz e da cozinheira da fazenda. Já Antônio tinha um brilhante futuro pela frente como advogado, além de ser filho do melhor amigo dos pais da Lírio, também fazendeiro, criador de cavalos Mangalarga Marchador. Como concorrer, com tudo vindo contra mim? Tem noção de que a família dela ainda é a mais influente aqui da região? A família dela e de Antônio, por isso uma união é tão esperada entre os dois.

— Mas me parece que você deu a volta por cima, não é? — ela comenta, sorrindo docemente.

— Mais ou menos. Tenho um longo caminho pela frente.

— E o que impede você de ir atrás da moça, agora?

— O fato de, mesmo depois de adulta, ela nunca ter me procurado. Acredito que esteja satisfeita com a vida que leva, pronta para se casar com o escolhido.

— Acho que você está sendo precipitado em entregar seu futuro à própria sorte.

— Não entreguei meu futuro à própria sorte. Luto muito, apenas desisti de ser trouxa.

Como eu estou fragilizado! A história dessa mulher derrubou os muros que escondem meu passado. E, de certa forma, é bom conversar com alguém que vê a história de fora, por uma nova ótica. Uma mulher madura e calejada pela vida.

— Somos dois fodidos, então — ela conclui, sorrindo para mim de maneira irônica.

— Ainda não, mas você vai ser muito bem fodida essa noite — digo, deixando clara a minha intenção. — Vou levá-la em casa.

— Não Heitor, de jeito nenhum.

— Seu filho está lá?

— Não, deixei na casa da minha mãe, mas...

— Sem mas. Vou levá-la em casa — levanto-me e estendo a mão para ela.

— Certo. E a conta?

— Está paga. Vem.

•••

Ao chegarmos à frente da casa de Vânia, sinto sua relutância. É o tipo de mulher para a qual eu não dou muito abertura para os pensamentos. Mulheres magoadas ficam na defensiva, quanto mais pensam, mais se escondem e se afastam.

Enquanto ela abre a porta, vou com tudo para cima. Com meu desejo, minha excitação, meu lado rústico de peão tomando as rédeas da situação, até sentir que ela está se rendendo. Entro com ela aos trancos, até chegarmos ao sofá, onde começamos uma esfregação deliciosa. Mas, antes que eu possa provar essa mulher gostosa em minhas mãos, sou surpreendido pela campainha. Ela vai abrir a porta desconcertada, e me deparo com o retorno inesperado do seu filhinho, que não quis ficar na casa dos avós. É uma situação totalmente nova para mim e a maior dificuldade é acalmar a ereção generosa e enfurecida em minhas calças.

Vânia aparece com seu filho no colo, me faz um pedido de desculpas silencioso e segue, quando ouço a voz do menino:

— Mamãe, tem um cowboy no sofá. — E solto uma risada estalada.

— Quase isso, mocinho. Meu nome é Heitor e sou um peão, primo do Woody. Gosta de Toy Story?

— Eu amo Toy Story!

— E qual o seu nome mesmo?

— Pedro.

— Muito prazer em conhecê-lo, Pedro!

Eu preciso me sair bem. Estou de frente para uma criancinha carente da figura paterna. Foi fácil conquistar sua atenção com a história de ser primo do personagem do filme infantil, tanto que ele pede à mãe para que eu o coloque para dormir e não demora em soltar um delicioso "tio Heitor". Eu sei que posso fazer mais que isso, mesmo que apenas por uma noite. Marcar a vida das pessoas de forma positiva é uma ação de que eu gosto, pois há um ganho maior ainda para mim. Cada sorriso acaricia meu coração fodido.

Peço à Vânia para me deixar colocar o garotinho para dormir e contar-lhe uma história, como ele mesmo havia pedido. Vejo como ela fica insegura sobre isso e tento tranquilizá-la, apesar de entender perfeitamente o cuidado com o pequeno Pedro, um ato muito normal para uma mãe zelosa. Parece que ela percebe que não sou um homem que faria mal a uma mosca sequer, a não ser que a mosca merecesse. E seguimos para o quarto do garoto, que aparenta ter cerca de quatro anos de idade.

— Tio Heitor, conta uma história de cowboys?

— Conto! Mas, primeiro me diz, qual é seu super-herói favorito?

— O Super-Homem!

— Por quê?

— Porque ele tem muitos pais, aqui no planeta Terra e no planeta dele. E acho que ele vai casar com a Mulher Maravilha. Eca! Namoradas! Meninas são muito chatas! — E faz uma carinha engraçada ao desdenhar do sexo oposto, algo muito normal nessa fase. Mas outra coisa que ele disse me chama mais a atenção:

— Você acha maneiro o Super-Homem ter dois pais e duas mães?

— Não. Eu torço para ele voltar para os papais de verdade. — E abraça seu boneco com força.

— Você já viu que, no filme do Super-Homem, em um certo momento, ele passa a viver só com a mamãe?

— Sim, igual aconteceu comigo.

— Mas aposto que você tem uma mamãe tão maneira quanto a do Super-Homem.

— Tenho, sim! Mas o papai vai voltar. Você conhece meu pai?

— Não o conheço, mas acredito que ele deve ser muito legal também.

— Eu não quis ficar na casa do vovô e da vovó porque quero estar em casa quando o papai voltar. Eu o espero todos os dias... — Essa revelação corta meu coração. Como um pai pode fazer isso? Crianças são tão vulneráveis! Elas realmente consideram os pais como super-heróis, quase como divindades.

— Vou contar uma história bem legal sobre um garotinho que é um super-herói, pode ser?

— Pensei que contaria uma história de fazendas e cowboys!

— Mas o Super-Homem cresceu em uma fazenda, não sabia?

— Sei, sim.

— Então, vamos lá! Era uma vez o pequeno Pedro...

— Igual o meu nome! Oba!

— Sim, igual ao seu nome. Posso continuar?

— Pode, sim, tio Heitor!

— Pedro vivia em um planeta muito bagunçado, onde aconteciam muitas brigas, muita gritaria, onde viviam muitas pessoas tristes. Nem sempre ele podia estar com o papai e a mamãe ao mesmo tempo, por causa de toda a bagunça que as pessoas faziam. Um dia, o papai e a mamãe de Pedro descobriram que ele era um super-herói, mas se ficasse ali, no meio de toda a bagunça, jamais seus poderes apareceriam. Então, o papai combinou com a mamãe que, enquanto ele ficaria lá no planeta, colocando as coisas em ordem, a mamãe viajaria em uma supernave espacial com Pedro, para viverem felizes e seguros aqui na Terra. Dizem que até hoje ninguém sabe quem é esse supermenino, só se sabe que ele vive com a mamãe e é um garoto muito esperto. E o mais legal, dizem também que, todos os dias, quando o garoto dorme, mesmo que não seja na casa dele, o papai o visita nos sonhos, até o dia em que se reunirão outra vez.

— Esse menino sabe que ele é um super-herói, tio Heitor?

— Não sabe. Quando ele saiu de seu planeta, sua memória foi apagada. Mas, um dia, ele lembrará e se tornará a pessoa mais forte e destemida do mundo. Dizem que o pai dele colocou alguns superpoderes na fivela de um cinto de cowboy, igual ao do Super-Homem, que foi viver em uma fazenda. E, toda vez que ele usa essa fivela, sente seu pai bem pertinho e seus poderes voltando.

— Uma fivela igual a sua?

— Isso mesmo, Pedro! Igual a minha.

— Quais são os superpoderes da fivela?

— Com a fivela o supermenino pode proteger sua mamãe e ser o homem da casa até o papai retornar ou um novo tio aparecer.

— Eu queria uma fivela dessas...

— Dizem que esse menino, para conseguir a tal fivela, precisa desejar muito e pedir às forças do planeta dele.

Os olhinhos de Pedro reluzem com a ideia de ser o supermenino. Dou-lhe um beijo na testa, desejo-lhe boa noite e reduzo a luz do quarto, voltando para sua cabeceira. Ele aperta e segura minha mão, até o sono pesar.

Antes de sair do quarto, retiro meu cinto e coloco minha fivela em cima da mesinha de cabeceira. É um presente, muito mais para mim do que para ele. Dar esperança e segurança para esse garoto encheu meu coração de alegria. Uma alegria de viver que eu não tinha há muito tempo.

Na fase do Pedro, durante o divórcio dos pais, as crianças sofrem um grande temor de serem abandonadas, junto com uma profunda sensação de perda e de tristeza. Podem sofrer transtornos do sono, de alimentação e adotar condutas regressivas. É triste saber, como Vânia me contou, que o filho da puta do ex-marido foi embora da cidade por ter uma nova mulher em outro estado e que sequer liga para o filho. Ao menos tentei tranquilizar o coraçãozinho do pequeno. Agora é a vez de fazer algo por essa mulher guerreira.

Vou para a cozinha, tomar um copo grande e gelado de água. Depois, procuro Vânia pela casa e ouço o barulho do chuveiro. Aproveito para ir para o quarto esperar por ela...

Conheço outras mulheres como Vânia. Não é incomum encontrar mulheres que, por terem passado por experiências difíceis no casamento anterior, demoram a se relacionar novamente. Muitas pessoas pensam que, todas as mulheres que estão sozinhas, o estão porque não há quem as queira ou, se têm filhos, porque está difícil encontrar homens que queiram um "kit família". Não é bem assim que funciona. Muitos homens hoje em dia não se importam se a mulher tem filhos ou não. Ou, pelo menos, não deveriam. Depois de uma experiência frustrada tudo muda, principalmente se a mulher tem filhos. Seus principais medos estão em ver a história se repetir, ou cair na lábia de um maníaco, colocando a vida dos filhos em risco. Elas também têm medo de encontrar um homem difícil, ou alguém que apenas "se escore" nelas.

Como um bom entendedor das mulheres, ainda vejo vantagens em um relacionamento com uma mulher com histórico. É bem provável que ela não cometa os mesmos erros que cometeu no casamento. Ela já sabe o que funciona e o que atrapalha um relacionamento. Se for sábia, poderá usar todo seu conhecimento e experiência para tornar o novo relacionamento muito melhor do que o primeiro.

Vânia está magoada e quero muito que ela conquiste novamente a confiança em si mesma e em dias melhores. Percebo como ela deixou a vaidade de lado. É um sintoma. A beleza começa pelo interior da mulher, se o seu interior está bonito e ela se sente segura do que é e do que quer, isso irá refletir do lado de fora. Quando trabalhar isso, Vânia estará pronta para se concentrar na sua beleza exterior. Ela é bela, precisa apenas de um pouco mais de carinho. Precisa sair do casulo e se divertir.

Tenho certeza de que seu maior medo é a rejeição. Vou me esforçar para que ela pense justamente o contrário e perceba o quanto ainda é bonita e desejável. Retiro toda a minha roupa e me cubro apenas com um lençol. Ela entra no quarto e se mostra tensa ao tomar um susto comigo. Eu já estou excitado, apenas com a possibilidade de transar com ela. Eu sou assim, fico excitado quase que a porra do tempo todo. Basta pensar ou estar na frente de uma mulher que chame a minha atenção.

Seguro a barra de sua camisola e a retiro pela cabeça. Eu sei ser um *gentleman* quando necessário e esse é o caso de Vânia. Ela não precisa de um fodedor filho da puta, ela precisa se sentir adorada, como uma rainha.

— Meu Deus... Como você é linda, mulher. Que gostosa que você é. Eu sou um homem de muita, muita sorte.

Seus olhos mergulham em lágrimas e torço muito para que sejam para lavar sua alma e desafogar sua vida.

E adoro cada centímetro dessa mulher. Sorvo cada suspiro, experimento todos os sabores e acaricio cada dor. E faço amor com ela, forte, mas com sutileza. Enlouqueço com seu gozo e me perco ao penetrá-la, até me derramar dentro dela.

Coloco Vânia na cama, em meu colo. E, mais uma vez, Lírio se faz presente, rasgando meu peito e dilacerando meu coração. Fazendo amor com Vânia, desejei Lírio mais uma vez. É minha sina buscar aquela garota em toda mulher que me toca além do sexo.

Estou fragilizado, aberto, tocado. Vânia foi mais fundo. Mais fundo do que qualquer outra mulher chegou, até então. Nem mesmo Lurdinha. Ao entregar sua alma ferida, ela trouxe minha alma do abismo. E tenho a certeza de que recebi muito mais do que entreguei.

Junto com ela experimentei a perda e a resiliência. É um degrau acima de qualquer noite, com qualquer outra mulher. Essa não é uma noite qualquer, definitivamente. Essa não é qualquer mulher. Vânia me marcará para sempre, no fundo do meu coração.

Ela apostou na loteria da vida e não acertou, mas sinto nesse instante que ela está pronta para tentar outra vez. E outra vez. Com Vânia, aprendi que o amor dá trabalho a porra do tempo todo. E eu não sou um azarado no meio da humanidade. Eu sou apenas mais um. Ela teve coragem de se afastar do que não estava funcionando, mesmo sabendo a barra que seria estar sozinha e criar um filho nessa sociedade machista de merda. Mas decidiu não correr atrás de uma mentira. Vânia tomou uma posição e escolheu ser forte. O mais provável é que, a partir de agora, ela não queira menos. Não aceite migalhas. Não se aproxime mais de um cara sem noção e que não a mereça. Ela será capaz de identificar um coração verdadeiro.

Essa mulher assistiu o amor lhe escapar, mas tenho certeza de que eu a ensinei que não deve se sentir culpada por isso. Porque ela tem o direito de ser feliz, sentir prazer, ser desejada. E ela está pronta para seguir, sem medo e confiante, sozinha ou acompanhada, sabendo que a vida ainda pode ter altos e baixos, mas conseguirá passar por qualquer coisa e ainda será muito feliz. Porque a felicidade não pode depender de mais ninguém, a não ser dela mesma.

E o ponto onde somos mais semelhantes é no que diz respeito às cicatrizes. Isso nos torna mais interessantes, pois já sofremos a dor da perda e seguiremos adiante, em busca da alegria de viver.

Gozei. Profundo e denso. Quente e enfurecido. Repleto de energia.

Então, a abracei e fiz carinho em suas costas até sentir seu corpo relaxar e pesar em meus braços, onde ela ainda está. Eu não posso passar a noite, apesar do desejo de ter essa mulher mais uma vez. Mas o principal é a cabecinha do Pedro. E eu não quero causar uma bagunça.

Antes de apagar a luz e sair da vida de Vânia com a mesma rapidez que entrei, deixo algo que a faça se lembrar de mim por um tempo. Porque as mulheres desejam sentimento e eu posso dar isso a ela sem alimentar esperanças com relação a mim.

Para tanto, deixo um bilhete:

Vânia,
Jamais confunda paixão ou tesão, com amor.
Não deixe que confundam sua cabecinha.
O amor exige sintonia, respeito e admiração mútuos.
Amor é aquilo que exige cuidados diários,
cada dia um pouco. Porque, senão, esse tal amor cansa
e começa a perder a importância.
Não basta ser conquistada, é preciso encontrar
um homem que queira fazer seu amor durar.

Aprendi com você que o amor existe, sim,
eu só não sei onde encontrar o meu.
Ainda assim, a agradeço por isso.
Entendi que amar é verbo de ação. Uma escolha diária.
Portanto, escolha todos os dias o maior amor.
Aquele de você para você.
E não aceite menos.
A noite foi incrível, obrigado! Você é maravilhosa!
Seja feliz. Você merece! E o Pedro também!
Até um dia, quem sabe.
Heitor.
PS.: Deixei uma música no seu celular, para tocar
na hora da programação do seu despertador.

Parto sem olhar para trás, enquanto escuto a mesma música. É sempre muito bom lembrar de como uma mulher deve ser tratada.

TODA MULHER JÁ NASCE PRA MORRER DE AMOR.
"TODA MULHER" — KARAMETADE.

7

VIVIAN

NO MOMENTO, SEI QUE O MEU ESCRAVO me confunde com o suposto amor da sua vida. Faz dias que venho forçando a barra nas sessões, para vê-lo pedir arrego e entregar a coleira. Pelo menos agora ele foi sincero e pediu que eu encerrasse a dominação, porque está demais para sustentar sem o meu amor. Isso é bom. Eu já estava cansada desse frouxo!

Ele é bem disciplinado. Ainda assim, eu adoro submetê-lo a punições pesadas ou castigos físicos. Sou feliz assim, dentro do meu próprio conceito de felicidade.

A sessão de hoje será delirante.

Vestido tubinho de couro vermelho, meias 7/8 de seda vermelhas, e scarpin de salto agulha preto. Cabelos soltos e revoltos em ondas selvagens, como se eu tivesse acabado de acordar, linda e maravilhosa. Longas unhas lixadas em garra, pintadas de vermelho sangue. Lábios vermelhos poderosos completam o visual.

Certifico-me de que ele já está completamente nu, somente com a coleira que coloquei em seu pescoço, há dois anos. Ele se ajoelha e coloco uma venda em seus olhos. Amarro seus pulsos para trás, prendendo-os em seguida aos tornozelos, também amarrados. O ardor das cordas de juta em sua pele claríssima me enlouquece.

Não darei a ele o direito e o privilégio de me ver durante essa sessão, pelo menos não no início. Restrinjo seus sentidos e ele tem de se contentar somente com meu cheiro de fêmea, e eu sei que isso o excita cada vez mais. Adoro brincar com a paciência dele e faço uma cena de Tease and Denial. Provocação e negação.

Abro suavemente a primeira camada da pele das suas costas com minhas unhas, de baixo para cima, e meus olhos brilham ao verem o sangue minar, vivo, vermelho, quente. Suculento.

Ele não diz a palavra de segurança, então eu continuo a arranhá-lo. Livremente. Maldosa. Excitada. Perversa. Dominadora. Domme. Rainha. Sua rainha.

Enquanto "Sadeness", do Enigma, preenche nosso cérebro, vejo seu pênis ficar avermelhado, de tanto tesão e excitação. Adoro essa condição e o puno cada vez que isso acontece. Puno com mais dor e privação. Amarro suas bolas e seu cacete pela base, com uma fina corda de juta. Apertado o suficiente para deixar aquele membro deliciosamente ainda mais roxo. Enquanto isso, mordo-lhe os ombros e chupo seu pescoço, sentindo o sangue pulsar veloz em sua jugular.

Deitado no chão, de costas para cima, ele experimenta a dor que meu salto lhe causa, enquanto piso em seu corpo, amassando seus músculos. Vez ou outra, dou-lhe o salto para lamber em devoção a mim. Apenas a mim. Sua Dona.

É delirante vê-lo imóvel, tentando controlar ao máximo seus instintos mais animais. E, quando resolvo me despir, faço com que chupe meus pés, até eu quase gozar. Como um cachorro, lambendo um osso. Quando o sinto cansado, retribuo sua obediência, levando em seus lábios meus dedos molhados com a minha excitação. É como se eu dissesse: "sinta o sabor da sua Dona, que no momento você não pode ter".

Estou tão excitada, que posso jurar que gozaria com um simples toque em meu clitóris. Sento-me na beirada do sofá da minha sala e me toco, com força, com vontade, gemendo alto. Ele enlouquece. Puxo sua cabeça para que possa me lamber e, quando meu prazer chega ao ápice, percebo o gozo que dele também sai. Sorrio. Ele será punido, assim que eu recobrar meus sentidos.

Retiro a venda, o desamarro e pergunto:

— Quem o liberou para gozar?

Ele se limita a baixar o olhar e choramingar feito um cão de rua, com fome e perdido.

— Aqui você não tem que querer nada. Controle-se! Faça estritamente o que eu mandar e permitir.

Ordeno que fique de quatro e inicio imediatamente uma sessão de spanking. Uma palmada seguida da outra, naquela bunda grande, dura, redonda e empinada, até minha mão arder. A dominação psicológica entre meu submisso e eu é tão absurda, que ele sequer consegue proferir a palavra de segurança. Eu preciso controlar minha fúria o tempo todo. A nossa relação de dominação e submissão é uma das mais intensas que já vivi, desde que entrei para esse mundo.

Tal qual o BDSM, a intimidade é um caminho sem volta. E eu não quero isso para a minha vida. Não mais. Não depois de tudo. Sinto-me segura como Dominadora. E não desejo uma relação baunilha com absolutamente ninguém.

Na noite, nos clubes de sexo e nas masmorras, onde acontecem as Play-Party, sou conhecida como "Pandora". Na mitologia grega, Pandora ("a que possui todos os dons" ou "a que é o dom de todos os deuses") foi a primeira mulher, criada por Zeus, como punição aos homens, pela ousadia do titã Prometeu ao roubar o segredo do fogo. Pandora pode ser interpretada como a lenda que deu ao homem a possibilidade de se aperfeiçoar através das provas e da adversidade, ou males e punições. Na filosofia pagã, Pandora não é a fonte do mal: ela é a fonte da força. É exatamente como me sinto, depois de tudo que me aconteceu.

Perdi meu pai muito jovem e vi minha mãe se afastar de mim, dando toda a atenção para minha irmã mais nova. Isso, antes da minha progenitora enlouquecer ou surtar, como a família costuma dizer. Meu pai era meu porto seguro, o único homem que me amou, mesmo sabendo que eu era muito menos em relação à minha irmã e às outras pessoas. Nunca fui a mais bonita, a mais esperta, a mais fodona.

Mas agora eu sou. Encontrei-me nesse mundo de cordas e chicotes. Não uso o BDSM para "consertar" falhas ou encobrir "traumas". Uso o BDSM para descobrir a mulher forte e poderosa que vive dentro de mim. E isso veio bem depois de ser estuprada aos dezesseis anos, por uma turma de colegas do colégio, que me deixaram cicatrizes para o resto da vida.

Não são cicatrizes poéticas. São cicatrizes literais, reais. Feitas com cigarros, isqueiros e canivetes. Foram feitas por todo o meu corpo, enquanto eu gemia de dor e estava quase sem ar, dentro de um banheiro fétido de bar, localizado em uma garagem, em uma das esquinas do bairro onde eu vivia. São tantas as cicatrizes que perdi as contas, já que evito olhar para elas. Algumas incomodam mais, especialmente as que ficam localizadas na parte interna das minhas coxas, na minha vagina, nas minhas axilas e debaixo dos meus seios. Sofri como uma condenada ao fogo do inferno, mas fui resgatada antes que minha cabeça se perdesse de vez.

São cicatrizes escuras, cinzentas como a minha alma. Uma alma que vive um eterno outono. Gosto do outono, é nessa estação da vida que o erro se transforma em virtude. Mas eu escolhi não viver uma vida morna. E, por isso, me transformei na dona do meu destino.

O outono também é a estação dos ventos fortes e das folhas que caem. É a vida que se renova. Com o outono, chegam os momentos adversos. As expectativas que tínhamos começam a murchar, os sonhos parecem declinar como o pôr do sol... Os outonos das nossas vidas não são muito agradáveis, mas são reais. Mas, assim como a estação, nossos outonos também são períodos de preparação. É quando as árvores se permitem ficar nuas, para que novas folhas cheguem, mais fortes e com vida em abundância. No outono, acaba tudo. Acaba o céu azul, acabam as nuvens claras, acaba o sol, as folhas, tudo isso para começar tudo outra vez, em um perfeito ciclo de vida.

Interrompo meus pensamentos insanos e esfumaçados, antes que o cisne negro pule para fora dos espelhos dos meus olhos e faça sua dança final. Volto minha total atenção para o meu submisso. Pego mais alguns brinquedinhos dentro da "Caixa de Pandora"...

Coloco prendedores de roupas por todo o seu abdômen e baixo ventre. Em longo prazo, aquilo causa um desconforto insuportável. Escolho um plug anal lúdico, com rabo de cavalo na ponta, e introduzo em sua bunda, sem a menor cerimônia. Ele geme e eu o puno com um tapa no rosto.

Uma vez me perguntaram se já fui submissa em uma relação. Para aprender a ser uma boa Domme, acabei por querer conhecer primeiro a experiência de ser uma boa submissa. Não foi fácil vencer essa barreira, mas consegui. Não é padrão, mas foi uma escolha particular minha. O Senhor que me apresentou a esse estilo de vida tão peculiar fez de mim sua escrava, 24/7, por quase um ano inteiro. Isso significa que servi suas vontades e desejos vinte e quatro horas por dia, durante sete dias por semana. Ou seja, o tempo todo.

Obedecia e não tinha que pensar em nada. Era uma entrega total e fenomenal. Você confiar em uma pessoa a ponto de entregar-lhe toda a sua vida... Não tem sensação melhor. Minto. Perde fácil para a sensação de ser a total responsável pela vida e prazer de alguém.

Eu tinha dezoito anos. De lá para cá, vieram dois cursos universitários, duas pós-graduações, um mestrado, um doutorado e um pós-doutorado. Eu não sou uma menina submissa. Sou uma grande profissional na área que escolhi e uma mulher completamente sedutora e controladora. Confiante no futuro e segura de mim. As cicatrizes não me comandam mais. Eu comando tudo, o tempo todo.

A perfeição não é apenas sobre o controle, é também sobre o desapego. É fato que não consigo me apegar a nenhum submisso, mas isso não significa que eu seja menos devota a ele. Procuro sempre estar sintonizada com todas as nuances, construindo as sessões com confiança e proporcionando aquilo que ele deseja encontrar. Uma verdadeira e inconfundível Mistress. Cada escravo me proporciona vivenciar uma Dominação individual e fetiches especiais. Mas o meu lema continua sendo: distância emocional e Dominação Psicológica.

Interrompo meus pensamentos mais uma vez, para tecer em arte meu Shibari em volta do corpo bem desenhado e definido do meu submisso. Levo-o ao limite, com uma mistura de palavras duras, humilhantes e ordens imperativas. É disso que ele gosta, é isso que ele quer cada vez que eu o autorizo a vir me ver.

Pego a gravata vermelha em minha caixa e a envolvo em seu pescoço, puxando-o para trás. Faço pressão suficiente para levá-lo ao êxtase através do sufocamento moderado, enquanto tiro e coloco o plug anal, outra e outra vez. Eu já conheço seus limites e sabemos de comum acordo o que eu posso ou não fazer. O adestrei muito bem durante todo esse tempo em que estivemos juntos.

Algum tempo depois, o libero do restante das cordas e dos pregadores. Retiro o plug e escolho minha brincadeira final. O glorioso Bull Whip, meu chicote favorito. Trançado, fino e bem longo. Mando que meu sub tome distância e estenda os braços para cima e, quando ele menos espera, meu chicote lambe seu corpo, deixando marcas avermelhadas e quentes. Marcas de prazer.

O demônio que vive em mim surge cedo essa noite. O cheiro de luxúria, que me tira da rotina, se mistura ao odor almiscarado de uma simples quinta-feira.

Ordeno que meu escravo se masturbe para mim, enquanto eu me toco. Ele obedece com tanta vontade, pressão e rapidez que, por um momento, acho que ele deseja arrancar seu próprio membro e me dar, como ato final de sua entrega e doação.

Abaixo-me na sua frente, de costas, mantendo minhas pernas retas e deixo que ele lamba toda a minha bunda e minha boceta, que está escorrendo de tanto tesão. Puxo seus cabelos, para controlar a pressão no ponto que mais me enlouquece. E, quando não mais aguento, apoio minhas mãos sobre o sofá e deixo que ele me penetre, comigo de quatro. Gozamos juntos pela última vez.

Sou literalmente uma mulher fodida, impetuosa, controladora e bem-comida. Quando meu submisso me entrega a coleira e sai pela porta, eu nada sinto, sequer faço questão de dizer seu nome. E isso diz muito sobre mim, sobre quem sou de verdade.

•••

A manhã de sexta-feira chega. Dou aulas na Universidade Federal de São João del-Rei para algumas turmas de graduação e comando um laboratório de orientação para os alunos da pós-graduação.

Confiro o visual no espelho antes de sair. Nada de batom ou esmalte vermelhos, apesar das unhas ainda compridas e afiadas. Por trás dos óculos de grau é impossível dizer que eu sou a mesma Domme da noite anterior. Cabelos presos em um coque frouxo e a camisa branca de algodão e mangas longas fazem um contraponto elegante e sensual com a saia lápis de couro ecológico, na cor verde bandeira. Nos pés, uma sapatilha cor da pele, já que os morros da cidade e o calçamento irregular não permitem o luxo e o poder de um salto.

No auge dos meus 43 anos, muito bem vividos, não encontro nenhum fio branco nos cabelos. A tatuagem nas costas, de uma fênix com asas abertas é perfeita em meus músculos firmes e definidos, e um corpo torneado por muitas horas de academia, contam sobre minha rotina de cuidados. Ninguém diz que, por trás da exigente e competente professora e pesquisadora, está uma Dominadora sexy e viciada em sexo. Está aí o meu problema: o desejo que me consome. Não sei dizer o que posso fazer quando o fogo entre as minhas pernas fica maior que minha sanidade. Só para exemplificar, é quase religioso me masturbar até gozar, diariamente, pelo menos quatro vezes, entre uma aula e outra, um compromisso e outro.

Ninfomaníaca?

E por que não?

Entro em meu carro e, enquanto dirijo pelas ruelas da cidade, imagino quem será meu próximo submisso... Sim, eu não curto a ideia de mais de um homem ao mesmo tempo. Sou fiel aos meus escravos. Prefiro dedicar meu tempo livre, que não é muito, para satisfazer um felizardo e me satisfazer. Prefiro assim. É melhor do que querer mais de um e deixar todos apenas meio satisfeitos.

Quando a ideia é variar, frequento festinhas, faço Swing com casais desconhecidos ou *ménage* com mais um homem ou mulher, depende da vontade do dia. Mas nada de mais de uma coleira envolvida.

Eu não fico muito tempo sozinha, sem um sub. Fato. Não sou feita para a solidão. Gosto de ter em quem pensar e saber que alguém passa os dias a me desejar. Adoro ter alguém para me idolatrar...

•••

Sexta-feira é sempre um dia atípico na universidade e, às vezes, acontece alguma coisa interessante. Estou ansiosa para saber o que será a minha surpresa do dia.

Não preciso esperar muito...

Estou em minha sala, concentrada corrigindo alguns trabalhos, quando batem à porta.

— Com licença, Dra. Muniz.

— Entre. — Não me dou o trabalho de erguer o olhar e permaneço impassível, na mesma forma, no mesmo lugar.

— Posso sanar uma dúvida com a senhora?

— Seja breve. — Seca e ríspida, como sempre.

— Em que mundo a senhora estava quando corrigiu o meu trabalho sobre Melhoramento de Gerações em Animais de Grande Porte? — rosna uma voz forte, agressiva e petulante.

Aquilo não terminaria bem. Definitivamente.

A curiosidade leva a melhor e ergo meu olhar.

Uau!

O fôlego acaba.

Endireito a coluna, projeto meus seios para frente, apoio os cotovelos na mesa, retiro o óculos, levo uma das hastes dele à boca e mordo. Uma típica ação inconsciente de uma predadora que se prepara para atacar.

Movo somente o globo ocular, com o intuito de conferir o belo exemplar de macho bem à minha frente.

Do alto dos seus, talvez, um metro e noventa de altura e muitos quilos de músculos bem definidos, tudo compactado dentro de um jeans rasgado e apertado e uma simples camiseta velha, está um olhar irado. Mais do que um homem... Um animal, pedindo para ser domesticado.

Pele morena clara, olhos castanhos, amendoados. Algo entre o selvagem e o angelical ao mesmo tempo... E, nesse olhar, encontro uma história, um sofrimento, uma dor, uma saudade. Sou *expert* nisso.

Seu peitoral sobe e desce em lufadas de ar, é a raiva correndo em seu sangue. O touro está pronto para ser domado.

Arrepio.

Seu cabelo preto, curto e arrepiado, me fala sobre alguém preso na tradição de uma família certinha, mas com um pé na modernidade de um futuro acelerado. E esses lábios! Meu Deus! Lábios generosos e bem esculpidos em um rosto másculo, marcado e equilibrado, e um queixo firme e proeminente, onde a nuvem de uma barba por fazer dá o ar da sua graça, me fazem apertar imediatamente as coxas uma na outra.

— Acho que não entendi bem... Vamos começar pelo início, qual é o seu nome?

— Heitor. Heitor Domingos. Aluno do último ano de graduação em Zootecnia, na turma da noite.

— Em que posso ser útil, Heitor?

— Acho que a senhora se equivocou ao avaliar meu trabalho, já que minha nota não condiz com meu esforço.

— Em primeiro lugar, Heitor, abaixe o tom e o topete quando se dirigir a mim. Eu não avalio esforço, eu avalio qualidade do resultado final. — Levanto-me, para conversar com ele por igual, apesar daquela altura toda à minha frente impossibilitar tal feito. — E, em segundo lugar, eu nunca me engano. Vou dar um pequeno desconto, porque não nos conhecemos. Você deve ser um dos alunos da turma que assumi em substituição à professora Dra. Carmela Olivares, que saiu de licença maternidade.

Ando pelo ambiente, marcando meu território, e volto para a frente do rapaz, olhando bem no fundo dos seus olhos, enquanto apoio uma das minhas mãos sobre a mesa e a outra na minha cintura.

— Recebi os trabalhos e precisei adiantar a correção para atender à demanda da secretaria da faculdade. No entanto, devo me apresentar para a sua turma na aula da semana que vem. — Ergo o queixo e olho para ele por baixo dos vidros dos óculos, que recoloquei. — O que você acha que há de errado com sua nota? — Friso a palavra "acha".

— Não é possível que eu tenha tirado cinco em dez. Jamais tive um desempenho tão ruim assim. E eu sei que meu trabalho está bom.

— Tem algum problema com o fato de o seu desempenho ter ficado na média? — Faço questão de frisar a palavra "desempenho". Não é ético, mas eu liguei o "foda-se" desde que o "Adônis" entrou na minha sala.

É hora de jogar. Um jogo perigoso, do qual conheço todas as regras e as domino muito bem.

— Problema? Não aceito essa nota e quero revisão. Fiz pesquisa, embasei meu trabalho em modelos pré-definidos pelo laboratório da universidade, além de ter citado quase quinze leituras, entre artigos e livros diferentes, que respaldam meu ponto de vista.

Agora é o momento de irritar a fera. Passo por ele, rodeando a mesa e volto a me sentar confortavelmente em minha cadeira, dando aquela fatal cruzada de pernas, oferecendo ao deus ali presente uma visão do que ele poderá ter, se for muito bonzinho e obediente.

Pego uma caneta, umedeço e mordo o lábio e, em seguida, mordo a caneta. Levanto o olhar e ofereço um sorriso cínico e irônico para o rapaz.

— Posso fazer a gentileza de reavaliar seu trabalho, garotão. Mas somente na semana que vem. Lembre-me disso durante a aula em sua classe, pois certamente não me recordarei dessa nossa conversa até lá. Pode se retirar. Bom fim de semana.

Heitor sai bufando e bate a porta.

No que depender de mim, ele perderá muito em breve aquela petulância e indisciplina.

•••

O dia passa batido e rápido.

Antes que eu perceba, já são mais de nove e o corredor do meu laboratório está com todas as luzes apagadas. Somente meus fantasmas interiores e eu estamos aqui.

Vou até a máquina de café expresso, escolho a medida dupla e viro em minha caneca, que já contém uma generosa dose de vodca.

Enquanto insiro alguns dados de pesquisa em minhas planilhas, ouço passos no corredor.

Pela janela de vidro, vejo um homem enorme vir tranquilamente em direção à minha sala, enquanto luzes automáticas se acendem com sua passagem e outras, deixadas para trás, se apagam. É Heitor, em seu glorioso porte físico.

O rapaz é do tipo que não desiste fácil. Quer me vencer pelo cansaço. Se parece com aqueles que adoram ser punidos e, por isso mesmo, desobedecem e desafiam deliberadamente seus donos. Posso me divertir muito com o treinamento de um touro assim. Sorrio com a simples ideia.

Não o espero bater à porta e, antes que o faça, abro.

— Boa noite, Heitor. — Não revelo qualquer emoção em minha voz.

— Não conseguirei dormir durante o fim de semana se não resolver a questão da minha nota. — E me entrega um encadernado, com cerca de cinquenta páginas. É o trabalho.

— Heitor, você está passando dos limites.

— Apenas olhe. Sei que se recordará do meu trabalho. Talvez a senhora tenha se confundido no momento de colocar as notas no sistema.

— Por que isso não pode esperar? Em teoria, meu expediente já encerrou por hoje.

— Mas a senhora ainda está aqui. E não posso esperar, porque dependo de uma boa nota para continuar mantendo meu emprego como auxiliar de um dos pesquisadores da universidade. Não posso me perder na reta final do curso.

— Então, deveria ter pensado nisso enquanto fazia o trabalho. E não vir agora mendigar nota.

— Não estou mendigando porra nenhuma! — Ele se altera completamente.

Meu sangue borbulha em cem graus Celsius e eu não posso mais manter a relação ética e profissional de professor/aluno. Parto para cima com tudo, me esquecendo até de onde estou. Dou-lhe um estalado tapa no rosto e beijo seus lábios, logo em seguida.

Ele não me rejeita, pelo contrário, me segura pela cintura e me ergue, para encaixar nossos corpos e aprofundar nosso beijo. Eu o empurro, porque ele acha que pode tomar as rédeas da situação e está claro que quem comanda sou somente eu.

Tento dar-lhe outro tapa no rosto, mas ele me solta e, com fogo nos olhos, segura meu punho rapidamente. Tento acertar-lhe com a outra mão e ele também a detém.

— O que pensa que está fazendo? — Heitor questiona.

— Dando o que você quer.

— Você acha que pode bater em um homem? Não, minha querida. Não em um homem como eu, isso eu garanto.

— Eu não vou apenas bater. Eu vou espancar e açoitar você. Eu vou foder você. E você vai implorar por mais. Vejo em seus olhos o quanto deseja isso.

— A única coisa que você está vendo é que eu vou foder você e acalmar esse seu fogo descontrolado. — E olha em meus olhos de volta, atingindo o âmago da minha alma. — E você terá certeza de que jamais foi tão bem fodida nessa vida.

Heitor solta meus pulsos e, com a mesma rapidez, agarra meu pescoço e me prensa na parede. Quer me subjugar, mas eu não permitirei. Unho seu pescoço com tanta vontade, que vejo o sangue subir na pele.

E, então, o touro enlouquece.

Ele mantém a pressão do sufocamento em meu pescoço com uma das mãos e, com a outra, puxa minha camisa para o lado, arrebentando todos os botões, me deixando desnudada, sob o pseudodomínio do seu olhar. Com a boca, afasta um dos lados do meu sutiã e abocanha forte o meu seio. Suga, chupa, lambe, cospe em meu mamilo e morde sem dó. Eu quero gritar, mas a pressão em meu pescoço não permite.

Heitor ergue o olhar novamente e desfere um ardido tapa no meu rosto, me deixando excitada.

— A safada que está acostumada a bater, também se acostuma a apanhar. E hoje será sua vez de se submeter à minha força, delícia! E você vai gostar, eu garanto.

Antes que eu reaja, ele solta meu pescoço, me vira de costas e segura meus dois braços para trás.

— Heitor, você será expulso dessa universidade e sairá daqui direto para a cadeia!

— Terei de calar a sua boca, não é mesmo? Porque não estou a fim de showzinho. Você começou a brincadeira mais cedo, se insinuando, me provocando... Agora, safada, terá de jogar.

Heitor cola seus lábios na minha orelha e sussurra sensualmente suas próximas palavras:

— Você diz que não quer, mas deixo você me esfolar vivo se a sua boceta não estiver encharcada de tanta excitação, só com a possibilidade de ser comida por um macho como eu. — E morde o lóbulo da minha orelha. — E eu vou sugar ela todinha. — Ele fala, fazendo uma pausa entre as palavras.

O arrepio que corta minha coluna é um mau sinal. Fazia tempo que eu não me excitava ao ser dominada, mas Heitor... Ele parece não ter nada de submisso, pelo contrário, é naturalmente dominante. Como eu posso ter me enganado no meu julgamento? Isso jamais aconteceu! Normalmente, eu enxergo a alma de cada homem e sei dizer se é um bom escravo ou um Dominador por excelência. Mas está claro que errei feio com Heitor.

Ele é um leão. Selvagem. Dono do seu pedaço. Um predador por instinto. E eu preciso dar um jeito de fugir. Não posso ser dominada, não mais. Não posso perder o controle.

Heitor retira seu cinto, sem que eu perceba. Sou contida pelos pulsos, atrás do meu corpo. "Não! ", é o grito que ecoa dentro da minha mente, mas que não consigo fazer chegar até os lábios. Ele me puxa para próximo da minha mesa. Com uma das mãos, joga os papéis no chão e me empurra de costas. Perco o equilíbrio e cedo.

Permaneço em uma luta interna sobre me entregar e deixar rolar, ou lutar e não me submeter a ele. Mas não consigo agir, estou paralisada. Emocionalmente paralisada.

Emocionalmente.

Essa é a palavra mais importante até aqui.

Que porra esse homem fez comigo?

Heitor continua sua exploração pelo meu corpo, abre minha saia e a escorrega pelas minhas pernas. Descalça minhas sapatilhas com cuidado e chupa cada dedo dos meus pés. E, quando eu acho que a merda não pode piorar, ele sobe com seus lábios por minhas pernas e vê as malditas cicatrizes nas coxas...

Seu olhar se fixa nas marcas, por um tempo. Em seguida, passa o dedo por cima delas. Em algumas, eu ainda tenho sensibilidade, em outras, nem sinto nada, de tão lesionado que o tecido ficou. Ele continua e abaixa a cabeça, lambendo e beijando cada uma, demoradamente.

Heitor não diz sequer uma palavra. De som no ambiente, apenas nossa respiração em descompasso. Até que o garotão, em um nível extremo de excitação, rasga minha calcinha sem dificuldade, como se fosse um pequeno pedaço de papel.

E descobre mais cicatrizes.

Se sente nojo, disfarça muito bem, pois ignora tudo e parte para um sexo oral enlouquecedor. O melhor que já recebi até hoje. Ele me lambe com prazer. Me fode com a língua rija e suga meus líquidos, como se quisesse saciar uma sede descomunal.

Eu não suporto mais. Ele está entrando em um território perigoso. Ele abriu a porcaria de uma porta que eu tranquei há tempo demais.

— Heitor, chega! Pare, imediatamente. Isso não funciona para mim.

— Vivian! — É a primeira vez que ouço meu nome em seus lábios. E parece chocolate derretendo suavemente na língua. — Se quer realmente que eu pare, olhe nos meus olhos e suplique para que eu faça isso.

Nesse instante, ele tem plena consciência de que eu jamais suplico.

Permaneço em silêncio.

Ele abre minhas pernas, cada uma de um lado da mesa. Me toca primeiro com um dedo, depois com dois. Aumenta a pressão e enfia o terceiro. Vejo em seus olhos uma maldade que é tão conhecida minha, uma maldade gostosa. E, então, mete o quarto dedo.

Heitor apoia meus pés nas pontas da mesa e puxa minha bunda para mais perto. Entendo imediatamente o que ele pretende quando o vejo umedecer os cinco dedos em sua boca e dobrar o polegar para o centro da palma da sua mão. Sem a menor piedade, enfia os cinco dedos e força, até que a mão esteja completamente dentro de mim.

Urro de dor. Uma dor delirante e gostosa, com a qual eu não lido há muito tempo.

Ele me fode assim por um bom tempo. E cada vez que sua mão sai de mim, seu olhar escurece de tesão ao ver o suposto "estrago" causado em meu corpo.

Fisting não é das minhas técnicas prediletas, nem para fazer, muito menos para receber. Mas Heitor faz de um jeito que não é violento, é apenas sacana.

Ele se afasta um pouco e repete:

— Suplique para que eu pare.

Não respondo.

Apenas o observo se livrar de toda a roupa. E vislumbro, pela primeira vez, o membro gigante e grosso, com uma cabeça enorme e rosada, que pula para fora da cueca, duro e lindo. Salivo. Penso no quanto gostaria de amarrar aquele cacete e bater nele até o deixar vermelhinho!

Observo Heitor caminhar, sorrateiro, sem desgrudar os olhos de mim. Ele vem de encontro aos meus lábios e me beija, com algo que me parece ter certa dose de doçura.

Ledo engano... Ele arrasta minha cabeça para trás, faz com que meu corpo suba e minha cabeça penda para fora da mesa. Meus braços, ainda presos atrás do meu corpo, formigam.

Penso em reclamar, mas Heitor pega seu cacete enorme e enfia com tudo, até onde sinto minha garganta relaxar. Ele me obriga a fazer um sexo oral, quase impossível de concluir. Eu engasgo e sinto minha própria saliva escorrer pelo meu rosto. Não sei qual sensação é mais entorpecente, se o sangue que sobe todo para a minha cabeça pendida ou o sufocamento, a cada vez que Heitor vai mais fundo. Ele ainda aperta minhas narinas, impedindo a entrada do ar.

Falta-me força. Falta o oxigênio. Sobra prazer.

Quando sinto lágrimas minarem em meus olhos em uma atitude involuntária, apenas me obrigo a aproveitar o máximo possível do sabor desse homem. Porque admito, ele é gostoso demais!

Sou erguida e confesso que sinto um vacilo em minhas pernas.

Heitor me coloca de barriga na mesa e sinto sua mão pesar sobre minha cabeça, comprimindo minha bochecha na madeira dura e fria. Sinto também uma de suas mãos apertarem ainda mais meus pulsos, enquanto a outra abre caminho na minha bunda.

Ele me penetra de uma só vez. A palavra, na verdade é outra, mas me recuso a usá-la, nem mesmo em pensamento. Sinto-me completamente preenchida e o prazer me entorpece quando o jogo de quadril desse homem começa seu trabalho. Sou firmemente segurada pela cintura e estocadas, cada vez mais fortes, me atingem.

Ele não para. É incansável.

— Você gosta de bater, sua gostosa? Pois, hoje, é você quem vai apanhar! E vai gostar!

E sinto sua mão enorme estalar na minha bunda. Um tapa. Outro tapa. Mais um tapa. Muitos tapas.

— Não se preocupe, já entendi seu limite. E jamais ultrapassaria o meu que, para o momento, tem como objetivo, o rosa. Uma cor linda para um traseiro delicioso.

— Você vai me pagar, Heitor! — Enfim, volto a ouvir o som da minha própria voz. É reconfortante.

— Pago. Mas, só se você não gozar. Combinado?

Sorrio internamente por saber que vou vencer! Ele não faz ideia do quanto eu tenho controle disso.

Minutos passam e nada de me fazer gozar. Eu não revelo que o prazer já está no nível do indefinível. Heitor sai de dentro de mim, troca o preservativo e solta meus pulsos, que eu esfrego compulsivamente, em um ato falho.

Ele puxa a cadeira de trás da mesa e se senta nela. Pega minha mão e me leva até seu colo. Sou forçada a, literalmente, me encaixar, sentada no seu pau, que parece estar mais duro e maior. Minha boceta reage à dor, se contraindo. Eu desisto de lutar e deixo ele fazer o que quer comigo. Sei que o gozo não chegará sem a sensação de poder que a Dominação me proporciona e eu tanto gosto.

Solto meu corpo e libero meus pensamentos. Voo livre por um vasto céu azul, sem nuvens. Olho para baixo e avisto um campo verde, com cheiro de rosas e orvalho, onde sinto no rosto uma brisa gostosa e um sol quentinho que me aquece.

Nem sinal do meu outono.

Sinto as mãos enormes de Heitor agarrarem meu cabelo, na nuca, e meu pescoço, na frente. As estocadas agora são mais densas, quentes e eu me entrego, como nunca, à sensação de prazer. Sinto lábios quentes sugarem meus mamilos. Sequer abro os olhos para conferir.

Sou toda sensações.

Meu coração começa a bater dentro do meu ouvido e Heitor me abraça, gostoso e carinhoso, sem parar de me preencher. Meu corpo trai a minha mente e eu perco o controle... E me vejo despencar de encontro à grama, verdinha e úmida.

Caio e relaxo.

O orgasmo chega como jamais antes. Entro em estado de torpor, de intensa contemplação.

Não tenho mais certezas. A vida é comum e, ainda assim, é boa.

Sorrio do meu último pensamento, antes de abrir os olhos e imaginar-me escrevendo um livro: *Como foi depois de Heitor*.

É reconfortante abrir meus olhos e ainda me sentir indomável.

Eu continuo sendo bem comida, no entanto, meu corpo e minha alma voltam a ser meus... Como há muito tempo já não eram.

— Tudo bem? — Sinto um toque suave e um beijo delicado em meu rosto. Olhos jovens passeiam por mim, na tola tentativa de encontrar feridas. Engana-se. Essas estão escondidas, para sempre.

— Estou — respondo assim, monossilábica mesmo.

— Vou erguer você e pegar suas roupas.

— Isso foi pesado.

— Machuquei você?

— Não. Você pratica Dominação há quanto tempo?

— Dominação?

— É. BDSM. Bondage, Disciplina, Dominação, Submissão, Sadismo e Masoquismo.

— Não pratico.

— E o que foi isso aqui?

— Sexo casual. Do bom. — Heitor sorri de forma larga e honesta.

Concluo que, em momento algum, estive nas mãos de um Dominador, mas nas deliciosas presas de um homem que, mais que trepar, sabe adorar uma mulher, com seu lado rústico e agressivo.

Heitor me entrega sua camiseta.

— Vista isso, sua camisa está sem botões.

— E você?

— Não se preocupe comigo. — E segue em direção à porta.

— E seu trabalho?

— Reavalie, se puder. Fora do contexto dessa última hora, por favor.

Um cavalheiro.

Heitor abre a porta e se detém por um instante. Olha para mim novamente e diz as palavras mais tocantes que já ouvi na vida:

— Homens que fazem o que fizeram com você, merecem pena capital, a pena de morte. Continue com sua postura firme e controladora, se isso a faz bem. Mas, quando se cansar, deixe o amor entrar.

Pela primeira vez, um homem me vê além das cicatrizes, além da Dominação, além da mulher. Sinto-me pronta para viver uma nova fase.

Não sou mais vítima.

Sou uma nova mulher.

E eu nem precisei chorar.

— Você é uma gênia.

Mais uma vez, ouço aquela gargalhada que ilumina a minha vida.

— Eu sei disso.

— Eu te amo, mulher.

— Eu também sei disso. Vai resolver seu problema. À noite eu te ligo para combinarmos alguma coisa.

— Um beijo, amorrr.

— Beijo, meu gostoso.

— Naquele lugarrr.

•••

Finalmente, encontro a sala da tal fulana, a famigerada professora que acha que pode tratar o trabalho árduo dos outros com desdém. Bato na porta daquela mulher, disposto a tudo. Não pretendo ofender ninguém, até porque, não é do meu feitio. Fui muito bem-educado para isso. Mas, na raiva que estou, se não conseguir a nota justa pelo meu trabalho, sei que não controlarei minha boca.

Ouço uma voz firme e autoritária, solicitando que eu entre. Entro, com a fúria crescendo dentro de mim, devido à forma ríspida com a qual essa mulher me trata. E essa raiva toda só cresce mais, aumenta e...

Paro.

Engulo em seco.

De repente, me vejo diante de uma espécie de mulher que não consigo encontrar um termo justo para definir. Uma mulher deliciosa, mas não como as outras... Uma mulher forte e diferente. Em uma atmosfera diferente. Ela exala uma aura poderosa. Uma fêmea muito intrigante e extremamente sensual.

Enquanto falo sobre meu trabalho acadêmico, me recuperando do primeiro impacto dessa visão prazerosa, Dra. Muniz começa um jogo potencialmente perigoso: ela empina um belo par de seios na minha direção e faz o movimento manjado de morder a ponta da haste dos óculos,

8

HEITOR

ATENDO MEU CELULAR, FURIOSO.

— Alô.

— Oi, meu peão delícia! Que voz brava é essa?

Ela me conhece tão bem!

— Oi, Lurdinha. Não é uma boa hora.

— Por que, Heitor? O que aconteceu? A coisa parece séria.

— E é. Uma professora, que eu nem sei quem é, avaliou um trabalho que demorei meses construindo, utilizando apenas materiais embasados em pesquisas científicas, me dando uma nota cinco. Cinco, porra!

Ouço a gargalhada do outro lado do telefone.

— E está assim por causa de uma nota, Heitor?

— Porra, Lurdinha, já pensou se eu perco meu emprego aqui na faculdade? Ser auxiliar depende do meu bom desempenho acadêmico. E logo agora, na reta final!

— Calma, peão. Se você realmente acha que foi injusto, por que não vai falar com a professora ao invés de ficar bufando pelos corredores, igual a um boi bravo?

Paro de andar para lá e para cá, com o telefone no ouvido. Como não pensei nisso antes?

enquanto me encara de cima a baixo, deliberadamente. Argumento com ela, enquanto sinto meu pau latejando dentro da calça e tento controlar o desejo, que tenho certeza de que se mistura com a fúria nos meus olhos.

Durante a conversa, seu tom de voz não muda, se mostrando cada vez mais seco, porém com um quê de deboche e ousadia. Isso, aliado ao seu comportamento de andar pela sala diante de mim, com uma postura altiva e poderosa, me diz que Dra. Muniz quer reafirmar seu domínio sobre o seu espaço, seu cargo, mas, principalmente, sobre seu corpo. Eu sei ler muito bem as mulheres. Sei quando estão querendo provar um ponto. E a mulher à minha frente quer provar para mim que é dona do seu universo. Universo esse que me desafia a entrar.

Ela não aceita minha argumentação logo de imediato, dizendo que vai reavaliar meu trabalho em sala de aula, o que me deixa possesso de raiva. Saio batendo a porta, bufando. Que mulher turrona, difícil, cheia de si... E gostosa pra caralho! Porra! E eu tenho certeza de que ela fez um joguinho de sedução maquiavélico comigo. Sua cruzada de pernas fatal foi o ápice. Retomo o prumo e sigo em frente. Dra. Muniz pode ser desafiadora, mas ela não conhece Heitor Domingos. Eu nunca fujo de um bom desafio. Ainda mais quando estou certo de que vou ganhar.

— Por favor! — chamo a secretária, assim que chego ao Colegiado.

— Olá, Heitor! — ela diz, já abrindo seu largo sorriso costumeiro.

— Olá, minha bela Odete. Preciso de uma informação que, acredito, só você poderá me dar. — digo, beijando sua mãozinha pequena. — A professora, Dra. Vivian Muniz, trabalha até que horas hoje?

— Ihhh, meu filho, aquela lá é maluca por trabalho. Não larga isso daqui. Todos os dias ela fica até tarde. Nunca a vi sair antes das dez.

— Uai, mas os laboratórios fecham bem antes disso, não é? O que ela fica fazendo?

— Sim, meu filho, às nove já não tem mais ninguém por lá. Só a Dra. Muniz. Vai saber o que a mulher tanto faz naquele escritório.

— Tudo bem. Obrigado, madame — respondo, abaixando meu chapéu para Odete, que dá uma gargalhada.

Olho em meu relógio de pulso. São seis horas. Tudo o que preciso agora é ter paciência e esperar.

•••

— Você vem aqui até quando não tem aula? — Ouço a voz de Bruno, enquanto tomo o último gole do meu café.

— Pelo visto você também — retruco, enquanto ele puxa uma cadeira e se senta na minha frente.

— Eu preciso recuperar minhas notas, cara, você sabe. Estou vindo aqui todos os dias, mesmo quando não tem aula, para estudar na biblioteca. E você, está fazendo o quê?

— Vim conversar com a professora que me deu aquela porra daquela nota baixa.

— Cara, você vai pirar. Eu estou muito abaixo da média e não tenho essa obsessão. Relaxa, velho. Você nunca tira uma nota ruim, sô!

— Por isso mesmo, uai, vou deixar sujar meu histórico agora, na reta final? Sabendo que o trabalho está bom? Não mesmo.

— E o que vai fazer?

— Vou enquadrar uma certa professora substituta.

Bruno dá uma risada sacana.

— Só imagino como.

Sorrio de volta. Sei muito bem como isso vai terminar.

— Oooi, Heitor.

Olho para a dona da voz que me chama.

— Oi, Beca.

— E você é... — Rebecca diz, olhando para Bruno com seus olhos de felina. Sorrio. Bruno será a presa da noite, tenho certeza.

— Bruno, muito prazer.

— Ora, o prazer é todo meu, Bruno. O que vai querer?

— Um café e um pãozinho de queijo bem quente.

— E você, Heitor, mais alguma coisa?

Olho no meu relógio de pulso e são dez para as nove.

— Não, eu tenho que ir. Tenho assuntos pendentes para resolver.

— Já vai, cara?

— Vou — digo, pegando meu trabalho encadernado para levar à sala da selvagem Dra. Muniz. — Tenho que resolver o caso do adestramento de uma égua brava.

Bruno dá uma risada. Ele entende bem o que quero dizer.

— Boa sorte.

— Acho que não sou eu quem vai precisar de sorte — digo, olhando para trás de Bruno, quando vejo Rebecca e Vanessa se aproximando.

— Falou então, cara — digo para Bruno — Tchau, meninas. — E me despeço, com meu costumeiro aceno de chapéu.

— Tchau, Heitor — elas dizem, em uníssono, enquanto Van me dá um tchauzinho com os dedos, junto de um sorrisinho safado.

Sorrio e me viro em direção ao meu destino. Heitor Domingos muda a vida das mulheres que passam pelas suas mãos. Vamos agora mudar o rumo de mais uma.

•••

Saio da sala sem camisa, suado e ofegante. O que acaba de acontecer é surreal demais. Ter essa mulher sob o meu controle foi muito mais excitante do que ver o cavalo que treinei tanto ganhar o primeiro lugar no concurso de Resistência Equestre.

Ela nem me esperou bater na porta. Me viu chegando, certamente, e logo abriu. Sei bem por quê. Ela queria estar no controle. Usei o verbo no tempo correto: queria. O primeiro tapa me pegou de surpresa e foi como um combustível. Mal tive tempo de me acostumar, quando ela riscou o fósforo: um beijo, cheio de paixão e luxúria. Ali eu poderia ter me perdido. A forma como essa mulher começou a dominar meu corpo com o seu foi absurda. Nunca me senti tão à mercê dos desejos de alguém. Se eu não fosse Heitor Domingos, ela poderia ter feito de mim gato e sapato. Mas eu sei bem quem sou e a minha experiência, aliada à minha personalidade, não podem ser descartadas com essa facilidade toda.

Logo retomei o controle de mim e da situação. Só faltava controlar minha égua brava. Ela tentou me bater novamente. Ela tentou me intimidar com palavras. E foi aí que enxerguei dentro dos seus olhos e vi uma mulher de alma ferida. Uma mulher que, em algum momento, precisou se fazer forte e se distanciar do mundo e das pessoas. Uma mulher que foi sufocada por outra, para dar conta de viver. Enxerguei a mulher frágil. Aquela que ela escondia. Aquela que a fazia vulnerável.

E entendi imediatamente o que precisava fazer: trazer essa mulher à tona. Vivian precisava aceitar a si mesma, para que pudesse vislumbrar a possibilidade de, quem sabe um dia, amar alguém e se permitir ser amada. Sexo é bom pra caralho, mas todo mundo precisa passar pela experiência do amor. Nem que seja para se tornar um fodido, como eu.

E foi quando me lembrei da minha Lírio. Minha... Palavra inadequada, já que ela está com Antônio, mas é assim que me sinto. Dentro do meu peito, ela é e sempre será minha. Ainda que apenas na lembrança. Mais uma vez, Lírio apareceu nos meus pensamentos, mas a mulher na minha frente não me permitiu alimentar isso. Ela era diferente e eu sabia que precisava de foco. Qualquer movimento errado e eu poderia me perder naquele jogo.

Eu coloquei Vivian em seu devido lugar, tal qual seus olhos me mostravam desejar. Por mais que eu percebesse seu conflito todo o tempo, aquela mulher precisava de um macho que a dobrasse. E eu entendia isso, perfeitamente. Só não entendia o porquê de uma mulher que precisa ser cuidada se colocar em um patamar inalcançável onde, tenho certeza, ninguém conseguia penetrar.

Foi então que as vi... Pequenas, mas numerosas. Marcas que, a princípio, me pareceram queimaduras, mas, analisando mais de perto e passando os dedos, encontrei também alguns cortes. Marcas que fizeram de Vivian quem é hoje e que devem lhe ser tão repulsivas, que a fazem repelir quem quer que se aproxime. O desgraçado que fez isso com ela certamente transformou essa mulher. Vivian é apenas mais uma mulher frágil, vítima de um grande filho da puta. Mas eu sabia que havia chegado o dia da transformação de Vivian. Ela jamais sairia dali da mesma forma.

E as beijei, uma a uma, cada marca de dor que aquele corpo carregava. E chupei sua boceta com desejo e paixão, por querer dar a ela a certeza de que nada daquilo a diminuía, nada daquilo importava. Era lamentável sim, mas faziam parte de quem era ela, e o homem que um dia vier a amá-la irá amar cada pedacinho dela. E demonstrei isso na figura do desejo, oferecendo a essa mulher todo o prazer que ela merecia sentir.

Quando, finalmente, Vivian começou a se entregar, seu grito desesperado me machucou por dentro.

— Heitor, chega! Pare, imediatamente. Isso não funciona para mim.

Doeu, porque eu sabia que era medo. E, para que eu pudesse trazer a mulher frágil para fora, dando a certeza de que ela não seria machucada novamente, Vivian precisava confiar em mim. Ela tinha de me permitir.

— Vivian, se quer realmente que eu pare, olhe nos meus olhos e suplique para que eu faça isso.

Silêncio. Eu sabia que seu orgulho não a permitiria suplicar. De certa forma, era o "sim" que eu precisava. E ali levei Vivian aos limites do seu corpo. Tomei cada pedaço seu e usei de maneira a lhe levar aos extremos. Seu rabo delicioso, sua boca atrevida, sua boceta melada e deliciosamente apertada... Ela precisava compreender que era capaz de ser degradada, sem ser humilhada. De ser usada, e muito bem usada, sem ser abusada.

Mas Vivian era uma mulher acostumada a foder. Tinha absoluto e total controle do seu corpo. Para que eu tomasse o que ainda faltava, precisava de mais e eu sabia muito bem o que era. E daria a ela.

Fiz Vivian sentar no meu colo, encaixada em mim. Ela precisava sentir-se, minimamente, por cima. Compreendo isso e jamais tiraria isso dela. Estocadas fortes para maximizar seu prazer. Ver seu corpo reagir e se entregar foi maravilhoso. Mas, o que mais essa mulher precisava naquele momento, era sentir-se amada. E a abracei, a tempo de senti-la estremecer e despencar sobre mim.

E ela se entregou. Entregou sua alma em minhas mãos. Uma responsabilidade tamanha, que fez eu me sentir um homem verdadeiramente especial, me fez perceber o quão vale a pena adorar uma mulher da forma como ela precisa e merece. O estrago e a maravilha que um único ser humano pode fazer na vida de outro, simplesmente por enxergá-lo livre de suas amarras. Saber utilizar-se das fraquezas de alguém, revertendo-as em fortaleza, não é mesmo para qualquer um.

A sensação de ter Vivian, plena e completa em meus braços, fez eu me sentir um homem realizado, como há muito não me sentia. Aquela mulher se entregou inteira para mim, abandonou sua escuridão e pegou minha mão, me permitindo guiá-la numa viagem de volta à superfície. Tê-la confiando em mim dessa maneira é muito mais que lisonjeiro. Não é apenas Vivian que não sairá daqui a mesma. Eu também posso dizer que, ao me empenhar em seu resgate, Vivian resgatou algo de mim. Algo que ainda não sei precisar o que é.

Sorrio, ao pensar que ela imaginou que existia nomenclatura para a forma como eu sei foder. Para mim, não existem técnicas prontas ou situações programadas. Eu apenas sei ler a alma e o corpo de uma mulher. Sei identificar o que ela precisa, por mais difícil que seja — e, posso dizer, Vivian foi um dos meus maiores desafios —, eu me empenho para que ela obtenha. Simples assim. Dar e receber prazer. Uma troca.

De repente, meu celular começa a tocar, me despertando dos meus pensamentos.

— Amorrr.

— Oi, meu peão gostoso! Pela sua voz, vejo que já está bem melhor.

— Ahhh, estou. Com certeza estou.

Ouço a risada deliciosa de Lurdinha.

— Então, conseguiu sua nota?

— Nem te conto, minha loira. Nem te conto.

9

GLEICI

MAIS QUARENTA MINUTOS INFERNAIS. O moletom me faz sentir um calor ainda maior. Em alguns momentos, achei que iria desmaiar. As pessoas dizem que exercício físico é hábito. Que uma vez que começamos, nosso organismo se acostuma, passa a ser prazeroso e não conseguimos ficar sem. Estou há três meses, cinco vezes por semana, esperando esse dia chegar, ansiosamente.

No vestiário, faço hora, fingindo olhar o celular, esperando ficar sozinha para tirar a roupa e tomar banho. Não tenho coragem de ficar nua na frente das minhas "colegas de academia". São mulheres lindas, perfeitas, que frequentam a academia apenas para reafirmar sua perfeição. E, quantas vezes, as pego cochichando e rindo, olhando para a única gorda que tem no nosso horário: eu. Tenho um metro e setenta de altura e noventa e dois quilos.

Gorda. Enorme. Uma baleia.

Academia seria o último lugar que eu procuraria nessa vida, confesso. Gosto de comer e odeio fazer exercícios físicos. E, para piorar, minha saúde é boa. Minhas taxas sanguíneas estão todas no lugar. Aparentemente, estou fisicamente saudável. Fisicamente. Psicologicamente, estou mais do que arrasada.

Fui noiva por oito anos. Ele foi meu primeiro namorado, o homem que tirou minha virgindade, aos dezesseis anos, e me pediu em noivado, aos dezoito. Achava que tinha encontrado meu príncipe encantado, o amor da minha vida. Príncipe merda nenhuma.

Há três meses, recebi de um e-mail anônimo, fotos do sapo disfarçado de príncipe, com outra mulher. Várias fotos diferentes, em várias ocasiões. Não foi uma saída, um casinho. Eles estavam nitidamente juntos. Quando fui confrontá-lo, ele não se deu ao trabalho de negar. Disse que havia se apaixonado por outra. Ao menos foi sincero. Seria um término até com uma certa dignidade se, no meio da nossa discussão, suas palavras não me acertassem como um soco no estômago:

— Olha para você, Glei. Você era linda, gostosa, uma delícia, quando começamos a namorar. Agora está gorda, descuidada.

— Seu imbecil! Você sabe bem que, por causa do tratamento e dos corticoides, eu engordei demais.

— Ah, isso tem mais de um ano. Não tem desculpa para que continue assim. Você se acomodou. Era natural que eu me interessasse por outra pessoa.

E, assim, ele saiu da minha vida. Como se a culpa fosse minha. Como se ter uma doença que quase comprometeu meus rins, tivesse sido uma escolha. Como se não conseguir perder peso na velocidade que ganhei, também fosse escolha minha.

Eu gosto de comer e nunca pratiquei exercícios, mas conseguia manter o peso. Nunca fui magrela, sempre tive curvas mais, digamos, generosas. Mas, engordar assim foi decorrência da doença que, com muita luta, consegui vencer. Não é justo que eu seja culpada por isso.

Então, por que me sinto culpada? Por que corro atrás do prejuízo para que, um dia, alguém possa me querer novamente? Por que me sinto inferior, indesejável e não consigo me olhar no espelho? Por que me escondo em roupas largas e que me fazem parecer ainda maior?

Saio da academia e vou até a lanchonete da frente. Compro um chocolate e olho para os lados, abrindo a bolsa para escondê-lo, quando me choco com alguém no meio da rua. Ao me recompor, tento pedir desculpas e me assusto. Um homem, muito maior do que eu, está parado na minha frente, sorrindo para mim. Está de camiseta branca e bermuda preta, com uma bolsa de ginástica na mão. Deve estar indo para a academia. Ele é delicioso! Puta merda! E tem um sorriso matador.

— Oi, linda, me desculpe, machuquei você?

— N-não, imagina, eu é que peço desculpas. Estava distraída.

— Percebi. Saindo da academia?

Sinto meu rosto queimar. Certamente, ele vai pensar o que diabos eu estou fazendo nesse lugar.

— Pois é. Tentando perder uns quilinhos — respondo, sem graça.

— É sempre bom cuidar da saúde. Apesar de que...

Ele para e me olha de cima a baixo. Me sinto nua diante dele. Merda! Esse gostoso está me analisando?

— O quê? — pergunto, incomodada. No mínimo, deve estar pensando que não tem valido a pena a minha ida ali.

— Nada. Vou indo, senão me atraso. Bom dia.

— Para você também.

Ando alguns passos e ele me chama.

— Ei, moça, acho que isso é seu. — E me estende o chocolate que eu estava tentando esconder quando nos esbarramos.

Sinto o rosto queimando de vergonha, mais uma vez.

— Imagina. Não posso comer essas coisas — digo, forçando um sorriso. — Dieta.

E me viro, seguindo para o trabalho, a tempo de ouvi-lo dizer, em voz baixa:

— Pois não devia, gostosa.

•••

Sono me define nesse momento. Olho para o meu reflexo na portaria espelhada da academia, tentando me lembrar do porquê estou aqui.

Trabalhei até altas horas da madrugada e foi quase impossível levantar. Quase. As palavras "indesejável", "baleia", "preguiçosa" não pararam de ecoar na minha cabeça e acabei conseguindo.

Hoje é dia de spinning. Escolho minha bicicleta, a que está mais no fundo da sala e aguardo a aula começar. A sala está quase cheia e, quando entro, vejo os mesmos olhares e risinhos habituais.

A professora chega, liga a música e começamos a pedalar. Hoje é dia de intensificar o nível dos exercícios. Tenho me esforçado para acompanhar a turma, mas, desde que o grau aumentou da última vez, tem sido muito difícil. Não imagino como será agora, que irá aumentar novamente.

O peso na bicicleta é acrescido.

Cinco minutos.

— Vamos! Vamos! Quero ver energia, pessoal! Pedalando.

Dez minutos.

— Subindo, subindo!

Agora, a inclinação aumenta.

Quinze minutos.

— Rápido! Rápido! Não quero moleza!

Vinte minutos.

Meu pé solta do pedal e a velocidade em que estava pedalando faz com que eu me desequilibre e tombe um pouco, de lado, fazendo um barulho alto para me segurar.

A sala se cala.

A professora para e me olha, com raiva.

— Se não consegue acompanhar a turma, seu lugar não é aqui. Ou mexe esse traseiro gordo ou pode sair.

Ouço risos por toda a parte e sinto uma leve tonteira. Levanto e saio, morrendo de vergonha. Pego minhas coisas no vestiário e, sem tomar banho, passo correndo pela porta, quando trombo em alguém.

— E não é que parece que está no nosso destino vivermos sempre trombando um no outro? — Uma voz familiar fala comigo e me recuso a olhar para ele.

— Desculpa, tenho que ir — digo, me desvencilhando.

Uma mão forte segura meu braço, com firmeza.

— Ei. Olhe para mim.

Não posso olhar para ele. Estou envergonhada demais e ele vai ver coisas que eu não quero que veja.

Ele me puxa, me segurando de frente, pelos dois braços.

— Ei, está chorando? O que foi? — pergunta, erguendo meu rosto pelo queixo.

— O que foi? O que foi é que eu não sirvo para esse lugar! Estou enganando quem? Olha para mim! — respondo, tentando me soltar dele, que me segura firme.

— Alguém foi cruel com você, lá dentro? — Ele está com a voz aparentemente brava.

— Todos são. Sempre. Todos os dias ouço os risos e vejo os olhares sobre mim. E hoje a professora apenas expressou em voz alta o que todos pensam ao meu respeito.

— Ela destratou você? — ele pergunta, furioso.

Assusto-me com a reação inesperada dele.

— Não foi bem destratar. Ela só disse que se eu não conseguisse acompanhar a turma, era para sair.

— O quê? Vem comigo. — E me puxa pela mão.

— Não! Para! Eu não quero reclamar de ninguém. Vai ser ainda mais humilhante!

Ele para e segura minha mão, entrelaçando nossos dedos.

— Confie em mim. Eu sei o que estou fazendo. Apenas entre no jogo.

Jogo? Que jogo?

E me puxa novamente, fazendo com que entremos de mãos dadas, pela porta da academia. A aula acabou de terminar e, assim que entramos, todos os olhares são para ele. Também, pudera, um homem como ele faz qualquer mulher babar.

Ele se mostra alheio a essa atenção toda das mulheres se dirigindo, comigo, até à recepção.

— Bom dia, Rô.

— Bom dia, Heitor.

— Quero que você combine os horários da minha namorada com os meus, para que possamos treinar juntos.

O quê? Namorada? Treinar juntos?

A professora de spinning se aproxima nesse momento, se recostando no balcão e empinando os peitos siliconados para o lado de Heitor.

— Bom dia, Heitor. — ela cumprimenta, com a voz tão melosa que me dá vontade de vomitar.

— Sandra — ele responde, secamente.

— Mas, Heitor — Rosângela, a recepcionista, chama sua atenção —, você não paga para utilizar aquela sala sozinho, durante esse horário?

— Pago, mas a partir de agora, minha linda vai treinar comigo. Não é, amorrr? — ele diz, me abraçando de lado.

— Vai virar personal, Heitor? Acha adequado começar com um desafio tão grande? — a professora de spinning pergunta, me olhando de acima a baixo, com asco.

— Não vou virar personal, Sandra. Apenas consegui convencer essa mulher linda a malhar comigo. Faz tempo que tenho pedido, mas ela insiste em dizer que as suas aulas são incríveis. Só que ela sabe que não gosto de ficar longe dela e vai me fazer companhia, de hoje em diante. Apesar de que — ele diz, me abraçando, colocando as duas mãos na minha bunda e chegando a boca muito perto da minha — não quero que pegue pesado demais, minha gostosa. Gosto dessa bunda deliciosa, enchendo minhas mãos. Gosto de você todinha, bem assim como é. Olha só como você me deixa, logo cedo — ele diz, empurrando o quadril em mim, e sinto seu pau duro roçando na minha barriga.

O que é isso? Como ele pode atuar tão bem assim?

E Heitor me beija, tomando minha boca e me apertando, de forma muito, muito indecente. A impressão que dá é a de que ele está cheio de desejo. E eu sinto minha calcinha molhar com a pressão do corpo desse homem no meu, sua língua devorando a minha.

Quando me solta, estou tonta e ofegante. Ele me ampara, enquanto eu me refaço. Olho para a cara embasbacada e boquiaberta de Sandra, à nossa frente. Não posso negar que faço uma dancinha da vitória interna.

— Então, Rô, não teremos problemas, certo?

— Claro que não, Heitor. A sala está paga. Use-a como quiser. — E, quando diz isso, Rosângela olha para mim, com um sorriso cúmplice e me dando uma piscadela.

— Ótimo. Então, vem amorrr. Vamos abusar daquela sala. — Heitor diz, me pegando no colo e eu dou um gritinho. Viro a cabeça e me despeço, a tempo de ver a cara furiosa de uma certa professora.

— Tchau, Sandra.

Heitor me coloca no chão, na porta da sala e me beija com paixão, continuando o espetáculo, me empurrando com seu corpo, até trancar a sala com os pés.

Assim que fecha a porta, começamos a rir sem parar.

— Não acredito que você fez isso!

— Isso o quê? — ele pergunta, dando as últimas risadas. — Defender a honra da minha... Aliás, qual o nome da minha namorada mesmo?

— Gleici, muito prazer — digo, sorrindo para ele.

— Todo meu, amor — ele responde, devolvendo o sorriso.

Olho de lado para Heitor, observando por alguns segundos o rosto do homem que, como ele mesmo diz, defendeu a minha honra.

— Obrigada, Heitor. De coração. O que você fez não tem preço. A partir de amanhã não venho mais e você não precisa se preocupar em manter essa história, prometo. Só esse teatro de hoje, já valeu muito para mim, obrigada mesmo.

— Ei — ele diz, ficando de joelhos, de frente para mim —, eu estava falando sério. Você vem treinar comigo, todos os dias. Temos um trato.

Olho para ele, confusa.

— Não, Heitor, não vou atrapalhar seu treino. Além do mais, as pessoas pensam que sou sua namorada. Isso vai ser vergonhoso para você.

Heitor se aproxima, quase encostando um nariz no outro.

— Você acha que meu pau fica duro sem motivo, Gleici? E eu sei muito bem que você sentiu. A única vergonha aqui é você não perceber o quanto é gostosa.

Nesse momento, sinto a respiração quente de Heitor se misturando à minha e esse clima me excita demais. É uma oportunidade que eu não posso deixar passar. Isso com certeza me fará gostar mais da academia.

— Amanhã começamos então — respondo, meus lábios quase encostando aos de Heitor.

Ele olha diretamente para a minha boca e morde o lábio inferior. Em seguida, parece voltar à razão e se afasta, se levantando e estendendo a mão, para que eu me levante também.

— Esteja aqui às seis.

— Certo — respondo, dando meia volta e saindo pela sala.

•••

Hoje, faz vinte dias que estou treinando com Heitor. Ele é atencioso e respeita meu ritmo, me incentivando sempre. Sinto-me disposta como há muito não me sentia, tanto que chego muito bem-humorada.

Tranco a sala. Sinto que perdi algumas medidas e me pergunto se ainda não é cedo para isso. Resolvo me pesar, para tirar a prova. Da última vez que me pesei, foi no consultório do endocrinologista, nua, há cerca de um mês. Se me pesar com roupa, vai dar um falso resultado. Olho no relógio da parede e ainda faltam vinte minutos para Heitor chegar. Eu me encho de coragem e tiro toda a roupa, subindo na balança. Menos dois quilos e novecentos gramas. Quase pulo de felicidade ali mesmo. Não acredito! Está dando certo! Saí da casa dos noventa quilos. Viva!

Sei que devo isso não somente ao meu esforço, mas à força de Heitor. Desde que ele entrou na minha vida, essa luta tem sido mais fácil. Nós nos tornamos ótimos amigos e conversamos sobre tudo. O que não me impede de aproveitar o toque dele, toda vez que estamos em público executando nosso teatro, e de imaginar que delícia Heitor deve ser.

Imagino o que aconteceria se ele me visse assim, totalmente nua. Fecho os olhos e consigo sentir, como se fosse real, Heitor chegando por trás de mim, com sua presença dominante. Suas mãos entram pelo meu cabelo e sua boca se aproxima do meu ouvido, dizendo:

— Gostosa. Eu adoro o seu corpo. Adoro suas curvas. Adoro você inteira, delícia. Não aguento mais me segurar. Eu quero você.

Sinto minha pele toda se arrepiar e uma das mãos que está no meu cabelo desce para o meu seio, encontrando-o já enrijecido. Heitor aperta a ponta com força e puxa, me arrancando um gemido. Ele fica brincando com o bico, enquanto expõe meu pescoço, para explorá-lo com a boca, me dando chupões e mordidas fortes.

E me sinto entregue a esse momento de luxúria e prazer.

A mão que ainda está no meu cabelo o puxa, me dando uma guinada para trás e Heitor começa a esfregar o pau duro na minha bunda, deliciosamente. Ele desce a mão até a minha boceta, me encontrando toda molhada, e começa a me tocar. Torço o braço para trás, encontrando apenas uma calça fina de moletom cobrindo meu objeto de desejo. Enfio a mão por dentro da calça de Heitor e pego no seu pau, acariciando-o, para cima e para baixo. Ele solta um gemido no meu ouvido e me dá uma mordida dolorida no ombro, enquanto aperto ainda mais o pau na minha mão.

— Vem comigo, gostosa. Quero ir mais fundo do que qualquer um já foi, dentro de você.

Ele me puxa em direção ao *leg press*, aparelho utilizado para exercitar as pernas, e meu coração dispara. O que ele vai fazer?

— Sente-se, com as costas encostadas onde vão os pés, por favor, minha delícia. Vamos queimar umas calorias.

Heitor tira a calça, deixando-a cair no chão. Em seguida, vai até o aparelho elíptico e solta as cordas utilizadas para os exercícios de braço. Vem até mim, que já estou sentada no aparelho e diz:

— Abrace de costas o aparelho. Vou amarrar seus braços.

Obedeço e ele utiliza as cordas para firmar meus braços e minhas costas no apoio de pés. Minha respiração está cada vez mais acelerada e parece que meu coração bate na garganta. Quando estou completamente amarrada, Heitor se senta à minha frente e estende os pés, colocando um de cada lado do meu tronco, que está encostado no anteparo. Ele destrava o aparelho e eu dou um grito, quando desço de encontro a ele.

— Rá rá rá, calma, gostosa. Não vou deixar nada acontecer com você. Vou apenas te foder, com força, para você ter certeza do tesão que você é. Levanta um pouquinho o quadril para mim, agora.

Obedeço e Heitor se encaixa debaixo de mim, enfiando seu pau inteiro na minha boceta molhada. Dou um gemido e ele começa a utilizar o *leg press*, para frente e para trás. Puta que pariu! Cada vez que ele empurra o aparelho, por estar amarrada eu subo junto e seu pau quase sai de dentro de mim. Quando ele volta, encolhendo as pernas, eu desço junto e ele me penetra inteira, novamente. Fundo, muito fundo. A sensação é deliciosa e indescritível. Ele começa a acelerar o exercício e, com isso, a meter em mim rápido e forte. Chego a sentir uma pontada no baixo ventre e sei que é Heitor me cutucando por dentro. Ele não para, suas pernas são fortes e ele mete mais e mais, me fodendo sem parar, em cima do aparelho.

Depois de gozar duas vezes seguidas e dos meus braços parecerem não sustentar mais meu corpo, Heitor interrompe os movimentos, travando o aparelho. Ele sai de dentro de mim e faço uma careta de dor. Heitor me desamarra, pegando meus braços, os massageando e movimentando, para reativar a circulação. Em seguida, me puxa pela mão e se senta sobre a bola usada para os exercícios de Pilates.

— Vem, gostosa, senta em mim. Vou abraçar você e você vai quicar em mim. Quero sentir seu corpo todo. Esse corpo delicioso, essas curvas maravilhosas. Tudo encostado em mim.

— Heitor, vamos cair daí.

— Eu não vou deixar. Confie em mim.

Ele me puxa, colocando seu pau para cima e me trazendo até ele. Ergo uma das pernas e me encaixo nele, descendo de uma vez.

E começo a quicar em Heitor, como ele deseja, segurando em seus ombros. Ele firma os pés no chão, para nos segurar e aproveita muito bem o impulso da bola. Cada vez que eu desço, Heitor sobe, me penetrando mais fundo, mais forte. A sensação é deliciosa e eu sinto que, vou quicar até alguma dimensão paralela, de prazer e orgasmos múltiplos.

•••

Acordo, deitada apenas sobre um tatame, na sala de ginástica. Olho ao redor e estou sozinha. A última coisa de que me lembro é de estar me pesando e começar a imaginar que Heitor entrava ali. Devo ter dado asas à imaginação de tal maneira, que adormeci. Que loucura!

Olho para o relógio de parede e percebo que estou atrasada para o trabalho. Me levanto, sentindo o corpo muito dolorido, provavelmente por estar deitada no chão. Pego uma toalha e me enrolo, colocando a mochila nas costas. Abro a porta da sala e aproveito que todos estão distraídos para passar correndo para o vestiário.

Preciso tomar um banho rápido, mas o vestiário está lotado e todos os chuveiros ocupados. Terei de dar só uma lavada no rosto e me vestir assim mesmo. Vou precisar apenas encontrar algum lugar escondido para isso, pois continuo não querendo que vejam meu corpo. Quando chego na pia, prendo o cabelo para não molhar e uma colega, que está utilizando a pia ao lado da minha fala, com voz assustada:

— Meu Deus! Isso tudo é fruto da malhação com Heitor Domingos?

Quando olho para o espelho, vejo marcas roxas de chupões e mordidas, descendo por toda lateral esquerda do meu pescoço, até o meu ombro. Passo a ponta dos dedos, assustada, enquanto flashs de uma manhã de exercícios muito quente começa a vir à minha mente. Sorrio, me lembrando do quanto me senti gostosa, do quanto me senti desejada, do quanto me senti capaz de provocar tesão em qualquer um. Poderosa. Absolutamente poderosa.

Sinto um cheiro diferente no meu corpo.

Olho para o espelho, sorrindo.

Abro a toalha e a deixo cair no chão.

10

HEITOR

NUNCA TRANSEI TANTO COMO NA NOITE PASSADA. Três lindas e adoráveis mulheres de uma só vez na minha cama. Faço questão de deixar todas muito satisfeitas. O truque é segurar o máximo o meu ápice e investir em muitas brincadeiras com cada uma antes de partir para o uso do meu "armamento". Sempre me preocupo com o orgasmo delas, antes do meu.

O sexo com tantas mulheres ao mesmo tempo representa, para mim, uma situação extrema de domínio e um sentimento de posse incrível. Inúmeras possibilidades de diversão, dar e receber prazer, por longas horas. Existem algumas regras de ouro como, por exemplo, dividir a atenção e trocar a camisinha a cada troca de mulher.

Bruno, meu melhor amigo, sempre me pergunta como consigo tantas mulheres sem que todas me odeiem por ser somente uma noite de sexo e nada mais... O segredo é a intimidade emocional. É uma coisa diferente da intimidade sexual, mesmo me mantendo longe da perigosa área do envolvimento sentimental. Tem a ver com a importância que dou àquela coisa do contato visual e da conversa, do ato de tocar, em um primeiro momento, sem uma conotação sexual, apenas para mostrar à mulher como ela é desejada. Além do mais, as encorajo a experimentarem coisas diferentes, para aumentar o prazer.

O que as mulheres mais querem na cama são brincadeiras picantes e o roçar dos corpos. Elas querem que os homens explorem cada pedaço do seu corpo. As mulheres odeiam aqueles tipos de caras que não fazem nada além de colocar o pênis dentro delas e, antes de um minuto, já acabou. E os orgasmos múltiplos? Esses são o céu para as mulheres! É claro que uma boa "rapidinha" tem seu lugar no cardápio das satisfações, mas não pode ser sempre assim.

Outro ponto relevante a meu favor é o sexo oral, no qual sou viciado em fazer e receber. A maioria das mulheres amam um oral sem frescuras e aprendi uma habilidade que as enlouquece: primeiro eu sugo, sugo forte, como se fosse tirar o mundo de dentro delas. Em seguida, chupo os grandes lábios e, quando elas já estão bastante escorregadias, eu começo a lamber lentamente toda a boceta, deixando a língua bem macia, sem muita pressão. Então, quando elas imploram por mais, dedico todo afinco ao clitóris, para só no fim enfiar uma língua dura e frenética, o mais profundo que eu consigo atingir, só para vê-las gemer de prazer e gozar.

Jamais trato uma mulher como um objeto, as aconchego, quando o sexo termina. Sempre invisto no carinho depois do prazer, mesmo que eu tenha soltado todo meu lado animal durante a transa. As satisfaço por completo. Se elas querem conchinha e cafuné depois do sexo, qual o problema em oferecer? Mulher é uma coisa boa demais para não as adorarmos do jeito que elas são.

E mais, existe ainda uma técnica infalível: o foco na boca. Quando falo com uma mulher, olho sempre para seus lábios e elas se sentem atraídas no ato.

Depois de toda a atividade da noite anterior, eu simplesmente preciso ir para a academia malhar, alongar as articulações e treinar os músculos, para que continuem aguentando firme.

Treino na Academia Fit Way desde que retornei a São João del-Rei. Gosto de musculação e boxe, que me ajudam a manter o condicionamento físico, além de queimarem toda a energia extra que carrego diariamente. O dono é o pai de uma colega de faculdade, uma amizade que fiz logo no início do curso com a melhor trepada do ano. De presente, consegui um valor mínimo para um serviço VIP, que inclui uma sala exclusiva para treinamentos. Tenho um horário reservado para malhar sozinho. Detesto treinar escutando todas aquelas bobagens que se ouve normalmente dos babacas de academia, em que a quantidade de falsos músculos, inflados como balões por Whey Protein, destruíram os neurônios, alimentaram os egos, e eliminaram a real força física.

Minha decisão de aceitar a sala para o treino individual veio em certa manhã, quando ainda treinava no meio do pessoal. Estava fazendo um aquecimento na esteira ergométrica e ouvi dois instrutores conversando. Falavam de uma aluna de outro horário. Pelo que entendi, ela é gordinha e desmotivada. Se referiam a ela pelo nome Gleici e desdenhavam da moça, até que o comentário mais ordinário foi proferido: "Quando olho para aquela gorda sem noção, penso que ela ilustra bem o fato de dois tipos de pessoas frequentarem academia: as que não precisam e as que não têm solução". E os dois começaram a rir da garota. Meu sangue talhou de ódio e saí bufando de raiva. Nunca mais voltei a treinar de forma coletiva. Prefiro o conforto do isolamento e da privacidade da minha sala.

Visto uma bermuda, uma camiseta e um par de tênis. Coloco a roupa de trabalho na bolsa de ginástica e saio a caminho da academia. Meu celular toca e sei de imediato que é Lurdinha, já que nenhuma outra pessoa me ligaria tão cedo.

— Bom dia, minha loirinha gostosa!

— Bom dia, peão bem-dotado! — E rio da forma carinhosa e escrachada como nos tratamos.

— Vai estar livre essa noite?

— Para você? Sempre.

— Até parece! Faz dias que não durmo na sua casa porque a rotatividade lá está pior do que motel de beira de estrada. Não sei como esse seu pinto não cai, de tanto trabalho que você dá a ele.

Solto uma risada alta. Lurdinha é uma pessoa rara.

— Dorme comigo hoje? — Faço o convite. Não é forçado, meu desejo por Lurdinha é genuíno. Queria muito que fosse amor... Balanço a cabeça para afastar aquela ideia maluca e retomo nosso costumeiro clima. — O chicote e as cordas de juta estão lá, sempre à sua disposição.

— Prepara a disposição! Levarei pizza e vinho.

— Combinado, princesa!

— Beijo.

— Beijo, amorrr... Naquele lugarrr!

Estou guardando o celular na bolsa quando sou quase atropelado por uma moça, que se me recordo bem, é a segunda vez que tromba em mim.

— E não é que parece que está no nosso destino vivermos sempre trombando um no outro? — Brinco.

— Desculpa, tenho que ir.

Ali há algo de muito errado. Noto lágrimas nos olhos dela. Antes que ela possa fugir, a detenho segurando seu braço, com firmeza.

— Ei, olhe para mim — Ela parece envergonhada e triste. — Ei, está chorando? O que foi? — pergunto erguendo seu queixo.

— O que foi? O que foi é que eu não sirvo para esse lugar! Estou enganando quem? Olha para mim!

— Alguém foi cruel com você, lá dentro? — pergunto já bastante furioso. Não suporto a ideia de que possam ter sido ofensivos com a moça.

— Todos são. Sempre. Todos os dias ouço os risos e vejo os olhares sobre mim. E hoje a professora apenas expressou em voz alta o que todos pensam a meu respeito.

— Ela destratou você? — Estou no limite da minha paciência com a situação que é, no mínimo, revoltante.

— Não foi bem destratar. Ela só disse que se eu não conseguisse acompanhar a turma, era para sair.

— O quê? Vem comigo. — A brincadeira acabou, estou puto.

Lembro-me do fato de que tenho uma sala enorme, toda equipada e inteirinha só para mim, no meu horário diário. E tenho uma grande ideia.

Informo para Rosângela, a mulher da recepção, que minha namorada, ou seja, a garota ao meu lado, passará a treinar todos os dias comigo.

É impagável a reação da mocinha que, de desespero no olhar, passa a estampar um semblante de susto. Mais impagável ainda é a cara de incredulidade de Sandra, uma das professoras da academia. Uma mulher com corpo de homem e cérebro de vegetal. Já tentou ir para a minha cama diversas vezes, mas nunca rolou química. Para ela reservo as palavras: chata, pedante, grudenta, maçante e desinteressante. Todos os defeitos que me fazem correr para longe de uma mulher.

Quero dar mais veracidade à cena e, para isso, tomo a moça de olhar triste em meus braços e beijo seus lábios. Não um beijo comum, mas um beijo de língua, envolvendo muito mais que atuação. Sinto meu pau responder ao estímulo de sabor e, imediatamente, já sei como essa loucura excitante vai terminar. É a química, ela é infalível.

Empolgado pelo desejo, pego a delícia no colo, jogo em meus ombros e sigo. A coloco no chão e a beijo novamente, a empurrando sala adentro. Assim que fecho a porta da sala reservada, sentamos no chão e rimos juntos, sem parar.

— Não acredito que você fez isso! — ela dispara.

— Isso o quê? Defender a honra da minha... Aliás, qual o nome da minha namorada mesmo?

— Gleici, muito prazer — ela responde, sorrindo.

Imediatamente, vem à minha mente a conversa que ouvi entre aqueles dois instrutores babacas. É dela que eles falavam. Idiotas! Não acho que existem duas Gleici na mesma academia, é um nome especialmente único para se ver repetido por aí.

Ela me agradece a gentileza, diz que vai embora e nunca mais voltará à academia, para não me colocar em situação constrangedora.

Constrangedora? De onde saiu isso?

— Você acha que meu pau fica duro sem motivo, Gleici? E eu sei muito bem que você sentiu. A única vergonha aqui é você não perceber o quanto é gostosa.

Tentei convencê-la de todas as formas de que eu não estava atuando. Por fim, apelei para o bom senso.

— Gleici, a verdade é que todo ser humano precisa se exercitar de alguma forma porque faz bem: seja magro, cheinho, criança ou idoso. Os benefícios da atividade física vão muito além de emagrecer. Além disso, quando malhamos, liberamos endorfina, que é o hormônio da felicidade, e isso nos livra do estresse do dia a dia. Você não descobriu o prazer em mexer seu corpo porque está no meio de pessoas negativas, que drenam sua energia ao invés de trabalhá-la. Você vai treinar comigo todos os dias, sim, e vai superar os seus limites, vencer suas dificuldades. E não é para agradar às outras pessoas, é para você se sentir bem com você mesma. Não precisa ficar magra e padronizada, cada mulher tem um tipo de beleza, você só precisa amar o seu corpo, pois é nele que você mora.

Ela partiu com a promessa de regressar no dia seguinte e em todos os outros.

•••

Chego cansado da faculdade, mas me obrigo a tomar um banho e ajeitar a casa para receber Lurdinha. A campainha toca e é minha loirinha.

— Oi, amor! — Eu a recebo de braços abertos no topo da escada. Giro minha linda no ar e a beijo com vontade.

— Até que enfim uma noite para mim, peão!

— Você sabe que gosto da diversidade.

— Eu sei, mas comigo é diferente. Não sou como as outras.

— Não mesmo. No fim de tudo, é com você que estou.

— Porque lembro ela...

Um silêncio sepulcral se instala no ambiente. Falar de Lírio ainda é um assunto massacrante para mim. Mas eu sei que Lurdinha tem um pouco de razão. Estar com ela é confortável, porque me lembra um tempo onde fui feliz. Lurdinha é minha zona de conforto, lucidez e razão.

— Pizza! — diz, eufórica, e corre para a cozinha.

Jantamos e estamos largados no chão da sala, sob o tapete, assistindo o filme *Garotas Formosas*, uma comédia romântica que conta a história de uma gordinha, que, em meio aos tamanhos 36 da indústria da moda, resolveu ser estilista. Imediatamente penso em Gleici.

— Hoje conheci uma garota...

— Você conhece uma garota todos os dias, Heitor — responde, sem tirar os olhos da televisão.

— Essa é diferente. Não transamos.

— Ainda... — ela completa.

— Não é isso. E ela é gordinha.

— E daí? Você adora curvas!

— As pessoas na academia a discriminam.

— Isso também não é novidade. As pessoas são ridículas, falsas moralistas, preconceituosas e estúpidas.

— Eu sei. Vou tentar ajudá-la.

— Heitor, o salvador das mulheres indefesas — Lurdinha diz, revirando os olhos. — Sabe, amor, mostre a ela como a ditadura da beleza está matando as mulheres. É ridículo como as pessoas confundem sobrepeso com doença ou preguiça.

— Especialmente quando já temos estudos que mostram que o excesso de peso não precisa estar relacionado ao sedentarismo e à alimentação ruim e, principalmente, que nem sempre uma pessoa acima do peso está sem saúde ou à beira da morte.

— Ensina para ela a minha fórmula: aceitação + saúde + equilíbrio = felicidade. E mais: um pedacinho de pizza toda quinta à noite com o peão mais gostoso das redondezas. — Lurdinha sorri com seu jeito quase infantil. — Agora é sério: na minha opinião, ter uma barriga negativa não torna ninguém mais mulher. A aparência de um corpo não tem relação com qualidades morais, intelectuais ou virtudes. Estar acima do peso não dói, não é doença e não devia entristecer ou constranger. É um processo biológico normal, que muitos passarão ao longo da vida. Ser atlético é ótimo! Ser magro também é maravilhoso! E ser tamanho G tem seu poder! A vida é linda! Tudo se resume a se aceitar. Isso é o que importa.

— Quero ensinar isso a ela. — Eu estava decidido.

— Isso aí, garotão! Mostre a ela que, enquanto as mulheres buscam o padrão de perfeição absurdo, compatível com uma garota de dezesseis anos, deixam de perceber que nenhum produto de beleza ou incisão cirúrgica tem a mesma eficácia de uma noite quente e inesquecível com um certo Heitor.

— Quer dizer que sou sua fórmula da juventude?

— E por que não?

Esquecemos o filme e a TV e partimos para nosso mundo particular, onde cordas e chicotes alimentam necessidades e disfarçam frustrações.

•••

Treino com Gleici todos os dias há quase um mês. Vou no ritmo dela, incentivando e mostrando os pequenos sinais de mudança que acontecem lentamente, inclusive no condicionamento físico. Mas meu foco principal é fazer com que ela não desista e seja vencida pelo cansaço, que se aceite e se ame como é. Rimos e brincamos, é um treino divertido.

E o que acontece, na verdade, é que estou meio desesperado. Nem tenho conseguido fazer meus próprios treinos direito. Ficar olhando para ela, tocando em seu corpo vez ou outra durante um exercício... Essa merda toda está acabando com meus hormônios. E sinto que o parco controle que ainda tenho, está pronto para cair por terra.

Em todos esses dias, só não a levei para a minha cama porque não quero que ela se afaste, ainda precisa de mim por mais um tempinho, até que se acostume à nova vida de atividades físicas. E, apesar de eu não me importar em continuar convivendo como amigo com as mulheres com quem transo, sei que Gleici é diferente e vai se afastar.

Preciso resolver isso, já que não dá para me concentrar no treino, tendo que administrar a ereção que insiste em aparecer toda vez que sinto o cheiro daquela mulher. Decido que vou começar a chegar um pouco mais cedo, assim faço meu circuito de exercícios e, quando Gleici chegar, posso me concentrar somente nela.

•••

Chego à academia e subo a escada para o segundo andar, saltando de dois em dois degraus. Estou com muita energia acumulada, preciso queimar tudo antes de Gleici chegar ou não responderei por mim.

Ao tentar abrir a porta, vejo que está trancada. Desço e pego uma chave na recepção, certamente algum aluno deixou trancada ao sair. Retorno, abro a porta e tranco em seguida para não ser incomodado.

Ao me virar, paro e permaneço estático. Meus olhos não acreditam na visão bem à minha frente: Gleici está nua, se pesando, tranquilamente. "Foda-se a porra do controle!"— grito, internamente.

Eu me aproximo lentamente, enfio minhas mãos em seu cabelo, puxando sua cabeça em minha direção, e sussurro em seu ouvido:

— Gostosa. Eu adoro o seu corpo. Adoro suas curvas. Adoro você inteira, delícia. Não aguento mais me segurar. Eu quero você.

Estou muito duro. Toco seu corpo com desejo e ao chegar àquela boceta, que fez eu me masturbar várias vezes durante os últimos dias, sinto o quanto está molhada e aberta para mim.

Desejo ir fundo, preenchê-la por completo, marcá-la para sempre... Utilizo alguns aparelhos da sala para experimentar um sexo intenso. Sentir-me dentro dela, tão fundo, tão apertado é enlouquecedor e tenho que me concentrar para não perder o controle.

Não deixo de ser bruto, mas faço tudo com cuidado. Gleici é uma mulher que se magoa facilmente. Ela me contou sobre o ex-noivo imbecil. É uma mulher machucada pela vida e isso a torna insegura. Então, a mostro como ainda é desejada e gostosa, como é poderosa e linda.

Sinto-me vitorioso ao ver o rosto de Gleici se iluminar com os orgasmos múltiplos. Toda mulher tem o direito de experimentar isso, ao menos uma vez na vida.

Quero finalizar em grande estilo. Escolho a Fitball, bola utilizada para exercícios de Pilates. Sento-me na bola e Gleici se encaixa em mim, de frente, apoiada em meu ombro. Começa a subir e descer em uma velocidade alucinante. Fodemos em meio à dor e ao prazer, como animais. De olhos fechados, ela parece viajar por outros mundos, não parece acreditar que é tudo real, que estamos entregues ao sexo.

Gozamos juntos, em uma explosão de prazer incomum, enquanto na rádio da academia a cantora Pink canta sobre uma pessoa maltratada e subestimada. Somos suor, respiração ofegante, visão escurecida, beijos quentes, chupões e mordidas. Sinto o ardor das marcas causadas em minha pele pela fúria das unhas de Gleici. Penso que ainda me lembrarei dela por vários dias...

Seu corpo relaxa sobre o meu e sei que o cansaço levou a melhor. Ela está sonolenta e entorpecida. Precisa descansar. Eu a pego em meus braços e a deito no tatame. Olho mais uma vez para o corpo que me deu tanto prazer e sorrio. Ela é linda. E agora sabe disso. Não precisa mais de mim.

Saio em silêncio e tranco a porta. Eu a deixo com seus sonhos, sua nova maneira de encarar a vida e com a certeza de que um corpo bonito é aquele que tem uma mulher feliz dentro.

11

THAYANA

— **ELE DISSE ISSO?**

— Disse. Acredita, amiga?

— E o que você vai fazer?

— E desde quando eu me preocupo com isso? Meu pai é um dos fazendeiros mais ricos da região, você sabe. Ninguém diz não a ele.

Sorrio, levando o canudinho à boca e tomando um gole do meu Bloody Mary. Nunca precisei me preocupar com notas durante o ensino médio. Na faculdade, assim como no colegial, já consegui um professor para ser meu desafeto e achar que pode me dar notas ruins. *Whatever*. É apenas mais um para papai dar um agradinho de vez em quando.

— Estou preocupada mesmo é com o modelito da festa da Deby.

— Faltam dois meses ainda, gata.

— Pois é muita coisa para fazer até lá. Já tem ideia do que vai usar?

— Ainda não pensei nisso.

— Ótimo! Amanhã, você e eu vamos ao...

— SHOPPING! — falamos juntas e rimos.

— Onde está o Caio?

— Boa pergunta. Vou procurá-lo. Quero ir embora. Isso aqui está muito chato. Não sei por que Caio insistiu em vir para o Festival de

Gastronomia. Tiradentes é uó. Nem dá para colocarmos nossos Louboutins ou Jimmy Choos, com essas ruas todas irregulares.

— E eu vou ali falar com o Alexandre.

— Uuugh, mas ele está perto daquele brutamonte lá da faculdade.

— O Heitor?

— Ah, o capataz tem nome?

Michele dá uma risadinha e se aproxima.

— Nome e fama, amiga. Dizem por aí que ele é um touro na cama.

— Olha... Não vou negar que ele tem um corpo que me faria olhar duas vezes em outra situação, mas eca! Eu é que não deixaria esse peão encostar em mim. Pobreza pega! E eu sou ricaaaa!

— Você diz isso porque ele e aquele amigo dele vivem implicando com você na faculdade e te chamando de Chihuahua. Ou de Barbiezinha — Michele responde.

— Não. Eu digo isso porque ele tem cara de sujo.

Mi dá uma gargalhada contida.

— Amanhã eu ligo para você, amiga.

Damos três beijinhos no ar e vou atrás de Caio. Viemos no meu carro, mas não há a menor possibilidade de eu conseguir dirigir daqui para São João del-Rei.

O festival está lotado, mas o pub em que estamos é bem selecionado. É só para pessoas do mesmo nível social que nós, o que é um alívio. Não sei o que aquele peão nojento está fazendo aqui. Deve estar acompanhando o patrão, no mínimo.

Depois de muito procurar, eu o vejo. Caio está atrás do balcão, escondido no fundo, beijando uma garçonete. Não acredito nisso! Que nojento! Uma garçonete? Quem ele pensa que é para fazer isso comigo? Vou até eles, furiosa.

— Que belo espetáculo — digo, com o tom de voz mais frio que consigo produzir.

Caio para e olha assustado para mim, empurrando a vadia.

— Thay, não é o que você está pensando.

Eu me viro e saio andando. Como ele pôde me humilhar assim, na frente de todas essas pessoas? Vários são conhecidos. Idiota!

— Thay! Thay! Espera!

Aperto o passo, até chegar em frente ao meu carro. Destravo imediatamente as portas.

— Thayana, eu estou falando com você.

Viro-me, abrindo a porta do carro e olhando bem para o idiota.

— Eu não quero falar com você. Eu não quero sequer olhar para você. Vai lá se esfregar na proletária.

— Thay, eu não quis fazer isso. Foi o álcool. Você sabe, eu só tenho olhos para você.

— Pois você não merece nem olhar para mim! Olha o meu cabelo. Esse vermelho é natural. Olha a minha pele, linda, macia... E olha a oleosa que você estava encoxando. Você não me merece. Você quer ficar na cozinha? Pois fique. Eu nasci para o salão de festas.

Entro no carro, batendo a porta. Ouço seu grito lá de fora.

— Isso não vai ficar assim, Thayana. Não acabou.

Ligo o carro e saio. Sei bem que não acabou. Caio é o único com a mesma quantidade de dinheiro que eu. Nossos pais jamais permitiriam que acabasse. Mas eu precisava fazer uma cena. Não sinto tristeza. Não estou nem aí se Caio me traiu, não sou apaixonada por ele. Nossa relação nada mais é do que mais um negócio. Sinto nojo. Ser traída por ele com aquelazinha é o fim. Mas, muito pior, é me expor na frente das pessoas. Isso ele terá que aprender. Se iremos passar nossas vidas juntos — ou grande parte dela — Caio terá que saber como dar suas escapadas nojentas em segredo.

De repente, sinto um solavanco e perco o controle do carro. Tento frear, mas acabo entrando no acostamento. É muito rápido e o carro para. Merda de estrada nojenta! Merda de cidade! Não acredito nisso. Saio do carro, me certificando de que não me machuquei e andando ao redor, tentando encontrar o que me fez perder o controle. Vejo um buraco enorme. Que óóóódio!

Pego o celular para ligar para o meu pai e, no primeiro toque, minha bateria acaba. Ah, meu Deus! O que eu vou fazer agora, sozinha, no meio da estrada, sem carro, sem celular, sem o Caio?

Começo a entrar em desespero, quando dois faróis se aproximam. Aperto os olhos para tentar enxergar e uma caminhonete, caindo aos pedaços, entra no meu campo de visão.

Minha noite poderia ficar pior?

— Ora, ora, ora, se não é a Barbiezinha, perdida na estrada. Esqueceu o caminho de casa?

Olho para Heitor, com sangue nos olhos.

— Eu me enfiei em um buraco enorme dessa estrada nojenta, seu idiota.

— Cuidado, Heitor. A Chihuahua tem garras. — Ouço seu amigo dizer, saindo pelo lado do carona.

Cruzo os braços e olho em sua direção, com ódio. Heitor se aproxima e só sinto quando já está me tocando.

— Você se machucou?

— Tira as mãos de mim, seu nojento!

— Eeei, Chapeuzinho, eu só estou preocupado com você. Não sou o lobo mau, nem nada. Pelo menos, não até a meia-noite — diz, com um sorriso de escárnio.

Penso em como posso usar os dois para sair daqui. Entrar nessa caminhonete nojenta não é opção. Forço a voz mais doce que consigo, me dirigindo a eles.

— Os cavalheiros poderiam me emprestar o celular, para que eu possa falar com meu pai?

Eles se entreolham, sorrindo.

— Então, a Barbiezinha sabe ser educada.

Bufo, cruzando os braços.

— Vai me fazer implorar? — pergunto, olhando para Heitor.

— Eu até gostaria muito, mas não adiantaria. Bruno está sem celular e eu estou sem bateria.

— Ah, tá de sacanagem.

— A menina tem boquinha suja. Olha, minha flor, a única forma de você sair daqui é vindo com a gente.

Olho mais uma vez para a imagem daquela caminhonete destruída e começo a entrar em desespero.

— Eu vou pegar tétano só de chegar perto dessa lata velha.

— Então, tudo bem. Boa noite — Heitor diz, voltando para a caminhonete, seguido de Bruno.

Quando ele dá a partida, pego minha bolsa na BMW, corro e me enfio na frente da caminhonete. Ele freia, gritando pela janela:

— Você é maluca, garota? Quer morrer?

Dou a volta para o lado de Bruno.

— Pode abrir para mim, por favor?

— Eu não, estou morrendo de frio. Sobe aí.

Reviro os olhos, sem acreditar na indelicadeza desse imbecil. Abro a porta de trás da caminhonete e jogo minha bolsa. Quando vou subir, percebo que é alta demais e eu pequena demais. Eu me desequilibro, caindo de bunda no chão.

Bruno dá uma gargalhada, enquanto fico sentada, sentindo a bunda latejando. De repente, dois braços me amparam, me levantando.

— Você se machucou?

— Não. Obrigada.

Heitor me ampara para subir na caminhonete e sinto sua mão apertar a minha bunda.

— Ei!

— Foi só para ver se estava bem mesmo — diz, dando uma risada e fechando a porta, bem na hora que um trovão ecoa lá fora.

•••

— Tenta de novo! — grito, desesperada.

— Você não entendeu que ele já tentou mil vezes? Até onde vai essa sua incapacidade intelectual, porra? — Bruno grita e eu me assusto.

— Vocês ficarem batendo boca não vai ajudar. Temos que ser práticos. A caminhonete morreu, não temos celular e cai uma chuva torrencial lá fora, que não parece ter hora de parar. Não podemos ficar aqui a noite toda, no meio da estrada. É perigoso demais. O que podemos fazer? — Heitor diz.

— Heitor! — Bruno grita, como se tivesse descoberto a pólvora. — Olha bem onde estamos! Lembra daqui?

Vejo Heitor olhando ao redor e abrindo um largo sorriso.

— O matadouro!

— Exatamente. É para lá que vamos! — Bruno diz, empolgado.

— Por acaso posso saber o que é o matadouro? — digo, enfatizando a última palavra.

Eles sorriem um para o outro, com cumplicidade.

— Um lugar para onde levávamos as meninas que trazíamos para o Festival de Gastronomia, nesses anos de faculdade.

— Eca! Eu não vou para o mesmo lugar onde vocês levavam essas vadias.

Bruno dá de ombros.

— Tudo bem. Você quem sabe! Fica aí, então. — Ele sai, se enfiando debaixo da chuva e sumindo.

Olho para Heitor, que me observa pelo retrovisor.

— Heitor...

— Não tem escolha, Barbiezinha. Ou vem, ou fica. Não há o que possamos fazer.

Choramingo e vejo Heitor revirar os olhos, dando a volta na caminhonete e me oferecendo a mão.

— Heitor, está chovendo demais.

— Porra, mulher, você é insuportável — diz, enfiando o corpo dentro da caminhonete, me pegando nos braços e me jogando por cima do ombro. Com a outra mão, ele pega alguma coisa no banco de trás e bate a porta.

— Para, Heitor! Me coloca no chão! Agora! — grito, mas duvido que me escute, com o barulho da chuva.

Despenco os braços e me deixo levar. A chuva está tão forte que chega a doer ao bater no corpo. Não há o que fazer. Vou ter que passar a noite no "matadouro", com dois trogloditas fedorentos. No que eu fui me meter?

•••

— Mas que merda é essa? — digo, assim que Heitor me coloca no chão.

Estou encharcada, mas o lugar que vejo à minha frente me incomoda muito mais. É uma espécie de choupana de madeira caindo aos pedaços. Em um canto do lugar, chove mais do que do lado de fora.

— Bem-vinda ao matadouro — Bruno diz, sorrindo para mim de maneira sarcástica.

— Eu não vou passar a noite nessa pocilga.

— Ah, vai. Você não tem escolha.

Ando um pouco pelo lugar. De um lado, se encontra um fogão enferrujado, uma mesa de plástico e utensílios imundos, espalhados. Deve ser ali que eles chamam, muito erroneamente, de cozinha. A única parede de tijolos está toda descascada e, praticamente, sem reboco. Esse lugar parece estar abandonado há muito tempo.

— Tire as botas, se não quiser se resfriar.

Olho para Heitor, para o chão e de volta para Heitor.

— Nesse chão? Eu vou pegar uma doença. Isso deve estar cheio de urina de bicho.

Heitor suspira pesado, como se estivesse perdendo a paciência. Olho para o lado e vejo Bruno, só de cueca, se acomodando sobre algo que parece uma cama enorme, de palha.

— Que horror! Você vai dormir aí? Ele dá uma gargalhada.

— E onde você pensa que irá dormir?

Eu dou alguns passos e me aproximo.

— Nessa palha fedorenta é que não vou. Meu filho, minha pele está acostumada com Lancôme e Chanel. Se eu encostar nessa nojeira, vou empolar todinha.

Sinto uma presença masculina muito forte atrás de mim e, por algum motivo, meu corpo se arrepia.

— Tire as botas. — Ouço a voz de Heitor, rouca e grave. Minhas pernas bambeiam.

— Eu não vou tirar. Esse lugar é nojento. Eu não quero encostar em nada aqui e...

— Chega! Para mim, já deu! — ele grita e, sem saber como aconteceu, me vejo de bruços, com a cara encostada na palha.

— Sai de cima de mim, seu nojento! — grito, enquanto ouço a gargalhada de Bruno.

— Você está onde deve estar, Chihuahua! No chão, com a cara no feno. Esse é o lugar das cadelas ficarem — Bruno diz, enquanto Heitor permanece em cima de mim, retirando minhas botas.

De repente, ele sai e eu me viro rapidamente e me levanto, indo até ele, dando milhares de socos.

— Seu idiota, olha o que você fez. Olha o meu cabelo. Estou toda arranhada, toda suja, cheia dessa palha nojenta grudada na roupa e...

Heitor me segura pelos punhos, me agarra e me beija. Tento me soltar de tudo que é jeito, mas ele me prende e eu vou amolecendo. Seu beijo é forte, quente e sinto algo que parece excitação. Não é possível que esse peão imundo esteja me deixando excitada!

Quando já não estou mais me debatendo, sinto duas mãos abrindo minha saia e descendo minha calcinha, que cai no chão.

— Vamos mostrar para você porque o nome desse lugar é matadouro — Bruno diz por trás de mim, pegando na minha bunda e envolvendo meu quadril.

Dou um gemido na boca de Heitor, que sorri. Ele para, olhando para mim e diz:

— Barbiezinha, escute bem o que vou dizer. Se não quiser ser duramente fodida por Bruno e por mim, é melhor dizer agora, porque quando eu começar, não vou parar até que seu corpo se estilhasse de tanto prazer.

Pisco para ele repetidamente, umedecendo os lábios. Estou excitada num nível que não quero admitir, mas não quero parar. Merda. Eu me jogo em Heitor novamente, sugando sua boca. Ele me beija por alguns segundos, até que interrompe nosso beijo, dizendo:

— Bruno, as cordas.

Arregalo os olhos.

— As o quê? — pergunto, assustada.

— Calma, gostosa, você vai ser muito bem tratada. Bem do jeito que merece — Heitor diz, enquanto tira delicadamente a minha blusa, colada no corpo. — Hummm, esses peitinhos são seus, Barbiezinha? Sem sutiã, é? São seus ou você mandou fazer? Foda-se, são uma delícia — ele diz e dá um único chupão forte, em um dos mamilos. Grito e ele tampa minha boca. — Então é do tipo escandalosa? Vamos ter que resolver isso.

— Achei coisa melhor.

Heitor olha o que Bruno traz nas mãos e sorri. O olhar deles é cúmplice e me assusta.

— O que é isso?— pergunto, assustada.

— A Chihuahua, filha de um dos fazendeiros mais ricos da região, não sabe o que é uma sela? Com arreios, rédeas, cabresto e freio? — Bruno pergunta, dando uma gargalhada.

Heitor pega a sela das mãos dele e me mostra.

— Essa é uma cela para treinar cavalos novos, geralmente de dois anos.

Meu coração dispara instantaneamente e, a certeza de que serei humilhada, me enche de coragem.

— Vocês não vão colocar isso em mim! Eu sou Thayana Santana Carneiro. Com quem pensam que estão lidando?

Heitor me joga de volta no feno e enfia a cabeça no meio das minhas pernas.

— Ahhhhhh! — dou um grito, quando Heitor começa a me chupar. Bruno logo chega, apertando meus seios e enfiando-os na boca.

— Vai gozar para o peão, sua safada? — Bruno pergunta, mordendo meus bicos, freneticamente. — Vai sim, eu sei que vai. Vai gozar enlouquecida para os imundos que te dão nojo, não vai? Porque, no fundo, você é só uma merda de uma filhinha de papai que não tem um homem de verdade do lado, para fazer você gozar como se deve. E hoje é seu dia de sorte, pois você tem dois homens de verdade para matarem você de prazer. Você vai enlouquecer.

Dito isso, Bruno volta para os meus seios, enquanto Heitor enfia sua língua inteira dentro de mim. Começo a sentir os primeiros espasmos daquilo que promete ser um orgasmo arrebatador, quando os dois param ao mesmo tempo. Bruno se levanta, sorrindo e Heitor me observa, com a cara toda babada da minha excitação.

— Vocês vão parar? — pergunto, incrédula.

— Quer que a gente continue? — Heitor pergunta, com a cara séria. Sua expressão me assusta.

— É óbvio, não é? — respondo.

— Diga — Bruno manda, pairando acima de mim.

Olho para ele e para Heitor. Ambos estão esperando minha resposta. Querem o meu consentimento ou querem me humilhar? Ai, nessas horas eu gostaria de ser mais inteligente.

— Quero, caralho! — respondo, vencida pelo desejo de ter esses dois brutamontes em mim.

— Então, vai ser do nosso jeito. De quatro. Agora — Heitor diz, e tento me firmar em minhas pernas, virando de quatro e empinando a bunda.

— Isso é o cabresto. Vou colocar nessa sua cabecinha ruiva. Vai ficar linda.

— Não, Heitor. Que merda! Não sou nenhuma égua. Não vou aceitar que você coloque isso em...

— Ah, vai pra porra, cansei dos relinches dessa égua — Bruno diz, tirando a cueca, virando o pau enorme e duro na minha direção.

Ele se aproxima, se ajoelhando na minha frente e alguma coisa brilha na ponta da cabeça do seu pau.

— Vai calar a boca agora, enquanto Heitor vai selar você — diz, e enfia o pau de uma vez na minha boca. Sinto lágrimas nos olhos, quando a coisa brilhante de metal toca o fundo da minha garganta e me faz engasgar.

— Brrrruno, hmmmm... — tento falar e ele impede, fodendo a minha boca, sem parar.

— O nome é Apadravya. É para maximizar o meu prazer e o seu. Logo você verá. Agora me chupa, vadia, gostosa. — Ele continua fodendo a minha boca, enquanto sinto o peso da sela sobre minhas costas.

— Tudo pronto por aqui — Heitor diz, e eu sinto um tranco. Ele pega as rédeas e me puxa, enfiando o pau no meu cu de uma vez e eu grito, fazendo Bruno gritar também.

— Porraaaaa! A vibração no Apadravya é perfeita, cara — Bruno diz, olhando para Heitor e enfiando o pau fundo na minha garganta. Lágrimas escorrem sem parar dos meus olhos. — Você devia colocar.

— Porra nenhuma — Heitor responde com a voz transtornada e eu sei que é de tesão — Vou me contentar em comer esse cuzinho delicioso. Ela é apertada demais, cara. Alguém já comeu esse cuzinho, delícia?

Faço que não com a cabeça e Bruno reclama.

— Ei, calma, senão você me machuca. Continua me chupando, gostosa.

Sinto Heitor me comendo por trás, com força, fazendo meu cu latejar. Fico encharcada e não paro de chupar Bruno, que faz sons deliciosos.

Puta merda! Estou sendo fodida por dois dos caras que eu julgava mais abomináveis da faculdade. E o pior é que nunca senti tanto prazer! Até hoje, só conheci o tradicional papai e mamãe e, no máximo, um sexozinho frouxo, de quatro. Não essa sensação de estar sendo usada, abusada, humilhada, levada aos limites. E o pior, estar adorando tudo isso.

De repente, os dois param ao mesmo tempo, novamente. Estou ofegante, com a boca dormente e a bunda dolorida. Eles param de pé, atrás de mim e eu me encharco ainda mais, em expectativa pelo que está por vir.

— Hora do adestramento? — Bruno pergunta.

— Exatamente. Chegou a hora — Heitor responde.

Em seguida, sinto algo duro, massageando meu clitóris. Começo a gemer e rebolar como posso, quando essa mesma coisa é enfiada dentro de mim. Heitor me fode com algo que não sei o que é, mas eu adoro. Quero mais! Estou enlouquecida de tesão e praticamente pronta para gozar.

De repente, aquilo sai de dentro de mim e, em seguida, sinto um ardor forte na bunda, me fazendo gritar.

— Muito forte para a Chihuahua? — Bruno pergunta.

Olho para trás e vejo Heitor com um chicote de montaria na mão. Então é isso! Estou apanhando e de chicote! Eles querem que eu diga que não aguento. Querem me ver implorar. Mas, esse gostinho, eu não darei.

Dou um sorriso presunçoso e digo:

— Mais.

Bruno arregala os olhos enquanto Heitor dá uma gargalhada.

— Como quiser, gostosa — ele diz, ainda rindo.

Bruno pega outro chicote e a deliciosa tortura começa. Um após o outro, chicotada após chicotada. Na bunda, nas pernas, nas costas, onde a sela não tampa. Eu aguento. Aguento porque, no fundo, sei que estão me ensinando uma lição. Seguro firme, ouvindo o som do chicote cortando o ar por várias e várias vezes, sucessivamente. E, então, entro num orgasmo enlouquecedor, não suportando mais o peso do meu próprio corpo e desabando sobre o feno.

— Ora, ora, não era ela que dizia que tinha alergia ao feno? — Bruno diz, desdenhando.

— Chega, cara. Ela aguentou firme. Foi bem adestrada, uma égua de primeira. Hora de darmos a recompensa.

Heitor anda até mim, parando na minha frente.

— Consegue se erguer?

Levanto os olhos escorridos, balbuciando uma resposta. Ele se senta à minha frente e me puxa, me deixando cara a cara com seu pau. É tão grande quanto o de Bruno. E, se possível, ainda mais delicioso.

— Você vai me chupar e eu vou gozar nessa sua boquinha atrevida. Peço apenas que firme os joelhos.

Não entendo o motivo, mas obedeço, me erguendo um pouco e firmando os joelhos. Heitor se acomoda, com o pau de frente para mim e eu abro a boca, obediente, aguardando. Ele não coloca de imediato e apenas dá um aceno de cabeça para Bruno.

Antes de eu perguntar o que é, Bruno penetra em mim de uma vez e, tão fundo, que aquela coisa de metal certamente toca meu útero. Quase gozo novamente só com aquilo. Ele tira o pau de dentro de mim e massageia meu clitóris com o metal. Juro que sinto como se saísse do corpo, como se fosse desmaiar de tanto prazer.

Heitor então, direciona o pau na minha boca e todo prazer que Bruno me proporciona, metendo em mim e me massageando, eu transfiro para Heitor, chupando-o enfurecidamente. Os dois gemem enlouquecidos, enquanto os únicos sons que emito são os das chupadas.

Sinto o pau de Heitor inchar e latejar na minha boca e ele jorra, direto na minha garganta. Engulo rápido, com medo de engasgar e decepcionar Heitor.

Eu estou com medo de decepcionar Heitor? É sério isso? O que aconteceu comigo, afinal?

E sinto meu corpo todo estremecer, quando gozo deliciosamente, com as intensas estocadas de Bruno. Ele sai de dentro de mim, jorrando pela minha bunda e minhas pernas, espalhando seu gozo em mim com aquela coisa de metal.

Desabo mais uma vez sobre o monte de feno. Bruno desaba ao lado, ofegante. Não sou capaz de mexer mais um músculo do meu corpo, tenho certeza. Começo a fechar os olhos, quando sinto Heitor desatando a sela de mim e dizendo:

— Vem comigo. Vamos lá fora.

Apenas giro os olhos em sua direção.

— Heitor, eu não aguento mais.

— Calma, vou apenas dar um banho em você.

Bruno se apoia em um dos cotovelos.

— Desde quando aqui tem chuveiro?

— Está chovendo. Vamos tomar banho na chuva.

— Ah, vão vocês. Eu vou dormir — Bruno diz e se vira para o lado.

Heitor percebe que realmente estou exaurida e me pega no colo. Ele me leva lá para fora, onde a chuva ainda cai, fria e torrencial.

— Vai ser rápido. Pena que não tenho um sabonete para lavar você.

— Tem na minha bolsa, mas deixei na caminhonete.

— Eu trouxe, quando peguei você. Consegue ficar em pé?

Faço que sim com a cabeça. Heitor me coloca no chão, entra na casa e volta com o sabonete. Ele começa a esfregar meu corpo, rápido, mas com muito cuidado, lavando meus braços, meu rosto, meu pescoço, meus seios, minha barriga, minhas costas, minha bunda, entre as minhas pernas, minhas pernas e pés. Por último, passa o sabonete pelo meu cabelo e eu nem me importo se ele vai acordar ressecado no dia seguinte.

Depois de me enxaguar na água da chuva, ele me leva no colo para dentro da casa e pega uma toalha duvidosa.

— Só está encardida, mas está limpa. É minha toalha de secar o suor. Fica sempre no carro. Juro que peguei no varal hoje cedo e ainda não usei.

— Eu não me importo — digo, dando de ombros.

Heitor dá um sorriso terno, enquanto me seca.

— Você é uma mulher linda, Thay.

Arregalo os olhos.

— Você sabe o meu nome!

Ele sorri novamente.

— Claro que sei, Barbiezinha — diz, passando o dedo pelo meu rosto.

Ele pega minhas roupas e as estende para secar. Em seguida, me puxa para a cama de feno, onde Bruno ronca pesado, num canto afastado, para me deixar mais confortável.

Heitor me deita com cuidado e se deita ao meu lado. Começo a tremer de frio e ele me abraça apertado, me cobrindo inteira com seu corpo enorme.

— Dorme, menina. Você deve estar morta. Amanhã, sairemos daqui.

Meus olhos pesam e vou me entregando ao sono e ao cansaço. Sim, amanhã sairemos daqui e voltaremos para casa. E tenho a certeza de que não sairei a mesma que entrei.

•••

Sinto meu rosto esquentando e abro os olhos. O sol entra pelas frestas da madeira. Ergo o corpo e minha roupa está seca e dobrada sobre o feno. Sorrio, ao ver meu celular em cima da roupa, acoplado em um carregador portátil e já com a bateria carregada.

Nenhum sinal de Bruno e Heitor.

Ligo meu celular e pipocam chamadas não atendidas e mensagens de meu pai e de Caio. Sem pressa, me levanto e me visto, me sentindo dolorida em todos os lugares mais deliciosos.

Sacudo o cabelo que está embolado, para tirar o feno. Não ligo se ficar um graveto ou outro. Da mesma forma, não ligo para o meu pai, muito menos para Caio. Ligo para o seguro e eles irão me buscar em vinte minutos.

Eu, Thayana.

A Barbiezinha ficou para trás.

12

HEITOR

— **OI, HEITOR! BORA** para o Festival de Gastronomia de Tiradentes? — Bruno pergunta.

— Bruno, seu merda! Esse é o único sábado desse mês que não irei trabalhar e você me acorda a essa hora? Quero dormir até tarde, porra!

— Ah, cara, fala sério! Tira esse traseiro da cama e vamos pegar a estrada!

— Ontem eu chequei a previsão do tempo, vai chover no fim do dia, e a Possante não aguenta pegar estrada com chuva.

— Eu vi a previsão também. E a chuva só vai cair no fim da noite. Voltamos antes disso.

— Já conheço você, Bruno... Nunca cumpre o que promete.

— Cara, pago seu jantar no Restaurante Tragaluz, com direito a nhoque de ora-pro-nóbis e, de sobremesa, goiabada cascão frita na manteiga e prensada com castanha-de-caju, na cama de catupiry e sorvete de goiaba. Eu sei que você curte aquelas paredes de pedra e o cardápio inspirado na literatura de cordel. Estou aqui salivando só de pensar na galinha d'angola ao molho de vinho, se lembra?

— Mano, se eu for, e eu disse se, quero comer no Restaurante da Beth.

— No Virada's do Largo?

— Exatamente. Curto muito o fato de ela cultivar os ingredientes na horta do quintal do restaurante. Passa a sensação de que tudo é sempre novinho e fresco, igual à comida da casa de mãe. Lembra-se do filé de frango grelhado, arroz, couve e ovos de codorna servidos em uma frigideirinha? Aquilo estava bonzão!

— E o "Viradinho"? Arroz, couve, bacon, ovo, cebola, feijão, carne serenada e pinhão.

— Bão demais, uai!

— Vamos, então, sô! A gente almoça na Beth e janta no Tragaluz. Além do mais, vamos "beliscar" delícias o dia inteiro nos quiosques, nas ruas! Ô trem bão! Sem falar na mulherada linda que vem de outras cidades e estados, até de outros países...

— Bruno?

— O quê?

— Você é um idiota! Esteja pronto. Às nove pego você.

— Não prefere que eu vá até sua casa?

— Já que você me acordou, me encheu o saco e ainda vai me tirar de casa em um dia que reservei somente para dormir, me deixa pelo menos olhar para a gostosa da sua mãe!

— Cara, se a minha velha escuta você falar assim, ela nunca mais olha na sua cara.

— Ela é viúva e ainda é muito bonita...

— Mas é uma "carola" de igreja. Vive para orar, servir ao Senhor, e cuidar da casa.

— Isso porque ela não cruzou comigo ainda.

— Cara, é foda ter que ouvir você falar assim até da minha mãe.

— Foda é ouvir sua voz logo depois de acordar, sendo que eu estava no meio de um sonho gostoso com a Lurdinha.

Desligo o telefone e olho para o teto. Penso na merda em que fui me meter. Queria passar o dia em casa, dormindo. E agora, além pegar a estrada, serei babá do Bruno, porque maturidade ali passou quilômetros de distância.

Das vantagens, a melhor é o festival gastronômico em si. Uma mistura de sabores exóticos toma conta do Largo das Forras, na praça central da cidade, onde deliciosos tira-gostos são preparados por grandes cozinheiros. Literalmente, um banquete cultural que mistura atividades gastronômicas às atrações artísticas, sem falar nas degustações com renomados chefs nacionais e internacionais. Além do mais, Tiradentes fica somente cerca de trinta minutos daqui de São João del-Rei, pela BR-265.

Penso em ligar para Lurdinha para saber se ela quer ir com a gente e logo me lembro de que faz um ano que seus pais se mudaram para Tiradentes a deixando sozinha aqui e, festeira como ela é, já deve estar lá há muito tempo. Envio apenas uma mensagem para dizer que estou a caminho. A resposta chega quase na velocidade da luz:

Vem logo, peão gostoso! E, assim que chegar, me avisa.

Tomo um banho rápido, coloco um jeans confortável, uma camiseta preta, minha bota e chapéu velhos de guerra. Vou direto para a casa do Bruno. Surpreendentemente, ele me espera no portão. A ideia, é claro, é a de evitar que eu me encontre com sua mãe. Otário! Sorrio da crise de ciúme do meu melhor amigo.

Pegamos a estrada, ligamos o rádio, abrimos os vidros das janelas e respiramos o ar que vem do campo. Êta, vida boa!

•••

A cidade está abarrotada de pessoas, dos mais diversos lugares, todas querendo saborear a típica comida mineira, feita no fogão à lenha, como o autêntico feijão-tropeiro, o frango com ora-pro-nóbis ou o famoso leitão à pururuca. A praça central, com mesas dispostas por todos os lados, está tão lotada de pessoas, que é quase impossível circular. Confesso que isso tira um pouco da minha paciência. Sou bicho do mato demais para lidar com tanta gente. Tenho certeza de que estampo uma carranca no rosto.

Para amenizar meu péssimo humor, me concentro na beleza da cidade. Assim como São João del-Rei, Tiradentes não fala do que é passado, fala do que é eterno. Ruas de pedras, becos, morros, ladeiras, igrejas e casarões do Ciclo do Ouro, do século XVIII, bem preservados. São sobrados que abrigam restaurantes, pousadas, antiquários e lojas de artesanato, que acendem seus lampiões na fachada ao anoitecer. Tudo emoldurado pelas montanhas maravilhosas da Serra de São José.

As charretes, estacionadas no Largo das Forras, convidam a circular pela cidade, com direito a paradas nas principais atrações, como o Chafariz de São José, o Museu Padre Toledo, o Museu da Liturgia, as igrejas de Nossa Senhora do Rosário dos Pretos, de Nossa Senhora das Mercês e a Matriz de Santo Antônio, a mais bonita de Tiradentes, com trabalhos atribuídos a Aleijadinho.

•••

O dia passa num galope, entre bebericar vinhos e cervejas, experimentar pratos deliciosos, doces fantásticos e ouvir o melhor jazz das redondezas. Almoçamos com Lurdinha e depois a vimos desaparecer com um turista pelos becos da cidade.

No fim da tarde, Bruno e eu nos encontramos com Alexandre, um dos nossos colegas da faculdade. Parece que ele está de caso com Michele, a melhor amiga de Thayana, mais conhecida como Thay — para Bruno e eu, é a famosa Barbiezinha — que, por sua vez, tem um lance com Caio, um dos maiores atletas de hipismo atualmente. Todos os quatro vêm de famílias abastadíssimas, parte do "reinado" local de criadores de cavalos Mangalarga Marchador.

— Cara, mas, fala aí, como você suporta a Chihuahua? Porque, convenhamos, namorar a Michele significa aturar a Thay por tabela, as duas não se desgrudam — Bruno questiona.

— Já liguei o foda-se para essa entojada. Se der confiança a coisa piora. E a Mi não é exatamente igual a Thay — responde Alexandre.

— Acho que a Barbiezinha é apenas imatura — comento.

— Vocês vão dormir aqui na cidade para aproveitar o festival amanhã também? — Bruno interroga Alexandre, mais uma vez.

— Na verdade, Mi e eu vamos ficar sim, fizemos reserva na Pousada Pequena Tiradentes. Mas Caio e Thay não se entenderam. Ele queria ficar no mesmo lugar que a gente e a Thay queria se hospedar no Santíssimo Resort. Então, para evitar a discussão, Caio preferiu voltar para São João del-Rei hoje mesmo.

— Nós também faremos isso — disse.

Observo Thay sair em direção ao bistrô sem sequer notar nossa presença, ou talvez tenha decidido ignorar mesmo. Garota boba! Precisa de uma lição para amadurecer!

Alexandre se distancia com Michele, enquanto Bruno me observa, com seu olhar de águia, querendo pescar alguma coisa no ar.

— Cara, você quer comer a Chihuahua?! — Bruno aponta para mim e cai na risada.

— E se for, qual o problema?

— Ela é metida demais. Nunca, jamais, em tempo algum vai olhar para qualquer um de nós.

— Eu me garanto.

— Aposto um fim de semana no Santíssimo Resort como você perde essa parada aí.

— Aceito a aposta! — sorrio, maliciosamente.

— Ah, é? E o que você oferece em contrapartida?

— Não tenho nada de valor.

— Aposta a Possante!

— Minha caminhonete? Ficou louco?

— Acha que um fim de semana no Santíssimo Resort com tudo pago é baratinho? Ou você sabe que vai perder e por isso não quer colocar a caminhonete em jogo nessa aposta?

— Você é um imbecil, Bruno. Nem sei como somos amigos há tanto tempo...

— Ah, cara, fala sério! Você não vive sem mim! — diz entre risadas.

— Tudo bem. Aposto a Possante como vou trepar com aquela Barbiezinha ainda esse mês e vou fazer ela implorar pelo meu pau. E, depois, levarei Lurdinha para um fim de semana no Santíssimo Resort. — Apertamos as mãos e selamos a aposta.

— Lurdinha?

— O que tem?

— Você ainda se casa com essa maluca...

— Não penso em me casar nunca. Mas, se acontecer um dia, lá na frente, qual o problema em ser com a Lurdinha?

— Vai ser o maior corno da região!

— Só não quebro seus dentes, porque seria um espetáculo com a cidade repleta de turistas, mas nunca mais fale assim de Lurdinha. Nunca mais!

— Tudo bem, Heitor. Não está mais aqui quem falou.

•••

— Bruno, a noite já caiu faz tempo. É melhor pegarmos a estrada logo, antes que aquelas nuvens carregadas resolvam desabar. Minha caminhonete não dá conta das curvas da estrada com a chuva toda que promete cair.

— Vamos, Heitor. Também já me cansei de ficar aqui. Não peguei ninguém hoje...

— Você está muito mal-acostumado. Agora acha que toda vez que viermos a Tiradentes vai levar alguém para aquele celeiro destruído.

— Muito respeito com o matadouro! Aquele lugar é sagrado!

— Sagrado? — caio na risada. — De sagrado aquilo não tem nada. Até concordo que aquele celeiro conta histórias, mas só fizemos bobagens naquele lugar, então, de sagrado o matadouro passa longe. Perdi as contas de quantas garotas levamos para lá...

Pegamos a estrada de volta com a Possante. Minutos depois, vejo à frente um BMW vermelho parado no acostamento. Sei que é a Barbiezinha, somente ela dirige aquele carro de boneca na cidade.

— Bruno! Olha ali na frente! Thay está no acostamento. Deve ter estourado um pneu. Vamos ajudar. É perigoso para ela ficar na estrada a essa hora da noite.

— Caralho, cara! Não vou ajudar a Chihuahua! Onde está o namoradinho fodão dela?

— Ela deve estar sozinha...

— Não temos nada com isso. E olha o torozão de chuva que vem, já está trovejando! Se a Possante pegar essa chuva, a gente é que vai ficar na estrada.

— Mas você é um babaca mesmo, não é? Vamos ajudar a garota, sim. Será rápido, eu troco um pneu num segundo, de olhos fechados.

— Já que a minha opinião não conta, bora ajudar a Chihuahua...

•••

— Ora, ora, ora, se não é a Barbiezinha perdida na estrada. Esqueceu o caminho de casa? — Ela me olha, com sangue nos olhos.

— Eu me enfiei em um buraco enorme, dessa estrada nojenta, seu idiota.

— Cuidado, Heitor. A Chihuahua tem garras — Bruno rebate.

Sinto pena da garota e me aproximo para conferir se está tudo bem, se ela não se machucou.

— Você se machucou?

— Tira as mãos de mim, seu nojento!

— Eeei, Chapeuzinho, eu só estou preocupado com você. Não sou o lobo mau, nem nada. Pelo menos, não até a meia-noite.

Thay pede o celular emprestado para mim e para Bruno... Mas, nesse momento, nossa mente masculina trabalha em cumplicidade, e negamos desavergonhadamente, inventando que Bruno está sem celular e, eu, sem bateria.

A garota não tem outra opção ou entra na Possante ou fica na estrada. Ela até faz um charminho para dizer que não quer vir com a gente, mas não é burra e sabe que, se ficar ali, pode ser assaltada, estuprada ou até morta. Sobe na minha caminhonete emburrada. Apenas ignoro. No fundo, eu sei que é hoje que dou um jeito nessa metidinha! Ah, se é! Ou não me chamo Heitor Domingos!

•••

Mais cinco minutos na estrada e uma chuva torrencial desaba de uma só vez, acompanhada de granizo. Sei muito bem que se forçar minha caminhonete ferrarei com o motor velho e pode ser até mesmo perigoso para a vida de nós três.

Vejo ali uma chance de ouro!

Olho para Bruno. Seu olhar acompanha o meu e sei que ele entende a jogada. A gente é assim, conversa pelo olhar. Observo Thay com o canto do olho e percebo que ela não se atenta a nada, está retocando o batom tranquilamente olhando pelo espelho de mão.

Paro a caminhonete bruscamente, fazendo com que a Barbiezinha borre o batom. Sorrio da cena.

— Olha o que você fez! Por que parou assim? — ela reage.

— Afogou, morreu. Não adianta, não pega mais. A caminhonete já era. — Mordo a língua para não rir do teatrinho.

— Tenta de novo! — Thay grita, desesperada.

— Você não entendeu que ele já tentou mil vezes? Até onde vai essa sua incapacidade intelectual, porra? — Bruno grita.

— Vocês ficarem batendo boca não vai ajudar. Temos que ser práticos. A caminhonete morreu, não temos celular e cai uma chuva torrencial lá fora, que não parece ter hora de parar. Não podemos ficar aqui a noite toda, no meio da estrada. É perigoso demais. O que podemos fazer?

É claro que eu havia "matado" minha caminhonete bem de frente à entrada do matadouro.

Thay faz sua costumeira birra para não ir para o celeiro velho, mas ela não tem opção, ou melhor, não dou a ela outra opção. Enfio meu corpo dentro do automóvel, pego a Barbiezinha e a coloco sobre meus ombros. Com a outra mão, pego sua bolsa, pois talvez ela possa precisar...

Do local onde deixamos a caminhonete até o celeiro no meio do mato, tomamos toda a chuva e entramos ensopados no lugar. Ligo a lanterna que trouxe no bolso da calça. O lugar é o mesmo das minhas recordações. Paredes metade de tijolos e metade de madeira, muito estragada, esburacada, tudo sujo, muito feno pelo chão... Acredito que alguém muito pobre viveu nesse celeiro, desativado por um tempo. Agora, é simplesmente nosso matadouro.

Alterno meu olhar entre a expressão maldosa de Bruno e o olhar de espanto da garota. Preocupo-me com ela, está toda molhada pela chuva e pode se resfriar. A segurança e bem-estar da moça vem antes da minha vontade de trepar.

— Tire as botas, se não quiser se resfriar.

Mas Thayana é uma mulher difícil. Está com nojo do lugar e, possivelmente, do Bruno e de mim também. Minha paciência tem limite...

Bruno adianta meus pensamentos e retira a roupa ficando só de cueca, encontra um amontoado fofo de feno e lá mesmo se joga. Também retiro minhas roupas.

Uso minha voz de comando, mas a garota é birrenta demais. Pelo bem-estar dela mesma, mostro meu lado mais bruto, rústico e invocado. Não peço nem mando, simplesmente faço. Jogo a garota no feno, de bruços e começo a arrancar suas botas molhadas.

E a atmosfera de sensualidade finalmente se instala, assim que a deixo e ela parte para cima de mim, com raiva. Beijo essa mulher com tesão desmedido, até que ela se rende e amolece nos meus braços. Olho de esgueio para Bruno e ele compreende que estou dando permissão para que se aproxime, o que ele faz de imediato, já aproveitando para despir a garota, da cintura para baixo. E sei que, o momento que se seguirá agora, depois de Bruno arrancar as roupas da Barbiezinha, será quase surreal.

— Barbiezinha, escute bem o que vou dizer. Se não quiser ser duramente fodida por Bruno e por mim, é melhor dizer agora, porque quando eu começar, não vou parar até que seu corpo se estilhasse de tanto prazer.

Ela vacila por segundos, nitidamente excitada, e se joga em cima de mim, me beijando com ardor. É o sinal verde de que preciso para seguir adiante.

Peço para Bruno pegar as cordas de juta que guardamos ali por tanto tempo. É hoje que essa Chapeuzinho vai conhecer o lobo mau que vive dentro de mim. Ela precisa de uma lição, ser fodida por um cara como eu, para saber o que é uma pegada "da roça".

Mas Bruno encontra coisa melhor, uma sela para treinar potros. Meu sorriso largo quase ilumina todo o ambiente.

Antes que possa reclamar, a derrubo sobre o feno e começo minha exploração. Abocanho sua boceta e sei, de antemão, que é deliciosa. Serei duro e bruto, no melhor sexo oral que essa garota terá em toda a sua vida. Thay se contorce, enquanto Bruno brinca com seus seios. E sei que esse misto de sensações a tiram de órbita, fazendo os dedos de seus pés comprimirem e estalarem, enquanto ela se sacode inteira.

Quando o primeiro orgasmo da noite começa a tomar conta do seu corpo, me ergo, a contenho e a deixo no ar, sem saber o que fazer. Queremos que ela implore, está claro.

E ela implora...

Coloco Thay de quatro, com aquela bunda bem empinada. Arreio, sela e cabresto, tudo bem colocado, sob seus protestos. "Uma eguinha de raça" — e sorrio com meus pensamentos.

Enquanto isso, Bruno fode a boca da Barbiezinha. Sei que ela jamais olhará para um piercing como antes.

Aposto que sei o que Thay nunca deu a um macho e eu serei o primeiro a ter. Seguro com firmeza as rédeas e testo. Perfeito! Coloco o preservativo e não espero mais nada. Puxo as rédeas com força e, de uma só vez, me enfio inteiro dentro desse rabo delicioso! Ela urra, provocando vibrações em Bruno, que grita junto de tanto prazer.

Sei que a imagem do que estamos fazendo é enlouquecedora e tento fazer uma foto mental para nunca mais me esquecer. Tenho certeza de que ela jamais se esquecerá dessa noite, nem de mim ou de Bruno. Ficará dolorida por dias, uma dor boa, que a lembrará da melhor foda da sua vidinha de menina mimada e riquinha.

Meto sem dó, forte, fundo, bruto. Vejo uma gota de sangue manchar a camisinha, mas não me importo, ela não reclama. Quero castigá-la. Quero foder todo seu corpo. O tesão é imenso... Insano!

Preciso de um pouco de controle, ou a brincadeira terminará cedo demais. Paro, saio dela sem cerimônia e vou em busca do meu chicote de adestramento. Bruno vem para perto de mim, observar. Vejo como Thay está encharcada e, com o cabo do chicote, estimulo o seu clitóris. Ela se abre ainda mais e não resisto em foder aquela boceta rosada com o cabo, em um entra e sai frenético e duro. Quando vejo que ela vai gozar novamente, me contenho e começo a espancar a sua bunda, com o mesmo chicote.

Paro...

— Mais — ela grita. Quer mostrar que aguenta, que é durona, não jogará a toalha tão fácil.

Bruno arregala os olhos, enquanto solto uma gargalhada. A brincadeira está ficando cada vez melhor. Ele encontra outro chicote e começamos a deliciosa tortura, com chicotadas firmes por todo o corpo da garota, que começa a ficar com a pele quente e rosada.

Thayana não suporta mais e goza enlouquecida e descontrolada, desabando seu corpo pesadamente sobre o feno.

Eu imponho alguns limites, porque Bruno é imaturo e quer continuar pegando pesado. Mas sei quando uma mulher entrega os pontos, ela não precisa dizer nada. Simplesmente sei.

Ergo Thay do feno, gentilmente. Ela sabe que a brincadeira não acabou, já que ainda não gozei, mas preciso que perceba que não irei mais longe do que ela pode suportar. E ela entende. Sei que entende. E é durona, a Barbiezinha. Muito mais do que eu imaginava.

Bruno se posiciona atrás de Thay e, enquanto fode sua boceta, faço com que ela experimente o sabor do meu pau. Quero gozar, o tesão está acabando comigo. Não demoro e, enquanto ela me chupa intensamente, gozo certeiro em sua garganta. Ela engole tudo, olhando para mim. Em seguida, vejo seus olhos fecharem, enquanto ela se perde em um novo orgasmo, junto de Bruno. Os dois desabam, exauridos.

Retiro a sela cuidadosamente do corpo de Thay e a ergo em meus braços. Eu a levo para fora, onde a chuva desaba, ainda com força. Quero que ela se lave e relaxe ainda mais, para poder dormir tranquilamente. Eu a coloco no chão, debaixo da água fria e gostosa e, com o sabonete que encontro em sua bolsa, lavo seu corpo com delicadeza. Observo as marcas que deixamos e a sinto minha posse, por um breve momento. Um arrepio de prazer corta minha coluna.

Eu também sei ser delicado. E ela precisa de delicadeza agora.

Seco seu corpo e aproveito para fazer um elogio. Afinal, a garota deu conta e merece um carinho.

— Você é uma mulher linda, Thay.

— Você sabe meu nome!

— Claro que sei, Barbiezinha.

Ela se deita no feno e vejo seus olhos pesarem até adormecer, ao lado de Bruno, que já está jogado em um sono pesado e restaurador.

Thayana é uma mulher imatura e que tem muito o que aprender nessa vida, mas, de certo ponto de vista, até consigo entender o motivo dela ser como é, esnobe e arrogante. Ela tem uma beleza acima da média e tem o poder financeiro nas mãos. Isso faz com que Thay se sinta em uma posição superior à das outras mulheres. Imagino também que ela deve ser abordada o tempo todo por caras babacas, que vivem a endeusá-la. Isso deve ser cansativo e repugnante, além de alimentar ainda mais o seu ego de maneira errada. Fora que ela deve sofrer pressão da família para manter certa postura e namorar com um rapaz do mesmo status que ela. Conheço bem essa história...

Quem não se cansaria de uma vida assim?

Tenho até certa pena. Mulheres como ela não sabem viver... Muito menos envelhecer. Sofrem caladas o tempo todo, para manter uma posição, um nome, uma foto na coluna social.

Espero que eu tenha mostrado a ela como o lado simples da vida, o lado real e palpável pode ser bom, prazeroso. Espero que Thay tenha percebido o quanto teve prazer com dois cabras matutos, em uma choupana, no meio do mato. Sem nenhum luxo, sem nenhuma frescura.

Porque felicidade é isso, uma mulher brincando no mato, sendo feliz só por ser. Thay precisa descobrir o amor-próprio. Assim, ela dará o primeiro passo para se libertar das convenções sociais e ser feliz da forma que ela quiser ser.

Aquele babaca do Caio não a quer de verdade, só quer o nome que ela representa. E não vale tanto querer alguém ao ponto de deixar de se querer em primeiro lugar. Espero que ela veja isso em algum momento e tenha a lucidez e a coragem necessárias para lutar contra uma vida pré-programada, definida por terceiros. Desejo muito que a felicidade a invada... Sem precisar bater na porta. Porque eu vi, atrás daqueles olhos maquiados, um pedido de socorro e que mais ninguém viu. Ela precisava sentir algo real e foi isso que demos a ela.

A Barbiezinha tem muito mais do que sua superficialidade deixa transparecer. Por isso a importância de olhar para uma mulher e ver além. Toda mulher é muito mais do que cabelo, bunda e seios. Elas são sentimentos, sonhos e, muitas vezes, dores.

Arrumo as roupas da menina e coloco seu celular para carregar no carregador portátil do Bruno. Quando o sol a fizer acordar, ela estará dolorida, despenteada, mas renovada...

E tenho certeza de que terá mais do que um sorriso nos lábios...

Thay estará sorrindo com a alma dessa vez.

13

ANA

SINTO GOSTO DE SANGUE. Passo a língua nos dentes, para me certificar de que não tem nenhum quebrado. Os carros seguem sua rota pela avenida. O som já não me incomoda mais. Sinto que estou num estágio de observação. Como se estivesse fora do corpo, vendo tudo acontecer.

Meu celular toca, me fazendo encarar a realidade.

— Oi, mãe.

— Oi, Ana. Você volta para casa hoje?

Não volto. Não posso voltar. Mamãe não pode me ver assim. Não poderia explicar os hematomas e as feridas espalhados pelo corpo.

— Não, mãe. Deu um problema na rede de computadores da empresa e ninguém mais pode ficar. Acho que só consigo voltar domingo. Amanhã vou ter que passar o dia aqui, monitorando.

— Nossa, mas hoje ainda é sexta. Tem roupa para ficar?

— Tenho sim, fique tranquila. Além do que, uso o chuveiro da empresa e dou minhas cochiladas sempre que posso. Estou acostumada, a senhora sabe.

— Sei, minha filha. Você trabalha demais. Deve estar esgotada.

Sinto um aperto no peito.

— E o Gui, como está?

— Está bem, minha filha. Não se preocupe com ele, hoje foi um dia ótimo. Ele esteve tão tranquilo que até conseguimos sair para tomar sol. — ouvi minha mãe falar animada.

Imagino a risada dele, ao sentir o calorzinho do sol. Sorrio. Meu Gui é um guerreiro.

— Mãe, tenho que ir. Qualquer coisa me avise, por favor.

— Claro, minha filha. Não se preocupe com nada aqui. Bom trabalho. Eu te amo.

— Também amo a senhora.

Desligo e as lágrimas começam a cair, copiosamente. Abraço os joelhos e me encolho de dor. Está um frio cortante e minhas roupas rasgadas não ajudam muito. Penso, penso e não consigo imaginar um lugar minimamente seguro para onde eu possa ir.

De repente, um farol pisca no meu rosto, me fazendo apertar os olhos. Uma caminhonete está parando à beira da estrada, perto de mim. Imediatamente, me coloco em alerta e me levanto, me mantendo apoiada na perna direita, já que o pé esquerdo ainda lateja.

— Você está bem, moça? — um rapaz se aproxima, perguntando.

— Estou. Pode seguir seu caminho — respondo, rispidamente.

Ele se aproxima mais, chegando bem perto e vou chegando para trás.

— Calma, moça, não vou lhe fazer mal. Meu Deus, você está toda machucada!

Cruzo os braços na frente do peito.

— Não chegue perto. Nem pense em encostar em mim.

— Calma, menina, eu não vou encostar em você. Só quero ajudar. Pare de andar para trás, você está entrando na avenida! — ele grita.

— O quê?

De repente, o homem pula na minha frente e me puxa, me abraçando, a tempo de eu ainda sentir o arrepio da proximidade do carro, que passou atrás de mim. Seus braços são enormes, quentes e confortáveis. Meu coração dispara, tudo começa a rodar e o barulho dos carros vai ficando cada vez mais longe...

•••

Sinto um perfume de amaciante, misturado com um delicioso cheiro masculino. Não é como os que eu costumo sentir. É um aroma que me traz tranquilidade e conforto. Respiro fundo e me viro de lado, procurando não despertar daquilo que parece um sonho muito agradável, até o momento que as dores espalhadas pelo corpo trazem a realidade de volta à minha mente. Abro os olhos, um após o outro, me acostumando à luz fraca que vem da cabeceira.

Onde estou, afinal? A última coisa da qual me lembro é daquele homem da caminhonete... Ele me puxou a tempo de evitar que um carro passasse por cima de mim. Lembro-me do seu abraço, de tudo ter ficado escuro e de nada mais. Aonde eu vim parar?

— Ei, você acordou! — ouço uma voz masculina e me viro para encontrar o homem que conheci na estrada, sentado em uma poltrona ao meu lado, me observando.

Ele se levanta e se senta na beirada da cama, passando a mão pelo meu rosto. Repudio o toque, a princípio.

— Calma, moça... Não vou machucar você. Qual o seu nome?

Eu o observo da cabeça aos pés. Percebo que é um homem com H maiúsculo. Alto, forte, bonito... e educado, aparentemente. Poderia recuperar o dinheiro que perdi essa noite, facilmente. Será que ele aceitaria uma prostituta assim, toda quebrada?

— Que nome você quer? — pergunto, com a voz e o olhar mais sedutores que consigo produzir.

Ele sorri, de maneira pura e carinhosa.

— Eu quero o seu nome. O nome dessa moça maltratada que, graças a Deus, veio parar na minha cama hoje.

Confusa, olho para ele.

— Graças a Deus?

— Sim, graças a Deus, eu estava passando por você, naquele momento. Sabe-se lá o que poderia acontecer se eu não a tivesse tirado de lá.

É sério? Ele já está se achando o salvador da pátria por estar no momento certo e na hora certa? Típico do famigerado ego masculino.

— Eu teria saído de lá. Sei me defender. Cuido muito bem de mim mesma. Sozinha.

— Ah, não duvido. Só que tem alguns momentos que precisamos de alguém. Ninguém pode ser sozinho o tempo todo. E, se o seu momento chegou, fico feliz de ter sido eu a ter a honra de participar dele.

Olho dentro dos olhos daquele homem misterioso e que parece exalar sinceridade em cada palavra que diz.

— Ana.

Ele sorri e estende a mão para mim.

— Heitor. É um prazer conhecê-la, Ana.

Pego em sua mão e me sinto pequena.

— Você deve estar com fome, não? Vou fazer algo para comermos.

— Na verdade, eu preciso ir embora — digo, tentando me levantar e fazendo uma careta de dor, ao sentir o pé latejando.

— Você claramente não tem condições de ir embora, então, nem vou discutir. Já venho. — diz, se retirando do quarto.

Torno a me ajeitar no travesseiro e o cansaço me vence, pesando sobre o meu corpo. Meus olhos começam a pesar e as pálpebras começam a fechar sozinhas, ainda úmidas.

•••

Sinto um carinho suave no rosto.

— Bela Adormecida, desculpe acordá-la, mas você precisa comer. E precisa de um banho, para limpar esses machucados.

Abro os olhos e Heitor está na minha frente, com uma bandeja no colo, sobre a qual repousa um prato fumegante.

— Fiz uma sopinha com legumes e músculo para você. Vai aquecer seu corpo e te dar energia. — Ele coloca a bandeja sobre o criado-mudo, me ajudando a sentar na cama e a encostar na cabeceira.

Heitor retoma a bandeja e a coloca sobre meu colo. Quando vou pegar a colher, ele se adianta, levando-a próxima aos lábios. Tomo a sopa, colherada após colherada, através das mãos de Heitor, em silêncio, intrigada para saber o que esse homem quer comigo, afinal.

— Boa menina — ele diz, quando termino. — Agora, vou ajudá-la a ir para o banheiro. Você precisa de um banho, para podermos passar remédio nesses machucados.

Não digo nada, apenas deixo que me leve. Não sinto que tenho muito mais a perder, se confiar nesse homem. Ele não estaria cuidando de mim com tanto esmero, se quisesse me fazer mal. A única coisa que Heitor pode exigir é algo que estou mais do que acostumada a dar.

Quando vai me colocar de pé no chuveiro e se virar para sair, vacilo com o peso do meu corpo. Heitor me ampara, imediatamente.

— Ana, se você não está conseguindo se manter em pé, talvez precisemos procurar um hospital. Você pode ter quebrado alguma coisa.

Eu me assusto, tratando logo de negar sua oferta.

— Não! Por favor! Não posso ficar com esse tipo de registro no hospital da cidade. Por favor!

Heitor me observa e posso ver a preocupação em seus olhos.

— Tudo bem, Ana, mas com duas condições: a primeira é que vai me deixar olhar todos esses machucados, após o banho. Se eu achar que podemos cuidar deles aqui, cuidaremos.

— Certo. E a segunda?

— Terá que me deixar dar banho em você.

Elevo o corpo, de forma a endireitar a postura. Ficar nua perto de um homem? Isso é muito fácil para mim. Puxo o top pela cabeça, jogando-o no chão e desabotoo o short, deixando-o cair. Heitor, que estava me apoiando pelo quadril, me pega no colo e me senta sobre a pia.

Vai começar a brincadeira.

Ele abre uma das gavetas da pia e volta com uma tesoura. Não consigo reagir, nem gritar. Meu coração dispara e arregalo os olhos de medo. O que ele pretende com isso?

Heitor se aproxima e puxa uma das pernas da minha meia-calça para cima, enfia a ponta da tesoura e corta, de fora a fora.

— Melhor cortar. Já está toda rasgada mesmo, assim, tiramos e não forçamos mais seu pé — ele diz, cortando agora a outra perna.

Quando termina, joga a meia no lixo e me pega no colo novamente, me levando para debaixo do chuveiro. Ele me mantém em seus braços, testando a temperatura da água até que julgue adequada e nos coloca debaixo do chuveiro.

— Não vai tirar a roupa? — pergunto, observando que ele ainda está de calça de moletom e camiseta.

— Não se preocupe comigo. Posso colocá-la no chão? Consegue se apoiar no outro pé?

Faço sinal afirmativo com a cabeça e Heitor, cuidadosamente, me coloca no chão. Ele deixa a água quente cair um tempinho sobre mim e fecho os olhos, agradecida. Quando os abro, ele está me encarando, com um sorriso terno no rosto. Esboço um sorriso de volta, ainda desconfiada da bondade desse homem. O primeiro homem que se aproxima de mim, em oito anos, sem tentar me comer nos primeiros cinco minutos.

— Esse shampoo é neutro e hipoalergênico. Vou usá-lo para o seu cabelo e para ensaboar você, tudo bem?

— Tudo bem.

E, assim, Heitor lava cada parte do meu corpo, com cuidado, como se estivesse banhando uma criança. E é como me sinto nas mãos dele: uma criança, assustada e ferida.

•••

— Está doendo? — Heitor pergunta, ao aplicar remédio no machucado do canto da minha boca.

— Não... Só ardendo um pouco.

— Ótimo. Agora, vamos ver seu pé. Parece que não quebrou, apenas torceu. Vou passar um gel que eu usava na fazenda, para tratar dos cavalos.

Não se assuste, é de arnica e uso sempre que me machuco. Funciona que é uma beleza!

— Tudo bem.

Heitor aplica o gel no meu pé e o massageia, com delicadeza.

— Você vai sentir o pé ficar gelado e quente, alternadamente. O gel proporciona um choque térmico. Isso é o que faz melhorar.

Ele termina, coloca meu pé debaixo da coberta e me cobre.

— Como está se sentindo?

— Estou bem.

Realmente estou, como há muito não me sentia. Heitor está fazendo um ótimo trabalho ao cuidar de mim. Não me lembro de já ter sido cuidada por alguém dessa maneira, mas a sensação é muito boa.

— Gosta de música? — ele pergunta, pegando uma viola que está em um suporte, no canto do quarto.

Faço que sim com a cabeça, apenas observando seus movimentos precisos. Heitor senta na poltrona ao lado da cama e começa a dedilhar as cordas.

— Quero que feche os olhos e ouça a música. Deixe que ela tome seus sentidos. Esvazie a mente e descanse. Não vamos falar mais nada, por hoje. Apenas durma. Amanhã conversaremos.

Os primeiros acordes começam e a voz de Heitor preenche o ambiente. Uma voz suave e acalentadora que, combinada à letra da canção — que fala sobre o céu ficar azul por dentro da alma — me relaxam e me levam a um mundo paralelo, onde ainda tenho permissão para sonhar. Para encontrar esse tal céu azul. Encontrar luz na escuridão.

— Acorda, dorminhoca. O sol está lindo lá fora, não vale a pena passar o dia na cama!

Ouço a voz de Heitor e o som das cortinas se abrindo. Eu me espreguiço longamente.

— Que horas são? — pergunto, me sentando.

— Quase onze.

— Nossa, onze horas da manhã? Não durmo até tarde assim!

Heitor sorri e se senta na beirada da cama, passando o dedo indicador pelo meu rosto.

— Ótimo, sinal de que conseguiu relaxar. Como está se sentindo?

Mexo um pouco o corpo para testar os pontos de dor.

— Estou bem melhor.

— Que ótimo! Dá o pezinho aqui, quero ver como está.

Eu o tiro da coberta e coloco sobre a coxa de Heitor. Ele balança um pouco o pé, em movimentos circulares.

— E aí?

— Quase não sinto dor. Só um pouquinho dolorido.

— Viu? Eu disse que o gel era tiro e queda — ele responde, sorrindo.

Por um tempo que não sei precisar, Heitor acaricia meu pé, enquanto nos olhamos nos olhos. Sinto uma conexão incrível, como se nos entendêssemos de alguma forma. Como se algo invisível nos ligasse. Será que Heitor tem alguma dor escondida em algum lugar, por trás dessa aparência de homem invencível?

— Eu iria fazer o café, mas preferi deixar você descansar. Agora, se arrume, vamos almoçar fora.

Almoçar fora? Heitor ainda não percebeu quem eu sou? Ele jamais iria gostar de ser visto com uma mulher como eu. Eu não atuo na cidade, já que minha mãe e meu filho moram aqui e ela não faz ideia do meu verdadeiro trabalho. Mesmo assim, evito sair, justamente por saber que alguém pode me reconhecer. Apesar da minha cláusula de apenas aceitar clientes casados, justamente para que o famoso "rabo preso" me proteja de ser exposta, encontrar alguém que passou pela minha cama, sem estar "montada", me deixa bastante vulnerável.

— Heitor, olha, sua intenção é linda, mas...

— Nada de mas. Você tem quinze minutos.

— Eu nem tenho roupa para isso — digo, jogando o lençol, para que ele se lembre de que estou apenas com sua camisa.

— Pedi à Lurdinha, uma amiga minha que tem o corpo muito parecido com o seu, para trazer uma roupa para você. Está na poltrona. Estarei nesse quarto em quinze minutos e, esteja vestida ou não, vamos almoçar. — diz, saindo imediatamente.

•••

O Bistrô é um lugar lindo e aconchegante. Já nem me lembrava mais de como ele era. Olho ao redor e não vejo nenhum conhecido. Ainda assim, não consigo relaxar.

— Podemos pegar uma mesa mais no fundo, por favor?

Heitor me observa e pega minha mão, entrelaçando nossos dedos.

— Tudo bem. Quero que se sinta confortável. É só isso que importa — ele diz, se dirigindo a uma das mesas mais escondidas e puxando uma cadeira para mim. — Por favor, madame.

— Obrigada.

Heitor se senta de frente para mim e chama o garçom, pedindo um refrigerante para nós. Em seguida, segura minha mão por cima da mesa, acariciando-a com o polegar.

— Você está linda. Esse vestido ficou perfeito em você.

Olho para o vestidinho azul de verão que estou usando. Lurdinha e eu realmente temos o mesmo corpo, pois serviu como uma luva. Retorno o olhar para Heitor, encarando-o com delicadeza.

— Heitor, você sabe o que eu sou?

— Claro que sei. Você é uma mulher linda, inteligente, mas muito amedrontada por ter sido tão machucada.

Por reflexo, levo a mão ao machucado no canto da boca.

— Não digo esse tipo de machucado, porque isso sai. É terrível, injusto e covarde, mas sai. Estou falando das feridas da alma. Essas, sim, podem ser incuráveis.

Engasgo e sinto um nó na garganta. Não vou chorar na frente desse homem, muito menos aqui, com todos ao redor. Só chamaria a atenção para nós. Engulo o choro, me preparando para contar a minha história para Heitor. Ele merece saber.

— Eu tinha dezesseis anos quando engravidei. Foi um caso de Carnaval, inconsequente. Morávamos apenas minha mãe e eu. Meu pai saiu de casa quando eu ainda era pequena e não tenho contato com ele desde então. Minha mãe me deu todo o apoio na época para que eu tivesse meu bebê. Tive o Gui aos dezessete anos, no último ano do curso Técnico de Informática que eu fazia. Precisei trancar o curso para ficar com ele, por conta do resguardo e da amamentação. Nunca mais voltei...

Heitor me observa, calado. Seu olhar sereno e carinhoso me encoraja a continuar.

— Acabei me tornando dona de casa, já que não tinha terminado minha formação e precisava cuidar do Guilherme, que sempre foi muito doentinho. Para arrecadar uma graninha e ajudar ao menos um pouco, dava aulas particulares de informática, aproveitando o que tinha aprendido no curso. Tranquei quando estava na metade do último ano, então, até que tenho um bom conhecimento.

— Vocês gostariam de fazer o pedido? — o garçom pergunta, interrompendo a nossa conversa.

— Pode trazer o frango ensopado com quiabo, acompanhado de arroz, feijão e angu. Pode ser? — pergunta, se dirigindo a mim.

Faço sinal afirmativo com a cabeça e o garçom se retira.

— Continue, por favor.

Respiro fundo.

— Quando Gui fez quatro anos, seu estado de saúde piorou. Ele começou a ter convulsões. Os médicos investigavam e não descobriam o que era. Levantaram vários diagnósticos, entre eles, epilepsia. Nenhum tratamento adiantava. Ele começou a ter dificuldades para dizer as palavras e a perder o jogo das pernas. Precisei pegar um empréstimo no banco para levá-lo a um hospital particular e fazer todos os exames possíveis, até que conseguiram chegar a um diagnóstico: adrenoleucodistrofia.

Heitor franze a testa, como se estivesse tentando se lembrar de algo, até que arregala os olhos.

— É aquela doença do filme do Lorenzo?

— Exatamente. "O Óleo de Lorenzo".

Heitor segura minhas duas mãos e as aperta.

— Sinto muito, Ana! Não posso nem imaginar como deve ser passar por isso tudo.

Aperto suas mãos de volta.

— Não digo que é fácil, mas já foi pior. No início, até realizarem o diagnóstico correto e estabelecerem o tratamento, foram crises e mais crises, noites e dias monitorando meu filho, sem conseguir dormir... A adrenoleucodistrofia é uma doença que afeta o sistema nervoso central e o paciente vai perdendo suas funções. Não tem cura e, na idade em que o Gui foi diagnosticado, a expectativa de vida é em torno de dez anos. Ou seja, o tratamento serve apenas para retardar os efeitos da doença e proporcionar uma vida minimamente confortável a ele. Só que os hormônios que Gui precisa tomar, o óleo, a alimentação, as fraldas, a manutenção quinzenal dos aparelhos, já que ele usa cama e cadeira especiais, e o enfermeiro 24 horas, formam um montante absurdamente surreal de tão caro. Mamãe trabalhava como empregada doméstica e, sua renda, junto com as minhas parcas aulinhas particulares, jamais seria suficiente para sustentar tudo isso.

Heitor solta uma das minhas mãos, tomando um gole do seu refrigerante sem tirar os olhos de mim.

— Acho que entendi.

— Pois é. É assim que pago por tudo. Trabalho em um hotel fora da cidade, pois, para minha mãe, encontrei um emprego em uma empresa de informática, que me aceitou mesmo sem ter terminado o curso.

— Entendo. Ela não faz ideia, então?

— Não. Preciso preservá-la. Por isso, só aceito clientes casados. Eles não me expõem, para não manchar seus casamentos perfeitos. Eles podem contar com a minha discrição e eu com a deles.

— Não somente com a discrição — diz, passando o polegar no machucado do canto da minha boca.

— Alguns dias são piores do que os outros — respondo.

— Quer falar sobre isso? — Heitor pergunta, me dando a liberdade de negar.

— Foi apenas um cliente nervoso. Ele me paga para fingir que sou outra pessoa, uma mulher com quem ele tem um caso. Hoje, ele chegou ao hotel muito bravo com a menina e acabei pagando o pato.

Heitor me observa por alguns segundos, calado.

— O que foi? — pergunto, nervosa pelo seu silêncio.

— Estou pensando em um meio de você sair disso, Ana. Isso não é vida. Hoje foi uma surra, amanhã será o quê? Você não merece passar por isso. Nenhuma mulher merece.

Aperto as mãos de Heitor e faço carinho com os polegares.

— Não se preocupe, Heitor. Vou ficar bem. Prometo.

•••

Passamos uma tarde maravilhosa. Depois do almoço, Heitor me levou em sua caminhonete até uma cachoeira. Ficamos deitados na grama, conversando sobre a vida. Heitor é um cara judiado também. Foi deixado por uma mulher que com certeza não tem nada na cabeça, porque largar um cara como ele só pode ser coisa de quem não pensa — e nunca se recuperou desse amor perdido. Não consegue mais se envolver com ninguém de verdade. Uma pena. Um homem como ele merece tudo, inclusive a experiência de amar e ser amado.

E agora estamos aqui, no seu quarto, depois de ele massagear meu pé novamente. Estou deitada na cama; ele, sentado na poltrona. Eu me sinto mal de estar tirando o conforto de Heitor por duas noites seguidas.

— Por que não deita comigo?

— Não, princesa, pode dormir. Não quero deixá-la desconfortável.

— Olha o tamanho dessa cama e olha o meu tamanho! Cabem três de mim, aqui. Claro que dá para dormirmos os dois.

Ele me observao e eu levanto a coberta, o chamando. Heitor se dá por vencido e se deita de frente para mim, segurando minha mão.

— Ana, você é uma mulher incrível. Lutou e luta pelo seu filho como uma guerreira, sem se importar com o que isso pode fazer a você. Abdicou da sua vida para ser mãe. Isso faz de você uma pessoa maravilhosa. Estou orgulhoso de ter conhecido uma mulher como você e de ter me dado um pouco do seu tempo, que sei que é precioso.

Meus olhos se enchem de lágrimas. Heitor passa o dedo indicador pelo meu rosto carinhosamente.

— Minha bela Ana... Tanto amor nesse coração machucado... Eu me preocupo com o que pode acontecer com você daqui para frente. Você já está no meu coração.

— E você no meu, meu herói... A mulher que um dia conseguir conquistar você será uma mulher de muita sorte. Você é um homem como não se encontra por aí. Um homem que enxerga a alma feminina, que sabe tratar uma mulher, que sabe cuidar, sem pedir nada em troca — disse para Heitor.

Ele levanta um pouco a cabeça e dá um sorriso safado.

— E quem disse que não quero nada em troca?

Arregalo os olhos, em susto. Então, é isso? Claro que é. No fim das contas, é sempre isso. Jogo a coberta para me descobrir e começo a levantar, quando Heitor me interrompe.

— Ei, ei, ei, o que pensa que está fazendo? Eu quero algo em troca, sim. Quero dormir de conchinha com você, se não se importar.

Paro por um segundo e dou um sorriso gigantesco. Eu me viro de costas para Heitor, que encaixa seu corpo no meu, passando os braços por cima de mim e entrelaçando os dedos nos meus. Sinto seu pau endurecendo na minha bunda e dou uma risada.

— É... por favor... me desculpe por isso. É apenas um reflexo, eu juro — ele diz, demonstrando estar realmente desconcertado e constrangido com aquela situação.

Viro a cabeça e dou um selinho demorado na boca de Heitor. Em seguida, me aconchego em seus braços novamente.

Eu me sinto confortável e aquecida.

•••

— Filha, pode atender a porta, estou dando o soro para o Gui!

Saio do banheiro correndo, fechando o botão do short e abro a porta.

— Boa tarde!

— Oi! Você é a Ana?

Olho para a moça parada à minha porta, exibindo um sorriso radiante no rosto.

— Sou. E você, quem é?

— Meu nome é Lurdinha. Sou amiga do Heitor. Posso entrar?

— Lurdinha, claro! Você quem me emprestou o vestido. Lavei-o agora há pouco e está no varal, já ia dar um jeito de devolvê-lo a você — digo, saindo pela porta e a encostando. — Se não se importa de falarmos aqui fora, eu prefiro. Minha mãe não sabe sobre os acontecimentos desse fim de semana.

— Claro, sem problema! E esqueça o vestido, é um presente meu para você.

Sorrio para ela. A alegria dessa moça é contagiante, é inevitável sorrir perto dela.

— Eu vim aqui para lhe dar isso. Heitor não quis vir, com medo de lhe causar problemas com a sua mãe. Leia quando puder. Tchau!

Ela me abraça apertado e sai correndo, espevitada.

Lurdinha...

Será a mesma Lurdinha do meu cliente?

•••

Já na minha cama, finalmente consigo abrir o envelope enviado por Heitor. Quase não parei durante todo o dia e tive que escondê-lo, para que mamãe não o visse.

De cara, encontro um certificado de propriedade, acompanhado de um contrato. Leio, engasgando no meio do caminho, sem acreditar: trata-se da doação de um cavalo reprodutor, para mim e para Gui. A posse do cavalo foi passada para o nosso nome em cartório e o documento de propriedade, o documento de descrição do animal e mais as planilhas de gastos e ganhos mensais dos últimos três meses estão em anexo. Os lucros que o animal gera são impressionantes, fazendo os gastos parecerem ínfimos. Ele rende por mês mais do que eu ganho em um ano! Jesus!

Encontro uma carta de Heitor, junto aos documentos, e corro para lê-la e entender toda essa loucura:

Querida Ana,
Sei que é inteligente e já entendeu do que isso se trata.
Espero que seja ainda mais inteligente e aceite o presente.
Não é meu, apenas fiz a ponte. Uma dona de uma fazenda que conheço queria fazer alguma coisa maior na vida dela, algo que desse sentido. Aceitar o presente será algo maravilhoso para você e para ela, pois fará com que você tenha toda a infraestrutura da qual precisa para cuidar do seu filho e dará alegria de viver a essa mulher.
As duas saem ganhando, está certo?
Agora, você pode dar novo rumo à sua vida, princesa.
Pode largar essa vida que a faz tanto mal e se dedicar a cuidar do Gui. Ele precisa da mãe inteira, firme, guerreira.
Perfeita, como você é, minha querida.
Se for reparar, no certificado diz que você ganhou o cavalo em um sorteio. Isso explicará tudo para sua mãe, sem precisar de pormenores. Espero que facilite tudo.
No mais, Ana, desejo a você uma vida feliz, ao lado da sua família. Aproveite cada dia como se fosse o último.
Viva a vida do seu filho com alegria e fé até o dia em que sua missão estará cumprida. Você merece isso, princesa.
Conhecê-la foi uma bênção para mim. Você pensa que eu a ajudei, mas você me deu muito mais nesse fim de

semana. Você me fez enxergar que eu ainda sou capaz de amar. De ser realmente íntimo de alguém. De me entregar.
E não faz ideia do quanto isso significa para mim.
Você trouxe uma luz diferente para a minha vida.
E nunca poderei ser grato o suficiente.
Obrigado, minha bela Ana.
Seja feliz todos os dias.
Heitor

Fecho a carta em prantos. Se eu devolvi a capacidade de amar a Heitor, ele me devolveu a capacidade de viver.

14

HEITOR

QUASE UMA HORA DA MADRUGADA. "Preciso parar de fazer isso comigo mesmo" — penso, enquanto meto um soco no volante.

Porra, mas a Giliane é gostosa demais! Ainda vem aquele marido me pedindo para trepar com ela... Caralho! Toda vez que vou à fazenda Favo de Mel, para atender o garanhão deles, que está cadastrado no programa de melhoramento do laboratório da faculdade, é a mesma coisa... Faço meu trabalho e, quando estou saindo, vem o Sr. Ricardo, seguido pela gostosa da esposa, vestida com uma minúscula camisola transparente e botas de boiadeiro.

Que homem resistiria à Giliane? Ainda tem a merda do fetiche do marido, que assiste a coisa toda, feliz da vida. Droga! Preciso parar com isso! Mas, como?

Perdido em meus pensamentos, enquanto dirijo pela estrada, avisto no acostamento algo que, de longe, parece um animal ferido. Vou reduzindo a velocidade e jogo o farol alto no animal. Se ele estiver machucado, me sinto na obrigação de ajudar. Jamais deixarei um animal morrer à beira da estrada por falta de socorro. Que tipo de ser humano faz isso?

Ao me aproximar com cautela, para não assustar o bicho, quase sinto meus olhos saltarem do meu rosto... Não é um animal. É uma mulher!

Ela está muito machucada. Parece ter sofrido um acidente. Talvez, algum imbecil tenha batido o carro nela e nem ficou para prestar socorro.

Meu Deus!

Dou um pulo para fora do carro e me aproximo, com ainda mais cautela. Ela parece confusa, perdida, nervosa e muito amedrontada.

— Você está bem, moça?

— Estou. Pode seguir seu caminho — responde, de forma grosseira.

Vou me aproximando e ela vai se afastando para trás, em direção à estrada.

— Calma, moça, não vou lhe fazer mal. Meu Deus, você está toda machucada! O que aconteceu?

— Não chegue perto. Nem pense em encostar em mim. — Coloca-se em posição defensiva.

— Calma, menina, eu não vou encostar em você. Só quero ajudar. Pare de andar para trás, você está entrando na avenida! — grito.

— O quê?

Pulo para arrancar a moça da frente de um carro, que vem a toda velocidade. Antes que eu possa dizer mais alguma coisa, ela desmaia em meus braços...

Olho mais uma vez e percebo um corpo cheio de curvas, muito bonito, mas extremamente machucado. Seu rosto, delicado, está repleto de hematomas. Ergo a moça em meus braços e a coloco no banco do carona, prendendo o cinto de segurança bem firme e sigo para a minha casa.

Ela, definitivamente, precisa de cuidados.

•••

Entro em casa com ela em meus braços e a deito em minha cama. Observo seus sinais vitais. Parece bem. Acredito que realmente precisa de um sono profundo, então, mesmo sabendo que seria ótimo que tomasse um banho e comesse, vejo como prioridade a necessidade que o corpo tem de se desligar completamente. Deve estar esgotada.

Ao julgar por suas roupas curtas e decotadas em demasia e pelo local onde a encontrei, concluo exatamente o que aconteceu... As roupas estão sujas, as meias rasgadas, um pé calçado com o sapato em frangalhos e, o outro, descalço.

Recuso-me a acreditar que ela foi "atropelada" por um ser humano. Cerro os punhos e tensiono o maxilar, fazendo os dentes rangerem... O ódio me domina. Pareço um touro bravo, pronto para arrebentar o desgraçado que a agrediu.

Retiro o sapato que sobrou em seus pés e vejo as feridas nas pernas. Não é hora de cuidar dos machucados. Preciso que ela descanse, antes de encarar novamente a realidade. Pego um edredom e cubro o corpo ferido dessa pobre moça bonita.

Quem condena uma garota de programa não sabe da realidade que ela vive, das necessidades que passa, do motivo que a levou para essa vida. É tão fácil apontar o dedo... Quem as vê na rua, nas esquinas, sorridentes e em exposição, "afrontando as bem-nascidas", não sabe das suas vidas.

Todos têm dois lados. Um que mostramos aos outros, outro que, às vezes, escondemos até de nós mesmos, de tão cruel e dolorido. "Que jogue a primeira pedra quem estiver livre de todo e qualquer pecado". Não existem pessoas imaculadas.

Em geral, essas mulheres discriminadas são sofridas e têm muitos problemas. Ninguém está nessa — com raras exceções — por opção própria. Imagino ser uma das coisas mais difíceis... Ter que se sujeitar a todo tipo de homem, ser tratada como mercadoria...

Bruno me fala que procura prostitutas pela experiência intensa, associada ao pagamento, em que não é preciso oferecer nada e se recebe tudo, em que nada é sentido. Já eu penso diferente. Essas mulheres, assim como quaisquer outras, não são depósitos de esperma, máquinas de sexo ou sacos de pancadas. Há sentimento, até na promiscuidade.

Seria tolice negar que a natureza comercial do sexo com uma prostituta não possa encorajar alguns homens a agir com brutalidade, mas a violência não é intrínseca à negociação. A violência é produto do machismo, que agride a sociedade há séculos. Uma doença que afeta tudo o que é feminino. Nisso, se incluem mulheres, metrossexuais, homossexuais e até homens tachados de sensíveis. Todos sofrem um tipo de afronta do machismo imperialista e soberano, com o qual aprendemos a conviver usando máscaras de renda, porque disfarçamos o mal, apesar de sabermos que ele está constantemente ali. Violentar uma prostituta também é estupro. Sexo não consensual sempre é estupro, independentemente de quem é a vítima. Um crime hediondo.

Saio de meu devaneio e observo mais uma vez a moça em meus lençóis. Tão machucada. Tão necessitada de carinho.

Posso fazer algo por ela, ao menos um pouco, por um dia, um fim de semana... Para começar, suas roupas estão destruídas e, para o que eu tenho em mente, preciso conseguir algo que sirva. A solução chega como um raio de sol, em uma tarde quente de verão. Lurdinha! Minha radiante menina!

•••

— Queria ter buscado você em casa, meu amor. Mas, como expliquei, a situação é meio complicada e eu não podia me afastar nesse momento. O táxi a trouxe em segurança?

— Relaxa! Já andei por essas ruas bem mais tarde.

— Mas eu não gosto. E já conversamos sobre isso, Lurdinha.

— Ai, Heitor! Você é superprotetor demais! Já deu! Mas, me fala, o que houve e por que me pediu para trazer essas coisas?

— Venha comigo, mas em silêncio.

Vamos em direção ao meu quarto. Abro a porta com cuidado e, sem acender a luz, mostro a situação da moça.

— O que significa isso?

— Encontrei essa moça na estrada, nessa situação terrível, como você pode ver.

— O que aconteceu com ela? Atropelamento?

— Pensei a mesma coisa, quando a encontrei, mas acho que ela tomou uma surra mesmo. Observe os tipos de ferimentos... Acho que ela é garota de programa.

— Ah, agora entendi. Puta que pariu! Quem foi o desgraçado?

— Não faço ideia, sequer sei o nome dela...

— É preciso levá-la à delegacia de mulheres, tem que ser feita uma queixa. O monstro que fez isso a ela precisa ser preso.

— Brasil, minha querida. Acha mesmo que essa moça terá justiça? Eu concordo com você, mas duvido que ela queira ir.

— Você tem razão. Mas o que pretende fazer? Ela precisa de ajuda.

— Primeiro preciso ouvir sua história. A prioridade é realmente saber se ela está bem, se não quebrou algo e se precisa de hospital. Mas deixei que dormisse, parece exausta...

— Não é para menos...

— Pois é. Um passo de cada vez. Depois vejo o que eu posso fazer para ajudá-la concretamente.

— Bem, já cumpri minha missão. Trouxe roupas íntimas, um vestido delicado e uma sandália confortável. Coloquei também produtos femininos de higiene e alguma maquiagem. A parte de devolver a dignidade para a moça fica por sua conta. Vou indo...

— Vai indo para aonde?

— Ué! Para casa!

— Vai nada! Você chegou sem gritar, não deu um pulo dentro dessa casa até agora, não ouvi uma risada hoje, nem por telefone. Senta e desembucha, aconteceu algo e você não está bem.

— Não consigo esconder nada de você, peão.

— Nem precisa tentar. Agora, senta aqui na sala e fala tudo. Quem eu tenho que matar? — Minha brincadeira arranca um sorriso dos lábios rosados de Lurdinha, mas não toca os olhos azuis mais lindos do mundo. Ela realmente está péssima...

— Lembra que contei que estou saindo com um homem bem mais velho que eu?

— Sim, mas você não me contou quem é...

— Isso não vem ao caso. O fato é que hoje nós brigamos feio.

— Por qual motivo?

— Ah... Deu merda!

— Pode se explicar! Estou começando a ficar muito nervoso.

— Nada que não possa se resolver... Ele já encontrou uma solução.

— Ele é casado?

Ela não responde. Apenas abaixa a cabeça e deixa as lágrimas virem. Levanto-me, vou até o sofá onde ela se recostou, me sento e a puxo para o meu colo. Seco suas lágrimas com meus beijos. Vê-la sofrer racha o meu coração ao meio.

— Quero fazer algo para eliminar essa dorzinha!

— Ai, meu peão, não tem muito que ser feito. Vou a Belo Horizonte, qualquer dia desses resolver isso de uma vez — fala com tanta tristeza no olhar, que dói em mim.

— Resolver o quê? Fala logo! Estou ficando agoniado.

Ela não responde, se levanta, pega meu violão em um canto e traz para mim. Minha menina é mestre em se esquivar de assuntos complicados. Minha tática com ela é deixar passar um tempo, antes de trazer o assunto à tona novamente. Pressionar quando ela está com os sentimentos à flor da pele só vai afastá-la de mim. E eu não suportaria isso.

— O que você quer, meu amor?

— Preciso me animar, toca sua música para mim!

— Minha música? — pergunto à Lurdinha, fazendo charme para fazer minha sapequinha sorrir.

— *Nossa, nossa, assim você me mata. Ai, se eu te pego; ai, ai se eu te pego. Delícia, delícia, assim você me mata. Ai, se eu te pego; ai, ai, se eu te pego.* — Minha loirinha canta o pedaço da música que ela declarou há tempos ser o hino oficial da minha vida.

Pego o violão e mando ver nos acordes de *Ai, se eu te pego.*

Lurdinha se levanta, fecha os olhos e começa a girar no ar. Ela dança, pula, sacode os braços, balança os cabelos, deixa algumas lágrimas caírem, mas vejo seu sorriso nascer ali outra vez. Ela está exorcizando seus demônios.

Repito a música enfadonhamente, até que ela se cansa e senta novamente ao meu lado.

— Deu?

— Ajudou muito, meu peão! Eu precisava de um pouco dessa sua energia, que atropela qualquer um feito um trator.

Eu a pego em meus braços e a beijo como se não houvesse amanhã...

•••

Passo algumas horas lendo o material para a prova da semana que vem, enquanto vigio o sono da moça. Como vou reservar esse fim de semana para cuidar dela, não terei um tempo para estudar, então, adiantar a matéria é muito bom.

Um movimento na cama me chama a atenção.

— Ei, você acordou! — Ela continua arisca como um cavalo selvagem. — Calma, moça... Fica calma. Não vou machucar você. Qual o seu nome? — pergunto a ela.

Percebo quando a intenção em seu olhar muda de rumo.

— Que nome você quer?

— Eu quero o seu nome. O nome dessa moça maltratada que, graças a Deus, veio parar na minha cama hoje. — Ela está confusa, mas acaba me respondendo depois de relutar.

Ana... Um nome doce e lindo. Hora de preparar uma comidinha para Ana. Vou para a cozinha, enquanto ela continua descansando. Não sei bem do que ela pode gostar. Decido que uma sopinha vai dar energia e força para seu corpo se recuperar mais rápido. Por um momento, penso na doçura da minha mãe... Sempre que eu estava doente ou não me sentia bem, ela vinha com uma sopa, com sabor de carinho. Aquele simples gesto resolvia tudo. Eu acho que ser mãe é isso, vir à Terra com o coração inundado do poder de Deus.

•••

Depois de fazer com que Ana tome toda a sopa, colherada a colherada, exatamente como se faz com uma criança, a levo para o banho. Ela está fraca e preciso carregá-la e limpar seu corpo da sujeira e do sangue. Não é um momento erótico. É um momento singelo. Comento sobre achar que ela devia ser avaliada em um hospital, mas, como previ, ela recusa por motivos óbvios.

Coloco nela uma de minhas camisetas e a deixo na cama. Busco minha caixa de primeiros socorros. Limpo os ferimentos com soro fisiológico, aplico uma solução cicatrizante e anti-inflamatória e cubro cada machucado com um discreto curativo. Verifico o pé, onde ela provavelmente sofreu uma torção, e aplico um gel à base de arnica, para ajudar a eliminar a dor e o inchaço. Pego gelo para eliminar os hematomas do rosto.

Passo gentilmente a pedrinha em pontos específicos. Faço círculos. Ela reclama... Sei que dói e incomoda.

— Desculpa, Ana. Mas é a forma mais rápida de sumir com esses roxinhos. O gelo reduz a irrigação sanguínea do local, eliminando o hematoma. Um rosto tão belo não pode ficar com essas marcas.

Não sei mais o que posso fazer para amenizar a dor que ela sente. Queria poder fazer muito, mas sei que, em uma situação dessas, quanto mais eu me envolver, mais ela vai se fechar.

Música! É isso! Funciona com Lurdinha, pode funcionar com ela também. Busco meu violão...

— Quero que feche os olhos e ouça a música. Deixe que ela tome seus sentidos. Esvazie a mente e descanse. Não vamos falar mais nada por hoje. Apenas durma. Amanhã conversaremos.

E, enquanto as primeiras notas da canção preenchem o ambiente, vejo o rosto de Ana se afogar... Lágrimas de cura têm sido uma constante na minha vida. Antes, eu achava que a dor fechava as feridas, mas hoje eu sei que o amor, seja ele da forma que for, vindo de qualquer gesto, é o único que tem o poder de fechá-las.

Dizem que a alma sempre sabe o que fazer para se curar. O desafio é conseguir silenciar a mente, para poder ouvir o espírito. Mas o tempo, esse ingrato, não consegue curar a saudade... Se isso não fosse uma verdade, meu peito, rasgado pela ausência de Lírio, já teria cicatrizado. Tenho certeza de que a pior inquietação da alma é a dor do vazio.

•••

Hoje é sábado e levarei Ana para almoçar no Bistrô. Quero devolver a ela a dignidade e a autoestima que toda mulher merece.

Acordo a moça e verifico seus ferimentos. Reduziram bastante, mas o machucado maior, aquele feito na alma, sei que ficará ali por muito tempo.

Quando digo que irei levá-la para almoçar fora, sua reação é de negar. Nunca pensei que seria diferente.

— Eu nem tenho roupa para isso — ela tenta se esquivar do convite.

— Pedi à Lurdinha, uma amiga minha que tem o corpo muito parecido com o seu, para trazer uma roupa para você. Está na poltrona. Estarei nesse quarto em quinze minutos e, esteja vestida ou não, vamos almoçar — digo e saio, imediatamente.

Já no Bistrô, sentamos em uma mesa escolhida por ela, longe dos olhares curiosos das pessoas. Não ligo para o prato que é colocado à minha frente — escuto Ana e sua história, que se derrama em sofrimento.

Com Ana, descubro duas coisas muito importantes: a primeira é não fazer julgamentos das pessoas, pois cada um sabe a dor que sente e como ela se cura. Todo mundo pode estar passando por algo nesse momento e, às vezes, precisa tomar atitudes depreciativas para impedir que coisas piores ou dores maiores os aflijam. O julgamento é um dos piores venenos, principalmente, porque quando se aponta um dedo para uma pessoa, outros tantos estão voltados para si. Aprendi também, com a luta de Guilherme, o filho dela, o quanto a vida é breve, um verdadeiro sopro na poeira do tempo. A importância de buscar o amor e a felicidade nos momentos mais simples e mais acessíveis. O tempo para viver e ser feliz é hoje.

Ao voltar do banheiro, enquanto repenso sobre os últimos acontecimentos, vejo Dona Ana Flor, a mãe de Lírio, descer as escadas do andar de cima do restaurante, acompanhada da Dona Magna, a dona do salão de beleza onde corto meu cabelo. Elas vêm na direção da nossa mesa.

— Boa tarde, Heitor!

— Como vai, Dona Ana Flor?

— Muito bem, meu filho. E a faculdade?

— Quase no fim.

— Pensei que estaria almoçando com seus pais e com Alice...

— Reservei o dia de hoje para uma pessoa muito especial. — Dona Ana Flor volta seu olhar para a mesa e encontra Ana, quase em pânico pela presença da senhora de um dos homens mais ricos da região.

— Vejo bem! — diz e sorri. — Essa moça bonita é sua namorada?

— Só uma amiga querida.

— Tudo bem, querida? — a gentileza da mãe de Lírio é direcionada a Ana, que apenas levanta o olhar e sorri, sem conseguir dizer uma palavra. — Prazer em conhecer você.

— Leve um abraço para minha mãe.

— Certamente, filho. Mas apareça mais vezes. E, quando estiver na fazenda, vá me visitar. Lírio sempre pergunta por você...

Pronto! O único nome que eu não preciso ouvir foi lindamente proferido. Despeço-me das senhoras e volto a me sentar, de frente para Ana, que ainda está trêmula, assustada.

— O que foi Ana? Acha que a Dona Ana Flor sabe sobre você? Posso garantir que, se soubesse, ainda assim trataria você com a mesma gentileza. Ela é uma pessoa maravilhosa! Eu a conheço desde moleque.

— Não é isso. Apenas acho esse mundo pequeno demais...

— Não entendi.

— Não tem que entender. A vida é como é e ponto final. Parece que o destino sempre se encarrega de mandar seu recado e me mostrar qual é o meu verdadeiro lugar.

— E onde é o seu lugar?

— Certamente não é aqui.

— Você está linda.

— Obrigada por ser tão cavalheiro. Nem em cem anos poderei agradecer esse fim de semana de sonho que você está me proporcionando.

— Um fim de semana simples, mas com muito sentimento, para uma princesa.

— Obrigada, Heitor. Você não tem noção de como seu gesto me salvou. Obrigada por trazer o seu céu azul para a minha alma negra. Tudo isso é muito significativo.

— Quisera eu poder fazer mais.

— Você já fez tanto!

— Estou pensando em um meio de você sair disso, Ana. Isso não é vida. Hoje foi uma surra, amanhã será o quê? Você não merece passar por isso. Nenhuma mulher merece.

•••

— Alô! Giliane?

— Sim.

— É Heitor Domingos, minha flor.

— Oi, peão! Em que posso ajudar? Não vai me dizer que já quer repetir as peripécias da última sexta-feira? — ouço sua risada, quase infantil.

— Gi, se lembra de quando me falou sobre viver uma vida vazia, sem significado, sem conquistas, sem grandes atos?

— Lembro-me perfeitamente.

— Acho que posso saber de algo que acrescentará um grande feito à sua biografia.

— Estou escutando, peão!

Passo os últimos minutos falando de Guilherme e Ana. Ela fica consternada com o sofrimento dessa pequena família e quer ajudar. Gi e seu marido, o Sr. Ricardo, são criadores de cavalos Mangalarga Marchador, donos de alguns dos animais mais premiados e caros da região. Depois de nossa converasa, Giliane decide presentear Ana com um dos animais reprodutores da fazenda. Esse animal renderá uma grana boa, para que ela possa sair dessa vida de sofrimento e cuidar do filho, aproveitando ao máximo os últimos momentos da criança.

É tempo de amor, definitivamente. Principalmente quando posso acalentar o coração materno de uma mulher ferida.

Gi não perde tempo e chama o tabelião para lavrar o registro naquele instante, me mandando os documentos em seguida. Só ela para conseguir lavrar um documento em pleno domingo! Encarrego Lurdinha de levar as boas-novas! Escrevo uma carta, não somente para informar sobre o presente, mas para agradecer a oportunidade de fazer a diferença, de voltar a crer no amor, a crer na bondade e nas pessoas.

Há muito tempo uma mulher não passa pela minha vida sem que eu a conheça através do sexo. Às vezes, conquistamos mais intimidade com cuidados e carinho do que com uma louca noite de tesão. Penetrar a alma é mais profundo, prazeroso e inesquecível do que penetrar um corpo. Agora, tenho certeza disso.

Ana levou uma parte linda de mim. E deixou um presente inestimável. A capacidade que eu precisava para enxergar o amor e o aceitar em minha vida novamente.

Nenhuma pessoa entra em nossa vida por acaso. Nem tudo está perdido nesse mundo fodido.

15

GILIANE

ESCOLHO A MELHOR CAMISOLA. Não muito decotada, mas não tampada demais. Não curta a ponto de mostrar tudo, mas curta o bastante para instigar a imaginação. Enfim, no ponto, para que Heitor me deseje e ainda queira ver o que está debaixo do tecido fino. Sei usar as armas que tenho para seduzir um homem e meus seios e pernas estão, indiscutivelmente, entre elas.

— Pronta? — Ricardo pergunta, entrando pela porta. — Nossa, que delícia, mulher!

Sorrio. Ricardo parece estar ainda mais animado do que eu.

— Quase. Só calçar as botas.

— Certo, te encontro lá embaixo. — Ele me beija, deixando claro o tesão que está sentindo, apenas pela possibilidade do que pretendemos.

Coloco um hobby de seda leve por cima da camisola e desço. Ricardo está na beira da escada, me esperando.

— Você está maravilhosa, querida! Venha, vamos interceptar nosso convidado — diz Ricardo. Dou o braço ao meu marido e seguimos para o estábulo. Penso em como chegamos até aqui. Heitor começou a trabalhar na fazenda, prestando serviço semanal de melhoramento genético na nossa criação há exatos dois meses. Desde então, temos feito um jogo delicioso. Seus olhares não passaram despercebidos — nem a mim, nem a Ricardo. E meus olhares, tampouco. Sempre que ele está por aqui, dou um jeito de participar do processo e meu marido sabe muito bem que não sou disso.

Minha vida, apesar do casamento maravilhoso, é monótona e vazia. Nada que traga fortes emoções. Ricardo e eu estamos casados há dez anos e não temos filhos. Desistimos de tentar quando nem o tratamento mais caro deu certo. E, por mais que nos amemos muito e nos demos tão bem, sentimos que falta alguma coisa para nos preencher. Falta alguma coisa para me preencher. E eu, sinceramente, não sei como fazer isso. Ou não sabia... Até a chegada de Heitor.

Logo nas baias, já posso vê-lo. Impressionante como leva seu trabalho a sério e não atrasa. Essa seriedade é o que me encanta e me dá medo. Será que Heitor é capaz de se esquecer do lado profissional, apenas por alguns instantes, para entrar em uma aventura quente e desmedida?

— Espere aqui, querida. Quando eu der o sinal, você entra.

— Tudo bem.

Ricardo vai até Heitor, fazendo sua festa costumeira.

— Bom dia, Heitor! Vejo que já está no batente.

— Sr. Ricardo, bom dia. Combinamos às seis, não foi?

— Sim, meu jovem e, como sempre, você está no horário.

— Claro, Sr. Ricardo, sabe que levo meu trabalho muito a sério.

— Sei sim, Heitor... Venho reparando no seu trabalho durante esses dois meses aqui na fazenda. Não tenho a mínima queixa a fazer. Pelo contrário, por ser tão jovem e, ainda um formando, você tem se saído melhor do que muitos profissionais que já estão há anos no mercado.

— Obrigado, senhor, esse reconhecimento é o que mais vale a pena, depois do bem-estar dos animais.

— Certo... Sendo assim, eu gostaria de presenteá-lo, Heitor, pelos ótimos serviços prestados.

— Imagina, Sr. Ricardo, já sou pago pela universidade. Estou apenas cumprindo meu papel. Não tem necessidade disso.

— Não é uma questão de necessidade, Heitor. Eu quero. Isso basta. E, para que você compreenda o quão grato e orgulhoso estou do seu trabalho, escolhi um presente especial. O bem mais precioso que tenho. Por favor, querida, venha até aqui.

Ao ouvir o comando do meu marido, entro pelo corredor do estábulo. Heitor fica atordoado, deixando cair o instrumento de metal que segura nas mãos e que, até hoje, não sei o nome. O barulho é estrondoso, fazendo um dos cavalos dar um relincho agudo.

— Mas o que é isso? — ele pergunta, nitidamente assustado.

— Isso, Heitor, é minha oferta a você. Minha puro-sangue premiada. A mulher mais bonita e mais desejada da região é a minha, você sabe disso. E, hoje, estou oferecendo o corpo dela a você, para que se deleite.

Heitor me encara e eu dou um sorriso safado, para que ele entenda que está tudo bem. Eu quero, meu marido quer e, no fundo, ele quer ainda mais.

— Sr. Ricardo, eu sou um profissional. Jamais faria isso em horário de expediente! E não me meto com mulher casada e, muito menos, com mulher de patrão!

— Pois, Heitor, a partir de hoje, seu horário de expediente passa a ser a partir das oito horas. Então, nesse exato momento, não é seu expediente. E, sobre ser minha mulher, eu estou oferecendo ela a você. Ela quer você e eu quero satisfazê-la. Adoro assistir a minha mulher recebendo prazer.

— Assistir?

— Sim, assistir. Eu não irei participar. Gosto apenas de ver.

— Senhor do céu, isso é loucura... — Heitor sussurra, passando a mão pelo rosto, consternado.

Está na hora de intervir. É o momento de usar de sedução feminina, afinal. Vou caminhando até Heitor, abrindo o hobby, que deixo cair pelos ombros. Aproximo meu corpo ao máximo das costas dele, sem encostar.

— Você não me deseja, Heitor?

Ele se assusta com minha proximidade e se vira. Ao me ver, apenas de camisola, lambe os lábios demoradamente. Desejo. Puro e latente.

— Não é isso, Dona Giliane...

— Dona não. Apenas Giliane. Dono é meu marido. Meu dono. E, como proprietário de mim, ele tem o direito de fazer o que quiser. Inclusive, me emprestar a você — digo, erguendo seu queixo, para que nossos olhos se encontrem. — Eu quero você, Heitor. Quero sentir o peso das suas mãos, o estalar do seu chicote... Quero você dentro de mim, me fodendo como um animal. E você sabe o que dizem: água, assento e uma boa foda não se nega a ninguém.

Dito isso, encosto meus seios no peito dele. Ele olha para o meu marido, que faz um sinal afirmativo com a cabeça, em consentimento. Heitor me agarra pela cintura, me empurrando contra a madeira da baia em frente a nós.

— Vocês dois têm certeza de que querem isso? Porque, depois que eu começar, não sei se serei capaz de parar.

— Pois não pare, até que essa mulher relinche como uma égua no cio — Ricardo diz.

E Heitor me toma e me joga por cima do ombro, me levando para dentro da única baia vazia. Ele me coloca de pé, em frente a ele e, quando encontro seus olhos, não vejo mais o rapaz assustado: vejo um predador, uma fera, querendo muito mais de mim. Minha calcinha se molha, só com o peso desse olhar.

— Espere aqui. Vou buscar algumas coisas.

•••

Estou amarrada, com os braços acima do corpo, por cordas presas a um gancho no teto. Heitor fez meu marido me preparar. Ricardo tirou minhas roupas, peça por peça. Agora estou de pé, esticada, nua e imobilizada, à mercê de Heitor, que me rodeia, como um predador faminto. Excitação não descreve o que estou sentindo agora. Estou quase gozando, só pela expectativa. Procuro os olhos do meu marido, que se comunica comigo silenciosamente, dizendo o quanto está gostando de me ver assim.

Heitor me mostra um chicote de cabo longo, fino, com apenas uma tira comprida, de couro. Dou uma risada debochada com aquela imagem, sabendo o que poderia acontecer.

— Acha que isso vai fazer algum estrago, peão?

Ele me rodeia e vai para as minhas costas.

— Acha que não, Giliane?

— Claro que não. Aguento muito mais que iss... Ai!

Sinto a lambida do chicote de Heitor nas minhas costas e me assusto. Sua mão é muito mais pesada do que eu imaginava. Umedeço ainda mais entre as pernas, quando ouço a voz de Ricardo:

— É bem disso que ela gosta.

Mais uma, mais uma, mais uma e conto, ao todo, doze chicotadas.

— Está fraco para você, madame? — Heitor pergunta, com uma voz rouca que me faz enlouquecer.

Sorrio, com os olhos vidrados.

— Fraco, não... Pouco.

— Quer mais?

— Muito mais.

E minha pele começa a ser lambida, chicotada depois de chicotada, pelas mãos de Heitor. Em alguns minutos, minhas costas, minha bunda e, até mesmo atrás das minhas coxas, tudo queima como fogo. Começo a sentir meu corpo estremecer com uma sensação indescritível, um prazer único e que só consigo obter a partir da dor. E gozo, urrando, tentando manter as pernas firmes e o corpo no lugar.

Abro os olhos e vejo Heitor sorrindo, na minha frente.

— Não pense que terminamos, Giliane. Você queria ser levada aos extremos... Pois será.

Heitor pega mais um jogo de cordas, que começa a amarrar pelo meu quadril, circulando minhas coxas, separadamente e descendo pelas pernas, até terminar nas panturrilhas.

— Preciso de ajuda — ele diz, olhando para Ricardo, que se aproxima. — Segure sua mulher no colo, deitada, por favor.

Ricardo me pega no colo e passo os braços ao redor de seu pescoço. Ele me dá um beijo doce e sensual. Entendo que está me preparando para o que há de vir, com todo seu amor e cuidado por mim. Amo tanto esse homem, que meu coração transborda nessa dança feita por nossas línguas, resguardada pelo nosso abraço. Meu marido é tudo para mim, tudo.

De repente, sinto um tranco na perna direita e Ricardo absorve meu grito de susto, que não sai, me beijando de forma ainda mais ardente. Quando sinto o tranco na segunda perna, estou tão perdida nesse momento delicioso que mal percebo, até ouvir a voz de Heitor:

— Pode soltá-la.

Ricardo me solta e, quando prendo a respiração, achando que vou cair, fico suspensa no ar. Olho para cima, com o coração disparado e vejo minhas pernas amarradas, abertas, suspensas e presas, cada uma, em um gancho no teto.

— Meu Deus! — sussurro, encharcada com a expectativa.

E sinto o primeiro estalar de chicote, na barriga. Meus sentidos todos se apuram.

— Muito forte? — Heitor pergunta a mim, com um tom de preocupação na voz.

— Não. Só é diferente, por estar pendurada.

— Qualquer coisa, me avise que eu paro. Terei de ser rápido aqui, para não prender sua circulação com as cordas. Então, jogue a cabeça para trás, feche os olhos e aproveite.

E, mais uma vez, minha pele é varrida pelo chicote. Pescoço, barriga, seios, boceta, coxas, sem um segundo de descanso, sem um instante de clemência, chicotada em cima de chicotada, sem parar. Fecho os olhos e me sinto entrando em êxtase novamente, quase sem conseguir sentir meu próprio corpo. Sou apenas sensações, um misto de sensações dolorosamente deliciosas e intensas.

Não sei quanto tempo demoro a perceber que o som do chicote havia parado. Só noto quando sinto Heitor entrando em mim, de uma vez. Dou um grito e ele começa a me foder com força, com estocadas animalescas.

Meu corpo, em suspensão no ar, faz com que ele me penetre ainda mais fundo, como se eu fosse de encontro a ele com ainda mais força. Os sons que Heitor emite são brutais e eu não consigo emitir sequer um pio. Estou entorpecida e sendo levada a uma dimensão da qual não quero mais sair.

— Até você relinchar como uma égua no cio, gostosa. A ordem foi essa. Vamos! Quero ouvir você — Heitor ordena, me comendo como um bicho, ainda mais forte, pesado e voraz.

E eu grito. Grito como se não houvesse mais ninguém por perto. Grito como se não houvesse amanhã. Grito de prazer, de desejo, de dor, de felicidade... Lágrimas escorrem pelo meu rosto, lágrimas libertadoras. Por me sentir plena e preenchida. Por estar completa.

•••

Hoje, faz um mês que Ricardo, Heitor e eu começamos nossas brincadeirinhas semanais. Cada semana é uma surpresa, um desafio e, meu marido e eu, muitas vezes nos juntamos para encontrar maneiras de surpreender Heitor. Ele ainda se mostra um pouco arredio e indeciso sobre nossos joguinhos, apesar de estar mais solto a cada encontro. Isso é torturante e delicioso, pois temos de inventar sempre formas diferentes de não deixá-lo desistir.

A vida está mais divertida, sem dúvida. Tanto com Heitor, quanto com Ricardo. Meu marido me fode feito um touro na cama, para reafirmar sua posse sobre mim, antes de me entregar a outro. Sinto-me mais plena e preenchida a cada dia. Quase que totalmente. Quase...

Ainda falta algo. Algo maior. Algo mais profundo. Algo, que nada tem a ver com sexo. Fazer a diferença na vida de alguém, é disso que eu preciso. Na última sexta, conversei sobre isso por horas com meu marido e Heitor... Eles até tentaram dar ideias, mas nada que tenha realmente mexido com meu coração.

Estou tão absorta no meu vazio, que quase não ouço o telefone de casa tocando.

— Alô! Giliane?

— Sim.

— É Heitor Domingos, minha flor.

— Oi, peão! Em que posso ajudar? Não vai me dizer que já quer repetir as peripécias da última sexta-feira? — e dou uma gargalhada.

— Gi, se lembra de quando me falou sobre viver uma vida vazia, sem significado, sem conquistas, sem grandes atos?

— Lembro-me perfeitamente.

— Acho que posso saber de algo que acrescentará um grande feito à sua biografia.

— Estou escutando, peão!

Mal sabia eu que o momento da minha redenção havia chegado.

É tempo de amor, definitivamente.

16

HEITOR

— **BOM DIA, HEITOR!** Vejo que já está no batente.

— Sr. Ricardo, bom dia. Combinamos às seis, não foi?

— Sim, meu jovem e, como sempre, você está no horário.

— Claro, Sr. Ricardo, sabe que levo meu trabalho muito sério.

— Sei sim, Heitor... Venho reparando no seu trabalho durante esses dois meses aqui em nossa fazenda. Não tenho a mínima queixa a fazer do seu trabalho. Pelo contrário, por ser tão jovem e, ainda formando, você tem me saído melhor do que muitos profissionais que já estão há anos no mercado.

— Obrigado, senhor, esse reconhecimento é o que mais vale a pena, depois do bem-estar dos animais.

— Certo... Sendo assim, eu gostaria de presenteá-lo, Heitor, pelos ótimos serviços prestados.

— Imagina, Sr. Ricardo, já sou pago pela universidade. Estou apenas cumprindo meu papel. Não tem necessidade disso.

— Não é uma questão de necessidade, Heitor. Eu quero. Isso basta. E, para que você compreenda o quão grato e orgulhoso estou do seu trabalho, escolhi um presente especial. O bem mais precioso que tenho. Por favor, querida, venha até aqui.

Giliane entra no estábulo, como se fosse o mostruário de uma loja dedicada ao prazer. Seu corpo, extremamente magro, envolto apenas por um hobby de seda muito fino, sob a meia luz do início da manhã, não é vulgar e faria qualquer santo descer do altar e cometer o pecado da luxúria... E da gula. Dá fome só de olhar! Fome de devorar uma mulher intensa e livre de pudores.

Não! Como posso ter esses pensamentos? Vai contra tudo o que acredito, contra tudo que meus pais me ensinaram. Respeitar o matrimônio...

Fico atônito por um momento, sem entender o que ele quer dizer exatamente. Sinto, pela primeira vez em muito tempo, a atitude certa desaparecer da minha mente.

A insistência recomeça... Vejo muita coisa naqueles olhos. O Sr. Ricardo sempre fala com adoração de sua esposa. Não posso imaginar que eles vivem uma vida menos que ideal. Mas fico surpreso ao constatar que ele sente prazer, genuíno e puro, ao ver outro homem fodendo sua esposa. É essa a verdade.

O marido me oferece a sua deliciosa mulher, vestida para presente, com direito a laços e dedicatória. Vacilo... Mas, quando ela se aproxima e encosta o corpo ardente em mim, esqueço todos os meus princípios e parto para cima, sem me preocupar com mais nada.

Para a maioria dos homens, saber que a mulher está na cama de outro é a pior situação que um relacionamento pode enfrentar. Porém, para o Sr. Ricardo, isso é apenas um fetiche que, de certo, apimenta a relação.

E fetiche sempre é saudável, quando faz parte das brincadeiras de um casal e das fantasias que ambos têm, sem ultrapassar os limites de cada um, não é mesmo?

Enquanto amarro Giliane, para imobilizar seu corpo e fazer uso do meu chicote, percebo o olhar de satisfação do Sr. Ricardo ao constatar todo o prazer que estou proporcionando à sua esposa.

Parece que as regras entre os dois são bem claras e definidas. Eles sabem separar o amor do sexo, a satisfação carnal do prazer emocional. O que estamos fazendo não oferece riscos à relação, nitidamente.

Por algum motivo, volto a me sentir desconfortável, porém, quando testemunho as carícias amorosas trocadas entre os dois, alivio minha consciência e sei que Gi não se sente obrigada a fazer aquilo. Pelo contrário, ela também curte.

Um casamento sadio exige respeito mútuo, carinho, cuidados, muita compreensão e cumplicidade. Isso, a meu ver, eles parecem ter de sobra. O resto é sexo e diversão.

O conflito maior é dentro de mim, não com eles. Mas posso ignorar e esquecer, à medida que vou me excitando com a cena que se forma ao meu redor.

•••

Mais um dia de trabalho se encerrando na Fazenda Favo de Mel. Olho para os lados, tenso. Sei que vai acontecer mais uma vez... Tem sido assim há algumas semanas. Parece um círculo vicioso.

Retiro as luvas, ajeito minha camisa e coloco meu chapéu novamente. Abro a bolsa e começo a colocar meus equipamentos dentro. Escuto passos e sei que são eles.

Nunca há muitas palavras entre nós. Apenas faço o que tenho vontade de fazer e sigo para minha casa, satisfeito e irritado.

Giliane entra no estábulo, de mãos dadas com o marido. Ele se senta em um amontoado de feno e mantém seus olhos em nós, enquanto entrelaça os dedos e brinca com os polegares.

Ela vem até mim e se esfrega como uma cadela no cio. Não consigo resistir àquela mulher.

Rasgo sua camisola, aperto seus seios e sugo um de seus mamilos. Por cima do seu ombro, confiro a reação do marido. Ele se mantém quieto, observando, e posso jurar que vejo um sorriso brotar em seus olhos.

Ricardo gosta das cordas. O jogo consiste em deixar Giliane subjugada, para que não tenha a menor condição de reagir. Ela confia em mim e sei que será prazeroso para os três.

Decido jogar com a dor. Então, começo meu tear... A amarração é lenta e torturante. Com um gesto de cabeça, convido o Sr. Ricardo para participar. Quero que eles se beijem e troquem carícias.

A suspensão é feita pelos braços e pelos ombros. Dessa vez, ela será suspensa quase de pé e bem aberta, para mim. Gosto que os seios fiquem projetados, por isso, os amarro também. As cordas que transpassam suas pernas pressionam o clitóris. Ela geme.

Sou cuidadoso, jamais permitiria que acontecesse qualquer tipo de dano físico a qualquer mulher.

— Bate forte que ela gosta — o Sr. Ricardo diz.

Algumas pessoas gostam da dor, simplesmente porque sentem prazer em uma sensação mais intensa na pele. Outras gostam de testar e superar os próprios limites. Descobri, quase que por acidente, que gosto de conter uma mulher e provocar dor e controle durante o sexo.

Antes de voltar para São João del-Rei, trabalhei como peão em uma fazenda no sul de Minas Gerais. Lá eu conheci Elaine, uma das moças que cuidava da casa dos patrões. Ela era arisca, desajustada e se oferecia para mim descaradamente. Um dia, cedi às suas investidas e a levei para a minha cama, ou melhor, para o estábulo da fazenda.

O sexo começou da forma mais normal possível. Até que a mulher enlouqueceu. Subiu em mim, me deu um tapa no rosto e tentou prender meus braços acima da minha cabeça, enquanto montava feito uma égua indomável em cima de mim.

Posso jurar que, naquele momento, eu entendi bem o que os animais selvagens sentem ao serem provocados. A expressão é "sangue nos olhos"... Vi tudo vermelho e bufei. Retomei minha posição inicial, por cima dela, e segurei seus punhos, enquanto ela se debatia como uma leoa.

Elaine conseguiu elevar minha masculinidade a níveis incontroláveis. Quanto mais ela se remexia, mais eu sentia vontade e prazer em conter. Foi, então, que vi as cordas... Peguei uma por instinto, segurei os braços dela para trás e os amarrei pelos punhos e cotovelos. Minha excitação ficava cada vez maior com aquele jogo.

Ela não se contentou... No fundo, ela queria mais. Queria testar os limites da minha tolerância. Eu comia Elaine de quatro, com muita força, segurava a corda e puxava seus braços, fazendo com que ela ficasse exatamente na posição que mais me agradava.

Finalmente, a danada começou a gritar: "Bate em mim se você for homem! Bate forte! Marca minha pele, peão! Arrebenta! Pode me foder feito um cavalo bravo! Mostra pra mim que você é macho de verdade!"

Abri a minha mão e meti a palma em sua bunda, sem pensar, com toda a raiva, com toda a fúria. Ela continuava a rir, zombando, dizendo que estava fraco. Não me contive, peguei meu chicote de adestramento e a surrei até que ela me pediu arrego. Sua pele já passava, e muito, da cor-de-rosa...

Foi a primeira vez que chamei uma mulher de "puta", enquanto trepava. E foi extremamente libertador! O prazer que eu senti não pode ser descrito. Eu era dono da situação, rei do meu universo, domador de todo o prazer. E não estava disposto a abrir mão disso, nunca mais.

Daquele dia em diante, entendi o quanto gosto de domar uma mulher e levá-la ao limite de suas forças. Tudo, claro, dentro de uma linha de consenso, focando sempre o nosso prazer.

Descobri que eu não precisava mais encontrar o amor, para ter prazer. Eu só precisava dominar a situação. E, como o amor havia escapado de mim, a descoberta das sensações indefiníveis do uso das cordas e do chicote substituiu todo o resto.

Com o passar do tempo, fui aprimorando minha própria técnica, da forma que melhor me convinha.

Não faço disso uma regra intransponível, também sinto prazer mesmo com um sexo suave e bem tradicional. Intensidade demais todos os dias cansa. Mas, quando sei que a mulher vai se soltar, se entregar e entrar no meu jogo, sem culpas e sem sofrimento, me satisfaço ainda mais.

É como a minha relação com Lurdinha. Eu digo "ajoelhe-se" e ela apenas obedece. Não porque eu a intimido ou a obrigo, mas porque é assim que ela gosta e eu também. É uma coisa natural.

Volto minha atenção para Giliane. Ela gosta de apanhar, eu gosto de bater e o marido dela gosta de assistir. Parece que tudo se encaixa perfeitamente, cada qual no seu papel.

Trouxe meu brinquedinho favorito. Um chicote de cabo longo, fino, com apenas uma tira de couro comprida. Quando ele se enrola no corpo de uma mulher, juro que tenho a sensação lúdica de que ele está em chamas. O som seco e intenso me enlouquece. Usei com ela na primeira vez e vou usar de novo.

— De novo esse chicotinho, peão? — Giliane resmunga.

Ela até tenta me afrontar, mas, quando o chicote lambe seu corpo, a dor supera sua petulância, como sempre.

Encaro o ato de chicotear como uma forma alternativa e prazerosa de tocar uma mulher. É uma extensão do meu toque. Pode ser encarado como um forte estímulo de prazer.

Sei que o meu chicote morde a pele suave e alva de Giliane, provocando um ardido. A sensação é uma mistura de um arranhão com um tapa. Sempre começo devagar e vou aumentando, até terminar intensamente. Vou do gentil ao mais duro, e volto à delicadeza novamente. É como o movimento do mar, que oscila o tempo todo.

Troco as chicotadas por estocadas animalescas. Gi urra de prazer e eu me perco totalmente no meu clímax... O senhor Ricardo está abandonado em seu próprio regalo. Então, entendo que a satisfação que se tira do sexo não é apenas em função do número de orgasmos. Ela está conectada a muito mais, como ao desejo do outro, ao charme da sedução, à intensidade das sensações experimentadas, mesmo que nos braços de outro alguém, provando que, sendo de comum acordo, vale vivenciar uma certa liberdade aprazível, muito acima da exclusividade sexual.

•••

Entro na caminhonete e tudo que pensei até então se transforma em uma grande borra mental. A culpa bate forte e posso escutar nitidamente as palavras dos meus pais sobre o respeito ao casamento. Tento enterrar os preceitos em meu inconsciente...

O celular toca.

— Fala — digo, seco e ríspido.

— O que aconteceu para você estar irritado? — a voz doce e calmante da minha loirinha irrompe as margens da minha fúria e sou trazido para meu lugar de conforto outra vez.

— Nada, amor! Diga, está tudo bem com você? — É Lurdinha, me colocando no curso normal da vida, como sempre.

17

LURDINHA

— **NÃO, AINDA NÃO CONHECIA O RESORT**. Maravilhoso mesmo! Você vem sempre?

— Vinha sempre, antigamente... De uns meses para cá, muita coisa mudou. Comecei a trabalhar em um projeto social, fora dos horários de aula da faculdade, então, quase não tenho tempo.

Levanto os óculos de sol, olhando para ela, assustada.

— Sério, Thay? Você? Não acredito!

Thayana dá de ombros, sorrindo.

— Às vezes, nem eu acredito. É um projeto de cuidados para mulheres, vítimas de violência doméstica. Como troquei meu curso para Psicologia, descobri esse projeto e me apaixonei.

— Quem diria... E Caio, o que acha disso?

— Se ele acha alguma coisa, não é da minha conta, já que não estamos mais juntos.

— Mentira! Você e o Sr. Perfeito terminaram?

— Faz parte do processo de mudança — ela diz, dando de ombros mais uma vez.

— E a que ou a quem se deve essa mudança toda? — pergunto, mostrando um sorriso malicioso.

Thayana sorri. E que sorriso lindo ela tem! Acho que é o primeiro sorriso verdadeiramente sincero que vejo nesse rosto. É impressionante como a mudança, quando começa de dentro, se reflete do lado de fora. Thay é outra pessoa!

— Fui atropelada por um trator. Ou dois. — E retribui meu sorriso, com outro ainda mais maldoso.

Dou uma gargalhada, me ajeitando novamente na espreguiçadeira.

— Entendo muito bem, amiga. Muito bem.

•••

— Bom dia, amor! Por que não me acordou? — ouço a voz de Heitor e uma sombra cobre meu sol. Abro os olhos e ele está de pé, parado à minha frente, com as mãos na cintura.

— Bom dia, meu peão gostoso! Você estava dormindo tão pesado, que fiquei com pena de acordar você. Queria vir aproveitar a piscina logo cedo. Estava até agora conversando com uma amiga que encontrei aqui, mas ela começou a sentir a pele arder e foi tomar banho.

Heitor varre meu corpo com os olhos, da cabeça aos pés. Dou um meio sorriso.

— Gosta do que vê, peão?

— O que eu vejo é que você vai pegar uma insolação, se não sair do sol. Passou protetor?

— Não, nem vou. Quero me bronzear.

— Lurdinha, passe protetor agora. Não seja irresponsável.

— Eu nem trouxe protetor, Heitor. Não seja tão certinho sempre. Que saco! — respondi.

— Eu tenho protetor, vou pegar lá no quarto — ele diz, se virando para ir em direção ao hotel.

Eu me levanto, indignada.

— Não, Heitor! Droga! Eu disse que não quero e não vou passar. Me deixa! Já disse mil vezes que você não é meu pai, caralho!

De repente, ele se vira. Conheço esse olhar e conheço muito bem essa presença. Meu Heitor dominante acaba de aparecer. Delíciaaaa! Rebeldia quase sempre funciona para despertar esse touro bravo.

Heitor vem na minha direção com passos firmes e o maxilar rígido, me pega no colo e me joga por cima do ombro.

— Me solta, Heitor. Isso é ridículo! — grito, segurando o riso.

Ele não responde. Quando está assim, ele nunca responde. E o silêncio só aumenta minhas expectativas.

•••

— Ajoelhe-se, Lurdinha.

Ouço sua voz grave e, pela intimidade absurda que temos, sei bem como esse momento será. Vou ser deliciosamente castigada. Vamos jogar. E eu adoro isso.

Eu me ajoelho na frente de Heitor, de cabeça baixa e com um sorriso safado nos lábios.

— Você é uma menina impossível, sabe disso, não sabe?

Sorrio. Aaah, sei. Sou impossível para que você se entregue para mim do jeito que eu gosto, peão gostoso.

— Você acha? — pergunto, com uma voz irritantemente inocente.

— Você não acha?

— Não... Sou muito fácil de lidar. É só saber me agradar, que a pessoa tira tudo de mim — digo, levantando o rosto para ele, de modo petulante. Ainda ajoelhada, me sinto da mesma altura de Heitor. Nada e nem ninguém é capaz de me humilhar. Heitor não seria capaz disso, sei bem, mas ainda que fosse, não conseguiria. Sou muito mais eu. Sempre.

— Tudo? — ele pergunta já sabendo a resposta, exibindo um doce sorriso malandro.

— Absolutamente tudo — respondo, séria, encarando seus olhos.

— Pois, então, tire esse biquíni, agora. Não de qualquer jeito, quero que tire para mim. Especialmente para mim.

Sorrio e me levanto devagar. Heitor vai andando até a beirada da cama, onde senta para me assistir. Primeiro, desamarro a canga e a deixo cair. Heitor lambe os lábios. Meu corpo sempre provoca a mesma reação nele, mesmo depois de tanto tempo de convivência. Adoooooro.

Poderosa. É o que sou, é assim como me sinto. Ele pensa que dá as ordens, mas quem conduz sempre sou eu. Até mesmo quando eu escolho me render.

Puxo o laço do sutiã sem alça e o deixo cair em seguida.

— Hmmm. — Ouço Heitor gemer e me viro de costas. — Não sei de que jeito é melhor, de frente ou de costas.

Pego nas alças da calcinha e a desço lentamente pelas pernas, empinando bem a bunda para cima. Quando chego aos pés, sinto um tapa ardido. Sou pega de surpresa. Deliciosamente.

— Não vai reclamar? — ele pergunta, me desafiando.

— Não. — Ele gosta quando me contenho, quando aceito meu castigo sem reclamar, como uma boa menina. E eu sei disso muito bem.

— Boa menina.

Dou uma gargalhada interna.

Heitor me pega pelo braço, me levando até a parede. Será que é o que estou o pensando? Aiiii, já estou dando pulinhos de tanta excitação. Esse peão me mata!

— Encoste as mãos na parede.

Açoitamentooooo. Surraaaa. Já estou esguichando de tesão. Puta merda! Apoio as mãos na parede do cômodo, abrindo bem as pernas, como se fosse ser revistada. Heitor nada diz, apenas desaparece. Sei que ele foi buscar as cordas.

Descobrimos, no decorrer do nosso relacionamento maluco, que apanhar com as cordas faz mais estrago, é mais excitante e me dá mais prazer. Heitor teve problemas em se permitir bater de verdade, por medo de me machucar demais, mas, com o passar do tempo, ele foi descobrindo meus limites e até onde pode ir, me proporcionando a medida perfeita entre dor e prazer.

E é por isso que nos damos tão bem... A convivência faz com que conheçamos cada vez mais as pessoas e, o que não nos falta, é convivência. Heitor sabe o que gosto, o que não gosto, quando estou bem, quando finjo que estou bem, quando quero algo e quando não quero... E eu o conheço na mesma medida. Por isso mesmo, sabemos exatamente como lidar um com o outro. É assim que é. Nós nos encontramos na vida, para dar conta de viver. E estamos no ponto!

Quando ele volta, já estou escorrendo.

— Por que você vai apanhar, Maria de Lourdes? — ele pergunta, com a voz grave e rouca que eu adoro.

— Porque fui desobediente.

— Você merece ser corrigida, não merece?

— Mereço.

— Vou fazer esse favor, então.

E palavras não são mais necessárias. Apenas puxo o cabelo para frente e aceito meu delicioso castigo.

Um... Dois... Três... Quatro...

Ardência... Pele ficando sensível...

Cinco... Seis... Sete... Oito...

As costas arqueiam um pouco pelo impacto da corda.

Nove... Dez... Onze... Doze...

Pinica muito, como se eu tomasse pequenas agulhadas. Sei que está acabando. Esse é o último estágio antes de ele parar, para não me ferir.

Treze... Quatorze...

Quinze.

Dor. Minhas costas latejam e pegam fogo. Muita, muita dor.

— O que você não pode fazer, Maria de Lurdes?

Respiro, ofegante. Estou quase fora de mim. Quase.

— Tomar sol sem protetor.

— Não vai mais fazer isso?

— Não vou, — e é agora, hora de aprontar! — mas, sabe, posso me esquecer quando parar de arder.

E tudo é muito rápido: Heitor vem para cima de mim, me vira e bate minhas costas na parede. Ele suspende minhas pernas e as enrola no seu quadril, me erguendo do chão. E me penetra, duro, forte, me fodendo com estocadas absurdas. A intensidade é tanta e ele me aperta tão forte que minhas pernas se soltam do seu quadril e ficam suspensas no ar, sem que eu sequer me mexa.

Despertei meu touro!

— Vamos ver se vai parar de arder, porra! — Heitor diz, enquanto me come de forma bruta, esfregando as costas machucadas na parede, queimando, queimando, queimando...

Ôoooo coisa boa que é trepar!

— Isso, meu peão, me marca, não me deixa esquecer!

Ele para e me dá um tapa no rosto, puxando meu queixo em seguida.

— Olha como fala comigo, garota!

Olho em seus olhos, de fundo sorridente. Nós nos reconhecemos de imediato. Sim, meu peão, somos nós. Nosso jogo, nossos corpos, nossas regras. Tudo nosso.

— Não entendi — digo, debochada.

Outro tapa no rosto.

— Quem manda aqui?

Sorrio e não respondo. Outro tapa no rosto.

— Responde!

Lambo os lábios com vontade e movimento um pouco o quadril, de forma bastante provocativa.

Tapa.

— Responde!

— Você, porra! Você manda, você castiga, você pune, você usa, caralho! — grito, sentindo o pau de Heitor enorme, latejando e pulsando, dentro de mim.

Quero mais, muito mais! Estou fora mim!

— Bem melhor... Agora, vou foder até você gritar, safada! — Heitor me ameaça de forma deliciosa.

•••

Heitor termina de passar a loção de calêndula por toda as minhas costas, com cuidado.

— Será que vai estar ardendo amanhã? — pergunta, preocupado.

— Espero que sim — digo, dando uma risada.

— Você não vale nada mesmo, safada! — Heitor diz. Ele ri muito, junto comigo.

— Nunca neguei!

— Verdade, sabia muito bem onde estava amarrando meu burro desde o começo, minha loira.

— E eu sabia onde amarrava minha égua, meu peão gostoso.

Ele se deita ao meu lado na cama, com um pacote enorme de batata chips e um copo duplo de refrigerante.

— Entre nós sempre foi muito simples, não é?

— E muito fácil. Mas você há de concordar comigo que eu sou uma pessoa adorável! — digo, dando outra gargalhada sonora.

— Você é terrível, Lurdinha!

Há tantos anos que já falamos a mesma língua. Realmente tudo é muito tranquilo aqui, nesse terreno conhecido e confortável. Com Heitor, me sinto em casa. Em paz. Segura. Ele é minha fuga, minha válvula de escape. Sempre.

— ... muito natural. — Ouço apenas o fim da frase de Heitor, que me desperta dos meus pensamentos.

— O quê?

— Eu disse, cabecinha de vento, que tudo sempre rolou de forma muito natural. Ou será que minha loira adorável não se lembra?

Roubo o copo da mão de Heitor, tomando um gole do refri geladinho. Sorrio. E teria como esquecer?

18

HEITOR

— **DETESTO ESSAS PORCARIAS DE PACOTINHO**, mas me deu a maior fome depois da nossa “malhação” e estou sem vontade de sair do quarto. Quero ficar aqui com você.

— Não seja tão chato e certinho! Qual o problema em comer batatinha e refrigerante?

— É que o pacote e a latinha gritam para mim: sal, gordura e açúcar desnecessários. Nada saudável. — Junto as sobrancelhas e sei que se formam linhas na minha testa. Lurdinha ri.

— Peão! Você não existe! — ela fixa seu olhar e faz um questionamento, que não é somente para mim, mas para ambos... — Por que a gente dá tão certo, mas tenho a nítida sensação de que está tudo tão errado?

— É assim que você nos vê?

— Heitor... Você e eu não é uma matemática exata.

— Por que diz isso?

— Porque vai ter sempre um terceiro elemento entre nós...

Ela fala de Lírio. Tenho certeza.

— Não acho.

— Sejamos sinceros como sempre fomos, meu peão. Esse seu coração chucro tem dona.

— E o seu coração, minha loira?

— Tá livre, livre! — E sei que a resposta é uma grande mentira.

Não há muito o que dizer. Lurdinha e eu nos dizemos tudo. Entre nós não é aquele amor arrebatador que vem de uma paixão vertiginosa. Meu amor por Lurdinha é aquele amor necessário. É mais que amizade, mais que o carnal, mas ainda não é o "para sempre".

Quando estava no colégio, li o livro "Grande Sertão: Veredas", do João Guimarães Rosa. Nele tem uma frase que explica bem Lurdinha e eu: "Qualquer amor já é um pouquinho de saúde, um descanso na loucura". É basicamente isso, já era amor antes mesmo de ser.

O mais engraçado é que sabemos que não é o amor que se espera de um casal, mas, no fundo, estamos dispostos a aceitá-lo de bom grado para manter o coração vivo e o espírito sustentado.

— Nada entre a gente é normal — digo.

Pego meu violão ao lado da cama, porque o levo comigo para onde vou. Tocar e cantar são minha forma de acalmar a dor ou espalhar felicidade. Dedilho nas cordas envelhecidas a música "Nada Normal", da dupla Victor e Leo. Aqueço as cordas vocais e canto para ela.

Comecei esse ano da minha vida acreditando que o oxigênio é o mais importante, mas ao longo dos meses entendi que a gente não vive mesmo é sem o amor. Graças a Deus eu tenho Lurdinha. Como eu queria que ela conseguisse domar meu coração...

— Essa música...

— Ainda se lembra, minha princesa? — continuo tocando as notas, sem cantar.

— Como vou me esquecer? Eu tinha 13 anos.

— E eu 17. Você era uma garota. Que loucura a nossa!

— Era fim da tarde.

— O sol caindo na linha do horizonte do rio deixava sua pele brilhante e seus cabelos loiros ainda mais dourados.

— A água da cachoeira estava bem gelada. — Ela sorri para mim de um jeito infantil.

— Uma imensidão de natureza.

— Só para nós dois.

— Você sempre foi linda. Desde que a conheci no nosso primeiro ano de escolinha, com 3 anos de idade. A menina de olhar doce e sorriso sapeca. Minha linda!

— E você já tinha esse jeito matuto, colocando ordem na bagunça. Heitor, o justo. Heitor, o digno. Heitor, o Heitor.

— Eu ainda era virgem.

— Eu também, uai, mas eu tinha só 13 anos, o que era uma vergonha no seu caso. — Lurdinha sorri novamente.

— Eu esperava a pessoa certa. Qual o problema? Homem não tem direito de ser romântico?

— E acabou tendo seu momento com a pessoa errada...

— Quem disse isso? Você sempre foi a pessoa mais certa para mim. Ainda é. Você nunca foi minha segunda opção. Eu escolhi você. Sempre tivemos essa ligação. Não sei se seria especial como foi se acontecesse com outra pessoa.

— Mesmo se fosse com "ela"?

— Mesmo. O destino se encarrega de colocar na nossa vida a pessoa certa para cada momento.

— Agora me sinto bem especial!

— E você é, minha pequena flor! Você é!

— Você tocou e cantou essa música para mim depois que aconteceu. A lua começava a surgir no céu e eu me lembro de memorizar aquele momento como o mais romântico da minha vida. Nunca mais tive outro...

— "*Te lembro e já me sinto ao seu lado, no seu mundo. Me identifico com você de um jeito tão profundo. E é tudo tão real. Mas nada normal.*" — canto mais um trecho para ela.

— Foi suave, mas arrebatador.

— Foi vergonhoso no início, não sabíamos muito bem como fazer. — Sorrio. — Eu ainda não usava minhas cordas e chicote.

— Por que estávamos sozinhos na cachoeira? Não me lembro.

— Foi no meio de uma semana em que Antônio e Lírio haviam viajado com os pais para a capital para fazer sei lá o quê....

— Ah, é! Fomos sozinhos para o rio. Você queria pescar.

— Peguei um peixão na minha rede! Ou melhor, uma sereia foi fisgada pela minha vara! — sorrio piscando para ela. Lurdinha usa uma almofada para bater em mim.

— Nada disso! Fui eu que domei um certo cavalo selvagem! — pisca de volta para mim.

— Foi tão natural!

— Como tudo entre a gente, nada foi planejado. Simplesmente aconteceu como tinha que acontecer.

— *Os nossos lábios todas as palavras nada dizem. Aos nossos olhos tudo o que já vimos foi vertigem. É tudo tão real. Mas nada normal* — canto mais um pouco.

— Confesso que tive medo.

— Eu sei, minha linda. Você tremia. E não era de frio.

— Não era frio mesmo. Eu entrei no rio para ver se reduzia o calor do meu corpo que fervia.

— Você entrou no rio... De calcinha e camiseta só.

— Até que você entrou na água e começou a me beijar. Então, minha roupa de repente sumiu. — Ela ri, exibindo para mim o seu sorriso mais divertido e espontâneo.

— Fiz muitas carícias em você... Dei muitos beijos. Se aquelas águas falassem... — Sorrio ao lembrar da sensação gostosa, do toque suave, e do cheiro agradável.

— E depois me tirou do rio.

— Sim. Estendi minhas roupas às margens, naquela pedra enorme, e deitei você por cima.

— A última coisa que me lembro de avistar foi o sol desaparecendo, todo avermelhando, lá no horizonte. Um pássaro voou sobre nós também. E então, fechei meus olhos.

— Lembra do que disse ao pé do seu ouvido?

— "Se não quiser, se doer, é só pedir que eu paro. Mas prometo ser muito cuidadoso e gentil". Foram essas as suas palavras.

— E fui. Beijei todo seu corpo antes de entrar. E quando entrei fiz isso bem devagar. Antes de me mover, deixei que se acostumasse e que a dor diminuísse.

— Lembro-me de cravar minhas unhas nos seus braços quando senti a dor mais aguda. Depois o incômodo foi passando e só senti prazer. Foi absolutamente maravilhoso!

— Foi inesquecível! E quem diria que você curtiria uma dorzinha hoje, não é, safada! — Solto uma gargalhada.

— Você se lembra do que disse antes de sair de mim?

— Eu disse: "Quando olho para você, me lembro do quanto é bom viver. Em cada pedaço de mim sempre haverá um pedaço de você". Eu sinto isso até hoje. Você me ensina dia após dia o que significa ter alguém cuidando de mim. Eu espero poder fazer o mesmo para você.

— Você faz, Heitor. Você faz.

Observo novamente o fundo dos olhos azuis de Lurdinha, verdadeiras lagoas de água cristalina onde me afogo. Beijo seus lábios e nos entregamos um ao outro mais uma vez...

•••

O Santíssimo Resort fica numa área verde de setenta e cinco mil metros quadrados. E está localizado a apenas cem metros do Largo das Forras, em Tiradentes. Ficar aqui no fim de semana tem sido uma experiência singular. Tudo graças à aposta que fiz com o Bruno sobre levar a Thay para a cama. Está certo que não foi uma atitude muito nobre, mas, pelo que me lembro, a garota gostou bem do que fizemos com ela.

É uma ótima ideia curtir esse momento com a Lurdinha, porque ela vai viajar para a capital no Natal e eu praticamente não terei tempo de escolher um presente adequado para ela, por causa da loucura que tem sido minha vida com a proximidade da formatura.

— Está pronta, princesa?

— Quase! — Lurdinha já está há pelo menos uma hora se arrumando para o jantar.

— Heitor? — grita do banheiro.

— O que foi?

— O que deu na sua cabeça para fazer essa tatuagem na virilha?

— O que tem demais? — Lá vem ela e sua curiosidade.

— Você é certinho demais para isso.

— Já faz um tempo que fiz, por que falar disso agora?

— Porque eu queria ter perguntado antes, mas só senti firmeza em fazer isso agora.

— Santo Deus! Dê dinheiro, mas não dê intimidade a uma mulher! — Sorrio. — O que mais vai querer saber depois disso?

— Por enquanto, só isso.

— É uma ferradura! Muito discreta, por sinal.

— Que é uma ferradura eu sei, porra! Quero saber o que ela significa. Sei que tem significado, você não faria por fazer...

— É meu amuleto de boa sorte.

— Achei que fosse um símbolo para atrair fortuna.

— Que seja. Que mal há em querer ter dinheiro desde que ele venha com trabalho e honestidade?

— Mas não acho que você a fez por isso...

— Ela simboliza minha jornada pela vida. A vida nem sempre é fácil. Passamos por lutas, mudanças, alegrias, tristezas... E é isso o que nos molda. Ela está aqui para me lembrar da minha jornada, para que eu jamais me esqueça de onde vim.

— Bonito significado, peão! Eu estou pensando em fazer uma tattoo, na minha cintura. Uma frase.

— Com significado?

— Certamente. Mas ainda me falta coragem. Doeu muito para fazer?

— Como toda primeira vez, doeu e sangrou, mas passou.

E ao levantar meu olhar, dou de cara com um mulherão incrível!

Lurdinha tem esse poder de se transformar de uma garota sapeca em uma mulher avassaladora. Usa um vestido preto, de couro, bastante justo e curto, com um sapato preto de salto alto. Está deslumbrante. Sinto-me bastante deslocado dentro do meu jeans, camisa branca com as mangas dobradas e meu velho chapéu. A princesa e o ogro, literalmente.

— Você está inefável!

— Inefável, peão? — Ela ri.

— Sim. Qualidade daquilo que não se pode exprimir por palavras.

— Olha só se não é Heitor, o rei do dicionário! — ela ri debochando.

— Nunca subestime o poder de sedução de um vocabulário decente!

— Amo você, loirinha desmiolada!

— Também amo você, peão! Daquele jeito bem nosso...

— Então, que seja eterno enquanto for recíproco.

— Onde vamos jantar?

— E se em vez de irmos à cidade, comermos aqui, no bistrô do resort?

— Faço isso só por você mesmo. Porque minha ideia era comer uma deliciosa polenta com queijo e costelinha de porco com ora-pro-nóbis.

— Ah, peão! Eu faço isso para você quando voltarmos para casa. Vamos de comida com frescura só hoje!

— Já disse que tudo bem.

— Prometo que vai ter caipirinha tradicional com cachaça e podemos pedir seu pudim de leite condensado de sobremesa.

— Vou comer o pudim em você, gostosa!

— Tarado!

— Safada!

•••

Quando saímos do quarto, parecia que estávamos entrando em outro local. Havia música alta e muita gente rindo, bebendo e dançando na área das piscinas. As copas das árvores estavam todas iluminadas e refletiam um tom de verde chamativo.

— O que é isso?

— Pelo visto uma festa. — Ela ri de mim.

— Pensei que teríamos uma noite tranquila... Não sabia que o hotel daria uma festa nesse fim de semana.

— Ah, se anima, Heitor! Deixa de ser velhote! Bora dançar! Deixa esse jantar formal para outro dia, eu quero mais é ser feliz! Vamos aproveitar! — Ela sai remexendo, rebolando e dançando na minha frente. Ai, ai, Lurdinha! Que delícia!

— Olha ali! — Lurdinha aponta para um furacão todo de vermelho saracoteando no meio da pista. — É Thayana!

Irreconhecível! Thay faz passos de dança enquanto o DJ toca uma música sertaneja.

— Vamos lá! — Lurdinha me puxa pelo braço.

— Vai você. Vou pegar uma bebida. Vou precisar de muito álcool para dar conta dessa noite.

— Volto já!

— Fica à vontade!

Vou até o barzinho e peço minha caipirinha, dupla. Enquanto saboreio a bebida ali mesmo, observo Lurdinha e Thayana dançando juntas como se fossem amigas de infância. Quem diria que a Barbiezinha mudaria tanto!

Duas doses depois, eu começo a sentir o calor e o efeito da cachaça, muito boa, por sinal. Mais uma música agitada botava fogo no povo. Dessa vez, "Country Girl (Shake it For Me)", do Luke Bryan. Já aprontei muito na carroceria da minha caminhonete com essa música explodindo no som. Gargalho sozinho.

— Aooow, peão!

Viro-me e vejo Thay sorrindo para mim.

— Oi, garota!

— Quanto tempo! — Ela se senta na banqueta ao lado da minha e apoia um dos braços na bancada do bar. — O que você está bebendo?

Não tive tempo nem de responder. A ex-Barbiezinha toma o copo da minha mão e leva aos lábios olhando para mim com a cara mais sem vergonha do mundo. Bebe um gole e umedece a boca com a língua. Aquele gesto reflete no meio da minha calça e eu fico bastante desajeitado, em público. Saco!

— Você está bastante diferente, Thay. — Mudo o foco da situação para evitar constrangimento.

— O tempo tem uma forma maravilhosa de nos mostrar o que realmente importa. Na verdade, no meu caso, o tempo teve a ajudinha de dois tratores que passaram por cima, sem pedir licença, levando embora tudo que era ruim...

A menina danada estava se insinuando.

— E onde está o Caio?

— Não quero mais uma pessoa que diz que me ama, mas não lembra sequer de deixar um bilhetinho de bom dia. Eu quero mais! Eu quero uma vida com cobertura e recheio! Chega de dieta! Eu quero ser feliz sendo quem sou na essência!

— Está se vingando daquele playboy? — pergunto, achando graça daquela situação.

— Vou me vingar da maneira mais cruel de todas: vou deixar para lá. Aposto que ele faz mimimi por ser ignorado! Hahaha!

— Garotas! — Reviro os olhos e caio na gargalhada.

— Então, peão! Se me lembro bem, o que tem aí dá e sobra para você partilhar entre Lurdinha e euzinha aqui! — ela diz, olhando para o meu pau, que continua superalerta dentro da minha calça. Mordo o lábio inferior e sorrio.

A música animada fazia Lurdinha rodopiar na pista chamando a atenção de todo mundo. Fico pensando nas senhoras, preocupadas com seus maridos e filhos, vendo minha menina sexy pra cacete!

Thayana me arrasta com ela. O álcool encoraja e arrisco alguns passos do "arrocha" grudado nas duas mulheres mais lindas daquele hotel. Lurdinha pisca para Thay que retribui com uma risada alta e divertida. Essa cumplicidade feminina...

É... A noite promete!

— Vai dar conta, peão? — Lurdinha provoca.

— Bem-disposto, amor! Tô sempre muito bem-disposto! — e continuo a dançar...

ENTÃO O AMOR E A AMIZADE SÃO ISSO.
NÃO PRENDEM, NÃO ESCRAVIZAM,
NÃO APERTAM, NÃO SUFOCAM.
PORQUE QUANDO VIRA NÓ,
JÁ DEIXOU DE SER UM LAÇO!

(MÁRIO QUINTANA)

EPÍLOGO

NÃO CONSEGUI FECHAR OS OLHOS a noite passada. É muita ansiedade. Esta noite finalmente me formo em Zootecnia. Fecho uma etapa.

Tomo uma ducha gelada para acalmar os nervos. Enquanto me seco, ouço o barulho da campainha. Enrolo a toalha em minha cintura e vou até a janela da sala. Do alto, avisto uma loirinha de tranças, chapéu de cowboy, vestido jeans e botas com esporas. É Lurdinha! Sei de imediato. Mando subir.

Espero no topo da escada, enquanto admiro essa menina, porque Lurdinha nunca deixou de ser aquela menina da cachoeira, que se entregou para mim... A menina que não sabe a força que tem nem o sol que irradia. Uma menina serelepe, subindo os degraus acelerada, cantarolando e carregando uma cesta.

— Bom dia, peão! — Seu sorriso irradia luz, vida e alegria dentro da minha sala. "Por que não me apaixonei por ela?" — pergunto, mentalmente. Mas quem é que manda no coração?

— Oi, amor! — puxo seus cabelos e beijo seus lábios. — Trouxe a cesta de doces para o lobo mau, Chapeuzinho Vermelho? — brinco.

— Vim tomar café com o peão mais gostoso do Brasil! O meu peão delícia! — ela diz.

Lurdinha é a pimenta em pessoa, em tudo na vida. Ligada nos 220 volts. E, enquanto ela arruma a mesa do café, colocamos as trivialidades da vida e os planos para o fim do ano em dia.

— Ah! Já ia me esquecendo! — Pega um papel no bolso do vestido e me entrega. — Estava na sua caixa do correio quando cheguei. Parece ser da universidade.

Recebo o envelope de ofício branco, com timbre da Universidade Federal de São João del-Rei. Retiro uma folha de dentro. Um único parágrafo tira meus pés do chão, turva minha visão e me faz tremer. Sinto meus olhos marejando... Estava assinado pela reitora, o vice-reitor, as professoras — que são, respectivamente, coordenadora e vice-coordenadora do meu curso — e o professor que auxiliei no laboratório de pesquisas por todos esses anos acadêmicos.

— Vai me dizer o que está escrito aí ou não, hein, peão?

— Você nem imagina, Lurdinha! — Sei que meu sorriso domina meu rosto, de canto a canto.

— Não imagino mesmo, porque não sou vidente. Fala logo, peão! Estou ficando ansiosa aqui.

— A universidade me parabeniza por eu ter conquistado a vaga na pós-graduação. Fechei a prova com nota máxima! E, o mais importante, me oferece a vaga permanente no laboratório de pesquisa só que, dessa vez, como coordenador. É para trabalhar com o que amo, ao lado do professor, que eu tanto admiro, recebendo um salário muito bom! — conto para Lurdinha

E choro. Choro feito criança. Nunca imaginei que tudo se encaminharia tão bem, tão certo... Lurdinha corre e me abraça, pulando no meu colo e me enchendo de beijos por todo o rosto. Logo estou sorrindo e gargalhando com ela.

— Preciso contar para os meus pais e para Alice.

— O que está esperando? Liga logo para a dona Helena e o Sr. Joaquim e diz para a pequena Alice que eu mando um beijo. Ela também é minha irmãzinha de coração.

Faço a ligação, controlo meu impulso para não emocionar demais minha mãe, que está passando por um problema de saúde muito sério. A felicidade dos meus pais com a notícia é sentida a distância!

Retorno e encontro Lurdinha à minha espera, com um café maravilhoso à mesa.

— Ano que vem eu terei que fazer um café assim, no dia da formatura da minha professorinha preferida?

— Não sou professora ainda. Quer dizer, só o magistério que eu fiz em paralelo com ensino médio ainda é pouco. — Ela revira os olhos, fingindo desgosto.

— É professora, sim. Primeiro, porque essa é uma profissão de alma: você nasce para lecionar ou a coisa não funciona. Além disso, você trabalha como monitora naquela escolinha desde adolescente. E, agora, já tem sua própria turminha de alunos. Sua formatura como pedagoga será em apenas um ano. Isso é bem pouco tempo e, para mim, já conta — argumentei com Lurdinha.

— Agora que você vai ser peão rico, vai mudar aqui desse sobradinho, talvez ir para uma casa mais moderna?

— Ficou doida? Eu adoro isso aqui! Sempre foi meu sonho alugar esse lugar, desde que eu vivia naquela república. Daqui, só saio no dia em que eu puder comprar meu pedacinho de terra, na roça...

Tomamos o café sem pressa e combinamos que ela iria me acompanhar no baile de formatura de sábado à noite. Hoje tem apenas a missa e a colação de grau.

— Serei o cara mais invejado daquele salão de festas.

— Ah, mas será mesmo, peão! Irei com um vestido matador e já marquei salão para dar um trato nos cabelos.

— E quem disse que você precisa de artifícios para ficar bonita? Você nasceu linda, meu anjo! — dou aquela piscadinha sexy para ela.

— Casa comigo, peão? — pergunta com aquele seu jeitinho serelepe, fazendo um biquinho delicioso com os lábios.

— Parece que isso é inevitável, não acha? Mas terá a hora certa.

Lurdinha fica pálida feito papel. Por um instante penso que ela vai cair dura na minha frente. Até seus lábios, tão rosados, perdem a cor. Assustada com minha resposta, fica sem reação pela primeira vez na vida, desde que a conheço.

— É só uma brincadeira, Heitor — usa um tom sério, onde um toque de incredulidade toma conta da emoção.

— Mas eu falo sério. Porém, está aí um assunto que só voltaremos a abordar daqui dez anos ou mais. — Caio na gargalhada, levando minha menina junto comigo.

Não falamos mais sobre o assunto, fica subentendido que cada um vive a sua vida como foi até agora e, lá na frente, se o destino permitir, ficaremos juntos, como nas histórias de princesas e sapos... Para sempre.

— Bom, só vim mesmo tomar o café. Preciso ir.

— Pensei que eu teria aquele sexo fenomenal de comemoração.

— Vai ter mais tarde, uai, se já não tiver combinado outra coisa.

— Estarei aqui, esperando por você depois da cerimônia, amor.

— E eu estarei na cerimônia, aplaudindo você com sua família.

— Combinado! Até mais e um beijo... Naquele lugarrr!

•••

Olho novamente para o espelho. Seguro a lágrima de emoção. Esperei tanto por esse dia! Por cima da calça preta e da camiseta com os nomes dos formandos, visto a beca preta. Coloco o jabour branco, a faixa e a ombrelona verdes. Na cabeça, encaixo o capelo. Sou o orador da turma, isso significa que é minha responsabilidade fazer um discurso emocionante de agradecimento e de encorajamento aos alunos porque, afinal, essa é apenas a primeira etapa.

Sinto-me ansioso e penso não ser capaz de falar tudo o que devo. A emoção toma conta de mim de forma intensa.

Por um momento, sou tomado de nostalgia e vislumbro no espelho a cena em que quatro amigos jogam água cristalina para cima dentro de um rio... Lembro-me de quando Antônio e eu conversávamos sobre como seria esse dia, como estaríamos um torcendo pelo outro. Penso em Lírio e naquele maldito beijo que eu nunca esqueci, jamais consegui substituir... Ainda sinto o sabor, a suavidade, a sensação daquele momento eternizado... Somente em mim.

Abro a gaveta da escrivaninha e coloco a merda do relógio no pulso. Presente dela, do qual simplesmente não consigo me desfazer. Ele marca mais do que as horas do meu dia. Ele me transporta, de tempos em tempos, para um momento onde fui completamente feliz.

Confiro se o papel com meu pequeno discurso está no bolso e sigo para o auditório da universidade.

Vejo sorrisos por todos os lados, dos colegas e amigos. Vejo Bruno, que finalmente recuperou suas notas e está pronto para encarar a vida profissional... Meus pais e minha irmã, que não estão se controlando de tanta emoção e felicidade, parecendo os ganhadores da Mega-Sena... Lurdinha, que se destaca em meio à multidão por sua beleza singular... As minhas tantas mulheres, que se tornaram queridas amigas: Vanessa, Rebecca, Aline, Vânia, Vivian, Gleici, Thayana, Ana, Giliane... Muitas Marias, Ivânias e Julianas... E nenhuma Lírio.

Subo ao púlpito e leio meu texto, emocionado e muito agradecido por viver este momento:

Boa noite, senhoras e senhores, autoridades presentes,
mestres, familiares e amigos, caros colegas.
Platão nos ensina que a coisa mais indispensável a um
homem é reconhecer o uso que deve fazer do seu próprio
conhecimento.
E a pergunta que faço nesse momento é: e agora?
A resposta é muito simples: é agora!
Agora, começa a etapa mais importante de nossas vidas.
É hora de nos entregarmos ao mundo, e mostrar a que
viemos e do que somos capazes.

Não foi fácil chegar até aqui, mas nós chegamos, conseguimos! Agradecemos a essa instituição de ensino, aos mestres, pais, familiares, amigos e incentivadores, que trilharam esse caminho ao nosso lado, nos apoiando, nos ensinando.

Agora, é hora de procurarmos por oportunidades, por crescimento, por impacto, por missão. É o momento de construirmos nossas habilidades, não apenas nossos currículos. Avaliar o que podemos fazer, não o cargo que nos darão.

Não podemos perder tempo. Não podemos colocar relevância somente nos prêmios que podemos conquistar. Devemos nos envolver com a vida das pessoas, para enxergarmos o mundo mais amplo, identificarmos os que precisam de ajuda e o que podemos oferecer. Precisamos nos posicionar por algo maior que nós mesmos e nossas causas próprias, porque a vida é uma recíproca de troca.

Que não tenhamos medo de cair, porque sempre poderemos nos reerguer. Todos nós tropeçamos. Se as coisas dão errado, é o jeito da vida dizer que é hora de mudar o curso e recomeçar de uma nova forma.

Honremos nosso chamado. Todos temos um. Encontraremos um trabalho que amamos e isso pode até demorar, mas não sossegaremos.

Não perderemos a fé.

Eu desejo mais que sucesso para todos nós, formandos.

Eu desejo visão e persistência, porque o futuro é maleável. Podemos construir um prédio ou uma cabana. Hoje a escolha está sendo entregue em nossas mãos.

É tempo de seguir para o que vem à frente. E lembrem-se: não existe sucesso feito por um só.

Olho para o público e vejo todas aquelas que passaram pela minha vida, emocionadas, expressando seu apoio e carinho. Observo cada uma nos olhos. Essa parte é para elas, as mulheres do meu mundo que, para mim, representam as mulheres desse mundão inteiro.

Para concluir, não posso deixar de dar meu apoio ao empoderamento feminino, principalmente em um mundo tão machista: precisamos mudar a cultura de que é a mulher quem cuida da casa e dos filhos, a não ser que essa seja sua livre vontade. Nesse momento, dentro desse auditório, vejo grandes profissionais, e posso dizer que a força feminina está levando desenvolvimento, aliado à sensibilidade inerente ao gênero, por onde passa. E essa força não tem limites.

Feminismo não é um palavrão. E não significa que você odeie homens, nem que você odeie garotas vaidosas. Também não significa que você é uma sonhadora patética. Significa que você acredita em igualdade de gêneros. Nenhuma mulher precisa de um príncipe encantado para construir seu próprio final feliz.

Enfim, colegas de profissão, não percam o entusiasmo, vocês acabam de vencer uma batalha, ainda tem uma guerra inteira pela frente.

Continuem, porque como disse Charles Chaplin: "O mundo pertence a quem se atreve. E a vida é muito rara para ser insignificante."

Termino e ouço os aplausos de todos que estão na plateia. Aplausos entusiasmados. Procuro por rostos familiares entre os braços erguidos e abraços apertados. Vejo minha família e Lurdinha... Olho em volta e observo pessoas emocionadas. É quase inacreditável, mas está acontecendo. Estou me formando.

Finalmente, escuto chamar meu nome: Heitor Souza Domingos. Ergo-me altivamente e, pela primeira vez, me sinto invencível. Naquele momento, deixo de ser "ninguém" para ser "alguém", disposto a fazer a vida dar certo. Recebo o canudo do diploma e ergo um cartaz do qual me orgulho muito:

O filho do peão com a doméstica também VENCEU!
#MeusPaisMeusHeróis

Ouço mais aplausos e assovios. E, de cima do palco, vejo tudo que mais importa, o olhar de agradecimento das pessoas que mais amo, admiro e respeito na vida.

•••

Sou moço da roça, bebi leite da teta da vaca e monto cavalo bravo desde que aprendi a andar. Comigo o sistema é bruto, tenho uma ferocidade que não consigo e muito menos desejo disfarçar. E sei que são minhas falhas e meus defeitos que fazem de mim quem sou hoje. São justamente essas características que dão forma ao homem que sou.

Chego à conclusão de que meus demônios interiores permanecem comigo, mas meu coração começa a abrandar outra vez... O que vai acontecer de agora em diante? Sinceramente, não faço ideia. Só afirmo que continuarei menos quebrado do que antes. E bem mais protetor.

A dor permanece, menos frequente, mas ela ainda está aqui. Tudo bem, dizem que todo céu precisa de um pouco de inferno. A falta de Lírio é o meu.

Sou um lago, vasto e profundo. E, até encontrar alguém que esteja disposta a transbordar nessa água, sigo meu destino, sem fechar meus olhos e mantendo meu indomável coração, dominador e sensível... Porque o tempo de ser feliz é sempre hoje.

•••

A cerimônia nem bem termina e a turma quer ir para o boteco do beco, ao lado da faculdade, onde vivemos tantas histórias. E é claro que, ao avistarem a viola, me pedem uma palinha... Está certo, deixa a corda chorar... A corda da viola que acalenta o meu coração.

Fim? ... Não!

O melhor da vida está mesmo é nas reticências...

AGRADECIMENTOS

"TEM GENTE QUE TEM CHEIRO de colo de Deus, de banho de rio quando a água está quente e o céu azul, de chuva quando molha a rosa no mato. Ao lado dessas pessoas, pode ser qualquer mês do ano, sempre parece Natal..."

Ivan (meu marido), Pedro Henrique (meu filho), vocês são meu combustível e meu porto seguro. Amo vocês infinito e além!

Antônia (minha mãe) e Ivan Flávio (meu irmão), amo vocês!

Ruana Brum, Cris Vallias, Gracielle Rattes (organizadora do evento Tardes Sensuais), Cinthia Gutierrez e às Lunáticas Por Romances, Malu Oréfice e ao grupo Quem Mexeu No Meu Livro, Bianca Patacho, Vanessa Fiorio, Vanessa Nunes e toda equipe do Blog Livros do Coração, Renata Ávila. Aline Mendes, Alessandra Cruz e todos os grupos do Facebook que tanto agitam positivamente nossa vida, muita coisa seria impossível sem vocês.

Danilo Barbosa, Eva Zooks, Sue Hecker, Nana Pauvolih, Mila Wander, Kacau Tiamo, Janaína Rico, Nina Reis, Juliana Parrini e todos os autores nacionais que me acompanham nessa caminhada, obrigada por serem minhas inspirações todos os dias. Vocês são fabulosos!

Juliana Mendes, não teria sido possível sem seu apoio. Admiro você mais do que as palavras podem dizer. Obrigada por ser minha metade e me manter equilibrada (risos). Nesse "equilíbrio" também incluo carinhosamente Danilo Barbosa e Eva Zooks.

Minhas leitoras e amigas, é tudo por vocês! Obrigada por fazerem meus dias muito mais felizes! Obrigada por realizarem meu sonho com tanto carinho! Heitor é exclusivamente para vocês!

Deus, obrigada por ser tão generoso comigo!

A todos que estão dando uma oportunidade às minhas histórias!

Um beijo especial!

S. MILLER

A DEUS, POR SEMPRE CUIDAR de mim, em sua infinita misericórdia.

À minha família, que se faz presente nos detalhes.

A todos os envolvidos, que nos ajudaram, de uma maneira ou de outra, durante todo o processo. Um abraço especial para Monique, Alexandre, Vívian Menezes e Michele, que cuidaram com carinho deste trabalho.

A todos os que apoiaram, acreditaram e aguardaram ansiosamente pela chegada de Heitor. Em especial aos Blogs e Grupos que nos apoiam e cuidam de nós com tanto amor.

À Graci, pela maneira tão especial com a qual me acolheu e me apoia sempre.

Ao Dan, por cuidar de mim nas minhas piores dores.

Aos meus queridos colegas de escrita, que me inspiram todos os dias e por tornarem a literatura nacional motivo de real orgulho.

Às meninas que emprestaram seus nomes com tanto carinho às mulheres de Heitor.

À Ivânia, pela amizade, pelo convite, por acreditar no meu trabalho, por tudo!

Às minhas amadas Jujus #TudoSanta e Jujusetes. Meu coração é de vocês, saibam disso.

E a todos que acreditam e recebem sempre meu trabalho com todo esse amor, que me constrange e me faz sentir tão especial.

Obrigada!

JULIANA MENDES

Primeira edição (agosto/2016)
Papel de Capa Cartão Triplex Ningbo 300g
Papel de Miolo Off-White Lux Cream 70g
Tipografias Adobe Garamond Pro, Belwe Std, Gibson
Gráfica GRAFILAR Gráfica